Zu diesem Buch

Dieser 1926 in den USA unter dem Titel «The Sun Also Rises» erschienene, inzwischen weltberühmt gewordene erste Roman des amerikanischen Erzählers und Meisters der Kurzgeschichte ist der «verlorenen Generation» des Ersten Weltkriegs ausdrücklich gewidmet. Unter der Sonne Frankreichs und Spaniens führen die Gestalten Hemingways zwischen Whisky und Liebe als Außenseiter des bürgerlichen Lebens, in das sie der Tod wieder entließ, eine die nackten Freuden des Daseins suchende Existenz. Das Pariser Nachtleben und die Stierkampf-Fiesta in den Pyrenäen versetzen die Handlung in farbigbewegtes erzählerisches Klima. Aber hinter dieser hektischen Buntheit und dem Taumel der Bohème offenbart sich die ganze Fragwürdigkeit allen persönlichen Glücks. Der Tod, dem sie soeben erst entkommen sind, hat diese Menschen für immer gezeichnet. Sein dunkler Schatten liegt über der Liebe des Journalisten Jake zu Brett. Nach seiner Kriegsverletzung kann er die Geliebte nicht mehr männlich besitzen, und sie, die nur ihn begehrt, versucht verzweifelt, ihre Liebe im Rausch des Flüchtigen zu betäuben. In diesem Schicksal erhebt der Dichter die Anklage der Jugend gegen ihre Väter, die den Krieg heraufbeschworen oder zuließen. Aus der schonungslosen, zugleich aber auch verhaltenen Erzählweise Hemingways spricht ein tragisches Wissen, das diesen Roman indirekt zu einem Meisterwerk gegen den Krieg erhebt, ohne ihn mit einem Wort zu erwähnen.

Der als Sohn eines Arztes am 21. Juli 1899 in Oak Park/Illinois geborene Dichter nahm am spanischen Bürgerkrieg und an beiden Weltkriegen teil. Diese Erlebnisse fanden ihren Niederschlag in den Romanen «In einem andern Land» (1930; rororo Nr. 216), «Wem die Stunde schlägt» (1948) und «Über den Fluß und in die Wälder» (1951; rororo Nr. 458). Hemingway schied nach schwerer Krankheit am 2. Juli 1961 freiwillig aus dem Leben.

Von Ernest Hemingway erschienen außerdem: «In unserer Zeit» (rororo Nr. 278), «Männer ohne Frauen» (rororo Nr. 279), «Der Sieger geht leer aus» (rororo Nr. 280), «Der alte Mann und das Meer» (rororo Nr. 328), «Schnee auf dem Kilimandscharo» (rororo Nr. 413), «Haben und Nichthaben» (rororo Nr. 605), «Die grünen Hügel Afrikas» (rororo Nr. 647), «Tod am Nachmittag» (rororo Nr. 920), «Paris – ein Fest fürs Leben» (rororo Nr. 1438), «49 Depeschen» (rororo Nr. 1533), «Die Sturmfluten des Frühlings» (rororo Nr. 1716), «Inseln im Strom» (rororo Nr. 4080), «Die Nick Adams Stories» (rororo Nr. 5091), «Der Abend vor der Schlacht» (rororo Nr. 5173), «Die Stories» (Rowohlt 1983), «Ausgewählte Briefe 1917–1961. Glücklich wie die Könige» (Rowohlt 1984), «Gefährlicher Sommer» (Rowohlt 1986) und «Der Garten Eden» (Rowohlt 1987). 1977 erschien als rororo-Kassette «Gesammelte Werke» in zehn Bänden.

In der Reihe «rowohlts monographien» erschien als Band 73 eine Darstellung Ernest Hemingways mit Selbstzeugnissen und Bilddokumenten von Georges-Albert Astre, die eine ausführliche Bibliographie enthält. Von Kenneth S. Lynn erschien die Biographie «Hemingway» (Rowohlt 1989).

Ernest Hemingway

Fiesta

Roman

rororo

Rowohlt

Die amerikanische Originalausgabe erschien unter dem Titel
«The Sun Also Rises» im Verlag Charles Scribner's Sons, New York
Einzig autorisierte Übertragung aus dem Amerikanischen von
Annemarie Horschitz-Horst
Umschlagentwurf Werner Rebhuhn

615.–624. Tausend März 1989

Veröffentlicht im Rowohlt Taschenbuch Verlag GmbH,
Hamburg, Juli 1950

Gesamtherstellung Clausen & Bosse, Leck
Printed in Germany
780-ISBN 3 499 10005 3

Hadley und John Hadley Nicanor
zugeeignet

«Ihr gehört alle einer hoffnungslosen Generation an.»
Gertrude Stein in einer Unterhaltung

«Es ist alles ganz eitel», sprach der Prediger. «Es ist alles ganz eitel ... Ein Geschlecht vergehet, das andere kommt. Die Erde bleibet aber ewiglich. Die Sonne gehet auf und gehet unter und läuft an ihren Ort, daß sie wieder daselbst aufgehe ... Der Wind gehet gen Mittag und kommt herum zur Mitternacht und wieder herum an den Ort, wo er anfing ... Alle Wasser laufen ins Meer, doch wird das Meer nicht voller; an den Ort, wo sie herfließen, fließen sie wieder hin.»
Ecclesiastes

Erstes Buch

I

Robert Cohn war in Princeton Mittelgewichtsmeister im Boxen gewesen. Glauben Sie nicht etwa, daß mir so ein Boxtitel imponiert, aber für Cohn bedeutete er viel. Er machte sich aus Boxen an und für sich gar nichts; tatsächlich fand er es gräßlich, aber er hatte es mit viel Ausdauer und Mühe erlernt, um seine Minderwertigkeitsgefühle und seine Schüchternheit auszugleichen, denn man hatte ihn in Princeton als Juden behandelt. Die Überzeugung, daß er jeden, der frech gegen ihn war, niederschlagen konnte, gab ihm eine gewisse innere Beruhigung. Aber aus Schüchternheit, und weil er wirklich ein riesig netter Kerl war, boxte er nur im Ring. Er war der Renommierschüler von Spider Kelly. Spider Kelly lehrte alle seine jungen Leute als Federgewichtler boxen, ganz gleich, ob sie einhundertfünf oder zweihundertfünf Pfund wogen. Aber für Cohn schien dies das Richtige zu sein. Er war wirklich sehr fix. Er machte seine Sache auch so gut, daß Spider ihn unverzüglich überschätzte und sein Gegner ihm die Nase für alle Zeit plattschlug. Dies vergrößerte Cohns Widerwillen gegen das Boxen, aber es gab ihm eine seltsame Art von Befriedigung und verbesserte jedenfalls seine Nase. Im letzten Jahr, das er in Princeton zubrachte, las er zu viel und gewöhnte sich an, eine Brille zu tragen. Ich habe nie jemanden aus seiner Klasse getroffen, der sich seiner erinnert hätte. Sie erinnerten sich nicht einmal daran, daß er Boxchampion der Mittelgewichtler gewesen war.

Ich mißtraue allen offenen und einfachen Leuten, hauptsächlich wenn ihre Lebensgeschichte keinerlei Lücken aufweist, und ich hatte immer den Verdacht, daß Robert Cohn vielleicht niemals Boxchampion der Mittelgewichtler gewesen war und daß vielleicht ein Pferd ihn ins Gesicht getreten hatte oder daß möglicherweise seine Mutter sich vor irgend etwas erschreckt oder irgend etwas gesehen oder daß er sich als kleines Kind gestoßen hatte; aber schließlich bestätigte mir jemand die Geschichte mit Spider Kelly. Spider Kelly erinnerte sich nicht nur an Cohn: er hatte sich sogar oft gefragt, was wohl aus ihm geworden sein mochte.

Robert Cohn gehörte durch seinen Vater einer der reichsten und durch seine Mutter einer der ältesten jüdischen Familien New Yorks an. Auf der Militärschule, die ihn auf Princeton vorbereitete, und in seinem Footballteam, in dem er sich außerordentlich hervortat, hatte ihn nie jemand rassebewußt gemacht. Niemand hatte ihn je fühlen lassen, daß er ein Jude und dadurch anders als irgend jemand anderes sei, bis er nach Princeton kam. Er war ein netter Junge, ein guter Kamerad und sehr schüchtern, und es verbitterte ihn. Er revanchierte sich durchs Boxen und verließ Princeton mit schmerzendem Selbstgefühl und einer plattgequetschten Nase. Er ließ sich von dem ersten Mädchen, das ein bißchen nett zu ihm war, heiraten. Er war fünf Jahre verheiratet, hatte drei Kinder und verlor fast alles von den 50000 Dollar, die ihm sein Vater hinterlassen hatte; das meiste der Erbmasse war seiner Mutter zugefallen. Seine häusliche Misere mit einer reichen Frau machte ihn klein und häßlich, und gerade als er sich zu dem Entschluß durchgerungen hatte, sie zu verlassen, verließ sie ihn und lief mit einem Miniaturmaler auf und davon. Da er seit Monaten mit dem Gedanken gespielt hatte, seine Frau zu verlassen, und es nur nicht getan hatte, weil er es zu grausam fand, sie seiner Gegenwart zu berauben, bedeutete ihr Weggehen für ihn eine äußerst heilsame Lehre.

Die Scheidung wurde arrangiert, und Robert Cohn ging an die Küste. In Kalifornien fiel er einigen Literaten in die Hände, und da er noch etwas von seinen 50000 Dollar übrig hatte, unterstützte er sehr bald eine Kunstzeitschrift. Die Zeitschrift erschien zuerst in Carmel, Kalifornien, und endete in Provincetown, Massachusetts. Zu der Zeit war Cohn, den man als Engel in der Not angesehen hatte und dessen Name auf der redaktionellen Seite nur als Mitglied des beratenden Vorstandes erschienen war, alleiniger Herausgeber geworden. Es war sein Geld, und seine Autorität als Herausgeber machte ihm Spaß. Es tat ihm sehr leid, als die Zeitschrift zu viel verschlang und er sie deshalb aufgeben mußte.

Aber da hatte er auch schon andere Dinge im Kopf. Eine Dame, die mit der Zeitschrift gleichzeitig Karriere zu machen hoffte, hatte ihn in die Hand genommen. Sie war äußerst tatkräftig, und eigentlich hatte Cohn auch gar keine Chance, nicht in die Hand genommen zu werden. Außerdem war er überzeugt davon, daß er sie liebte. Als diese Dame bemerkte, daß die Zeitschrift nicht so recht gehen wollte, war sie von Cohn ein bißchen enttäuscht, und sie beschloß, jetzt zu handeln, wo noch etwas zu holen war; so drang sie darauf, nach Europa zu fahren, wo Cohn sich schriftstellerisch betätigen konnte. Sie kamen nach Europa, wo die Dame erzogen worden war, und blieben drei Jahre dort. Während dieser drei Jahre, von denen sie das erste auf Reisen, die beiden letzten in Paris verbrachten, hatte Cohn zwei Freunde, Braddocks und mich. Braddocks war sein literarischer Freund, und ich war sein Tennisfreund.

Die Dame, die ihn fest in der Hand hatte, hieß Frances und fand am Ende des zweiten Jahres, daß sich ihr Äußeres verschlechterte, darum wandelte sich ihre Haltung gegen Robert von gleichgültigem Besitzerrecht und einfacher Ausbeuterei in die feste Forderung um, von ihm geheiratet zu werden. Um diese Zeit hatte Roberts Mutter ihm eine Rente von ungefähr dreihundert Dollar monatlich ausgesetzt. Ich glaube, daß Robert Cohn in diesen zweieinhalb Jahren überhaupt keine andere Frau angesehen hatte. Er fühlte sich relativ glücklich, nur daß er, wie viele Leute, die in Europa leben, lieber in Amerika gewesen wäre; außerdem hatte er seine schriftstellerische Begabung entdeckt. Er schrieb einen Roman, und er war gar nicht so schlecht, wie die Kritiker nachher behaupteten, obschon es ein schwacher Roman war. Er las viel, spielte Bridge, spielte Tennis und boxte.

Mir wurde die Haltung seiner Freundin gegen ihn zum erstenmal eines Abends klar, als wir drei zusammen gegessen hatten. Wir hatten im *Restaurant de l'Avenue* gegessen und gingen nachher zum Mokka ins *Café de Versailles.* Nach dem Kaffee tranken wir mehrere *fines,* und ich sagte schließlich, daß ich gehen müßte. Cohn hatte davon gesprochen, daß wir beide irgendwohin einen Wochenendausflug machen wollten. Er wollte aus der Stadt raus und sich ordentlich auslaufen. Ich schlug vor, nach Straßburg zu fliegen und bis nach St. Odile oder irgendwohin sonst im Elsaß zu laufen. «In Straßburg kenne ich ein Mädchen, das kann uns die Stadt zeigen», sagte ich.

Jemand stieß mich unterm Tisch an. Ich hielt es für Zufall und fuhr fort: «Sie ist schon zwei Jahre dort und kennt die Stadt in- und auswendig. Sie ist eine famose Person.»

Nochmals stieß mich jemand unterm Tisch an, und als ich aufsah, bemerkte ich, wie Frances, Roberts Freundin, ihr Kinn mißbilligend reckte und ihr Gesicht verzog.

«Teufel noch mal», sagte ich, «warum gerade nach Straßburg? Wir könnten zum Beispiel nach Brügge oder in die Ardennen.»

Cohn sah erleichtert aus. Es trat mich auch niemand mehr. Ich sagte gute Nacht und ging. Cohn sagte, er wolle sich noch eine Zeitung kaufen und mit mir bis zur Ecke gehen.

«Warum um alles in der Welt», sagte er, «mußtest du ausgerechnet von dem Mädchen in Straßburg anfangen? Hast du denn Frances' Gesicht nicht gesehen?»

«Nein, woher sollte ich denn? Wenn ich in Straßburg eine Amerikanerin kenne, was zum Teufel geht das Frances an?»

«Das ist ganz egal. So ist es mit jedem Mädchen. Ich kann dann einfach nicht mit.»

«Sei doch nicht so dumm.»

«Du kennst Frances nicht. Ganz gleich, was für ein Mädchen es ist. Hast du nicht gesehen, was für ein Gesicht sie zog?»

«Na schön», sagte ich, «wir können auch nach Senlis gehen.»

«Sei doch nicht so.»

«Ich bin gar nicht so. Senlis ist ein sehr hübscher Ort, und wir können im *Grand Cerf* übernachten, einen Marsch durch die Wälder machen und dann zurückfahren.»

«Gut, das ist fein.»

«Schön, wir sehen uns morgen beim Tennis.»

«Gute Nacht, Jake», sagte er und wollte zum Café zurück.

«Du hast deine Zeitung vergessen», sagte ich.

«Richtig.» Er ging mit mir bis zum Kiosk an der Ecke. «Jake, nicht wahr, du bist nicht böse?» Er drehte mit der Zeitung in der Hand um.

«Nein, warum denn?»

«Also morgen beim Tennis», sagte er. Ich beobachtete, wie er mit seiner Zeitung ins Café zurückging. Ich hatte ihn gern, und sie schien ihm die Hölle heiß zu machen.

2

In demselben Winter fuhr Robert Cohn mit seinem Roman, für den er einen ganz guten Verleger fand, nach Amerika. Bei seiner Abreise gab es einen Riesenkrach, und ich glaube, Frances verlor ihn dadurch; außerdem waren in New York ein paar Frauen nett zu ihm, und als er dann zurückkam, war er ganz verändert. Von Amerika war er mehr denn je begeistert, und er war lange nicht mehr so nett und einfach wie früher. Seine Verleger hatten seinen Roman sehr gelobt, und das war ihm zu Kopf gestiegen. Dann hatten verschiedene Frauen es darauf angelegt, ihm den Hof zu machen, und sein Horizont hatte sich vollkommen gewandelt. Vier Jahre hatte es für ihn nur seine Frau gegeben. Drei Jahre oder beinahe so lange hatte er nur Augen für Frances gehabt. Sicherlich war er in seinem ganzen Leben nie verliebt gewesen.

Er hatte aus Reaktion gegen die gräßlichen Universitätsjahre geheiratet und war dann Frances nach seiner Entdeckung, daß er seiner ersten Frau gar nicht alles bedeutet hatte, auch aus Reaktion in die Hände gefallen. Er war noch nicht verliebt, aber es war ihm klargeworden, daß Frauen ihn anziehend fanden und daß die Tatsache, daß eine Frau ihn nett fand und mit ihm zusammen leben wollte, gar nicht einzig und allein ein göttliches Wunder war. Das alles hatte ihn so verändert, daß seine Gesellschaft lange nicht mehr so angenehm war wie früher. Außerdem hatte er mit einigen Bekannten in ein paar riesig feschen Bridgepartien zu viel höheren Einsätzen gespielt, als er es sich eigentlich leisten konnte, hatte fabelhafte Karten gehabt und mehrere hundert Dollar gewonnen. Das hatte ihn auf seine Bridgebegabung eitel gemacht, und er sagte mehrere Male, daß es doch ein leichtes sei, wenn es sein müsse, seinen Unterhalt durch Bridgespielen zu bestreiten.

Dann kam noch etwas hinzu. Er hatte W. E. Hudson gelesen. Das hört sich eigentlich ganz harmlos an, aber Cohn hatte *Das purpurne Land* wieder und wieder gelesen. *Das purpurne Land* ist ein verderbenbringendes Buch, wenn man es zu spät im Leben in die Hände bekommt. Es berichtet von herrlich eingebildeten Liebesabenteuern eines vollkommenen englischen Gentleman in einem völlig romantischen Land, dessen Natur ausgezeichnet geschildert ist. Aber als Lebensführer für einen Vierunddreißigjährigen ist es ebenso wenig geeignet wie die gesammelten Schriften des Horatio Alger es für einen Mann des gleichen Alters wären, der damit aus einer französischen Klosterschule direkt nach Wall Street versetzt wird. Ich glaube, Cohn nahm jedes Wort in *Das Purpurne Land* für bare Münze, wie einen Bericht aus einem offiziellen Informationsbüro. Sie verstehen mich, natürlich machte er ein paar Vorbehalte, aber im ganzen nahm er das Buch ernst. Das hatte ihm gerade noch gefehlt. Ich hatte gar nicht kapiert, wie stark es ihn gepackt hatte, bis er eines Tages bei mir im Büro erschien.

«Tag, Robert», sagte ich, «na, kommst du, um mich ein bißchen in Stimmung zu bringen?»

«Hast du Lust, nach Südamerika zu fahren, Jake?» fragte er.

«Nein.»

«Warum nicht?»

«Ich weiß nicht. Wollte nie. Zu teuer. Außerdem kannst du hier in Paris so viele Südamerikaner sehen wie dein Herz begehrt.»

«Das sind keine echten Südamerikaner.»

«Mir sehen sie furchtbar echt aus.»

Meine kleinen Geschichten, die ich jede Woche mit der Post schickte, sollten den Schiffszug erreichen, und ich hatte erst die Hälfte geschrieben.

«Weißt du irgendwelchen Klatsch?» fragte ich.

«Nein.»

«Keiner deiner vornehmen Bekannten, der sich scheiden läßt?»

«Nein, hör mal zu, Jake. Wenn ich für uns beide bezahle, kommst du dann mit nach Südamerika?»

«Warum denn ich?»

«Du sprichst Spanisch. Und zu zweit ist es viel netter.»

«Nein», sagte ich, «ich bin gern in Paris, und im Sommer fahre ich nach Spanien.»

«Mein ganzes Leben lang wollte ich so eine Reise machen», sagte Cohn und setzte sich. «Ich werde zu alt, bevor was daraus wird.»

«Sei nicht so dumm», sagte ich. «Du kannst doch reisen, wohin du willst, du hast doch genug Geld.»

«Stimmt schon, aber ich komme nicht weg.»

«Na, nur Mut», sagte ich. «Weißt du, alle Länder sehen genauso aus wie im Kino.» Aber er tat mir leid. Es hatte ihn schlimm gepackt.

«Es macht mich verrückt, wenn ich daran denke, wie schnell das Leben vorbei ist und daß ich eigentlich gar nicht richtig lebe.»

«Außer Stierkämpfern lebt kein Mensch immer in Ekstase.»

«Stierkämpfer gehen mich nichts an. Das ist ein unnormales Leben. Ich will aufs Land in Südamerika. Wir könnten eine herrliche Reise machen.»

«Hast du je daran gedacht, nach Britisch-Ostafrika auf Jagd zu gehen?»

«Nein, das würde mir keinen Spaß machen.»

«Dahin würde ich mitkommen.»

«Nein, das interessiert mich nicht.»

«Weil du nie ein Buch darüber gelesen hast. Los, lies mal ein Buch mit lauter Liebesgeschichten von wunderschönen schwarzstrahlenden Prinzessinnen.»

«Ich will nach Südamerika.»

Er hatte die zähe jüdische Hartnäckigkeit.

«Komm runter, wir trinken was.»

«Mußt du nicht arbeiten?»

«Nein», sagte ich. Wir gingen die Treppe hinunter bis zum Café im Erdgeschoß.

Ich hatte es ausprobiert, das war die beste Art, seine Freunde loszuwerden. Nachdem man erst mal was getrunken hatte, brauchte man nur zu sagen: «Gott, ich muß rauf, ich muß noch ein paar Depeschen abschicken», und die Sache war erledigt. Es ist sehr wichtig im Zeitungsgewerbe, sich so elegante Abgänge zu verschaffen, da ein wesentlicher Teil unserer Berufsmoral darin besteht, daß man nie zu arbeiten scheint. Wie dem auch sei, wir gingen hinunter in die Bar und tranken Whiskey-Soda. Cohn besah sich die Flaschen, die in Kisten an den Wänden entlang standen.

«Nett ist es hier», meinte er.

«'ne ganze Menge Alkohol», stimmte ich zu.

«Hör mal, Jake.» Er lehnte sich über die Bar. «Hast du denn nie das Gefühl, daß dein ganzes Leben so vorübergeht und daß du nicht genügend davon hast? Weißt du, daß du dein halbes Leben beinahe schon hinter dir hast?»

«Ja, hin und wieder.»

«Weißt du, daß wir in ungefähr 35 Jahren tot sind?»

«Und wenn schon, verdammt noch mal, Robert, und wenn schon.»

«Ich mein's ganz ernst.»

«Darüber mache ich mir keine Gedanken.»

«Du müßtest aber.»

«Ich habe mir schon Gedanken genug um alles mögliche gemacht. Jetzt bin ich darüber weg.»

«Auf jeden Fall will ich nach Südamerika.»

«Hör mal, Robert, das macht doch nicht den geringsten Unterschied, ob du in ein anderes Land reist oder nicht. Hab ich alles versucht. Ortswechsel hilft dir noch lange nicht aus deiner Haut. Hat gar keinen Zweck.»

«Aber du warst noch nie in Südamerika.»

«Zum Teufel mit Südamerika. Wenn du in deiner heutigen Gemütsverfassung hinreist, würde es genauso sein wie hier. Dies Paris ist schon sehr nett. Warum fängst du nicht an, dein Leben hier zu leben?»

«Mir hängt Paris und das ganze Quartier zum Halse raus.»

«Komm doch nicht mehr ins Quartier. Bummle doch mal allein rum und sieh zu, was dir passiert.»

«Mir passiert nichts. Gestern nacht bin ich ganz allein rumgelaufen, und nichts ist passiert, als daß eine Radfahrpatrouille mich angehalten hat, um meine Papiere zu kontrollieren.»

«War die Stadt nicht schön bei Nacht?»

«Ich mache mir nichts aus Paris.»

Also da waren wir wieder. Er tat mir leid, aber ihm war nicht zu helfen, weil man immer wieder gegen die gleichen Wände anrannte. Südamerika konnte alles ins richtige Gleis bringen, und Paris konnte er nicht ausstehen. Die erste Idee hatte er aus einem Buch und die zweite sicherlich auch.

«Na», sagte ich, «ich muß wieder rauf, ich hab noch ein paar Depeschen abzuschicken.»

«Mußt du wirklich gehen?»

«Ja, ich muß die Depeschen abschicken.»

«Stört's dich, wenn ich mit raufkomme und ein bißchen im Büro rumsitze?»

«Nein, komm nur.»

Er saß im Vorzimmer und las die Zeitung. Der Chefredakteur, der Herausgeber und ich arbeiteten angestrengt zwei Stunden lang.

Dann sortierte ich die Durchschläge aus, legte ein Begleitschreiben hinzu, steckte das Zeug in ein paar große Umschläge und klingelte nach einem Jungen, der es nach der Gare Saint-Lazare bringen sollte. Ich ging ins andere Zimmer und fand Robert Cohn eingeschlafen in einem Sessel. Sein Kopf lag auf seinen Armen. Ich weckte ihn ungern, aber ich wollte das Büro zuschließen und weggehen. Ich legte meine Hand auf seine Schulter. Er schüttelte den Kopf. «Ich kann es nicht», sagte er und steckte den Kopf noch tiefer zwischen die Arme. «Ich kann es nicht; niemand und nichts wird mich dazu bringen.»

«Robert», sagte ich und schüttelte ihn an der Schulter. Er sah auf. Er lächelte und blinzelte.

«Ich hab wohl im Schlaf gesprochen?»

«Etwas, war aber unverständlich.»

«Gott, was für ein verrückter Traum.»

«Die Schreibmaschine hat dich wohl richtig schläfrig gemacht?»

«Wahrlich, ich hab gestern die ganze Nacht kein Auge zugetan.»

«Was war denn los?»

«Unterhalten», sagte er.

Ich konnte es mir lebhaft vorstellen. Ich habe eine niederträchtige Manier, mir die Schlafzimmerszenen meiner Freunde auszumalen. Wir gingen ins *Café Napolitain*, um einen Apéritif zu trinken und dem abendlichen Treiben auf dem Boulevard zuzusehen.

3

Es war eine warme Frühlingsnacht, und ich saß, nachdem Robert fortgegangen war, an einem Tisch auf der Terrasse des *Napolitain*, sah zu, wie es dunkel wurde und die Lichtreklamen und das rote und grüne Verkehrssignal aufflammten und wie die Menge vorbeiflanierte und die Pferdedroschken neben dem starken Autoverkehr am Rande entlangjockelten, und wie die *poules* einzeln und zu zweit vorbeigingen und nach ihrer Abendmahlzeit Umschau hielten. Ich sah ein gutaussehendes Mädchen, das an meinem Tisch vorbeiging, beobachtete, wie sie die Straße hinaufging, und verlor sie dann aus den Augen; dann beobachtete ich eine andere, und dann sah ich die erste wieder zurückkommen. Sie ging noch einmal vorbei, und ich fing ihren Blick auf, und sie kam heran und setzte sich an meinen Tisch. Der Kellner kam.

«Was willst du trinken?» fragte ich.

«Pernod.»

«Das ist nicht gesund für kleine Mädchen.»

«Bist wohl selber ein kleines Mädchen? *Dites, garçon, un pernod.*»

«Für mich auch einen Pernod.»

«Was ist los? Hast du nachher was vor?» fragte sie.

«Natürlich. Du nicht?»

«Ich weiß nicht.»

«In dieser Stadt soll man wissen.»

«Hast du Paris nicht gern?»

«Nein.»

«Warum gehst du nicht irgendwo anders hin?»

«Gibt nichts anderes.»

«Bist schon ganz gut dran.»

«Gut dran. Ich danke.»

Pernod ist ein grünlicher Absinthersatz. Wenn man Wasser zugießt, wird er milchig. Er schmeckt wie Lakritzensaft, pulvert einen kolossal auf, aber man fällt auch genauso schnell wieder ab. Wir saßen und tranken. Das Mädchen sah mürrisch aus.

«Na», sagte ich, «willst du mir mein Essen bezahlen?»

Sie grinste, und ich sah, daß sie mit Absicht nicht lachte. Wenn sie den Mund geschlossen hielt, sah sie sehr nett aus. Ich bezahlte, und wir gingen auf die Straße. Ich rief eine Droschke an, und der Kutscher bremste an der Bordschwelle. Zurückgelehnt in der langsam sanft rollenden Droschke fuhren wir die Avenue de l'Opéra hinauf, fuhren an geschlossenen Ladentüren vorbei, an erleuchteten Fenstern; die Avenue lag breit und glänzend und beinah ausgestorben da. Die Droschke fuhr am Büro des *New York Herald* vorbei, mit seinem Fenster voller Uhren.

«Wozu sind all die Uhren gut?» fragte sie.

«Sie zeigen an, wieviel Uhr es in den verschiedenen Städten Amerikas ist.»

«Nimm mich nicht auf den Arm.»

Wir bogen von der Avenue in die Rue des Pyramides, durch den Verkehr der Rue de Rivoli und durch ein dunkles Gitter in die Tuilerien ein. Sie kuschelte sich an mich, und ich legte meinen Arm um sie. Sie hob den Kopf, um geküßt zu werden. Sie berührte mich mit der Hand. Ich schob sie zur Seite.

«Laß das.»

«Was ist los? Krank?»

«Ja.»

«Alle sind krank. Ich bin auch krank.»

Wir kamen aus den Tuilerien ins Licht und überquerten die Seine und fuhren dann die Rue des Saints-Pères hinauf.

«Wenn du krank bist, solltest du keinen Pernod trinken.»
«Du auch nicht.»
«Bei mir ist es egal. Bei ’ner Frau ist es egal.»
«Wie heißt du?»
«Georgette. Und du?»
«Jacob.»
«Das ist ein flämischer Name.»
«Auch amerikanisch.»
«Bist du Flame?»
«Nein, Amerikaner.»
«Um so besser, Flamen kann ich nicht ausstehen.»

Inzwischen waren wir beim Restaurant angekommen. Ich ließ den Kutscher halten. Wir stiegen aus, Georgette mißfiel das Äußere des Restaurants. «Kein sehr fabelhaftes Lokal.»

«Nein», sagte ich, «vielleicht würdest du lieber zu *Foyot* gehen? Warum behältst du die Droschke nicht und fährst weiter?»

Ich hatte sie in dem vagen sentimentalen Gefühl aufgelesen, daß es vielleicht netter wäre, nicht allein zu essen. Es war lange her, daß ich mit einer *poule* gegessen hatte, und ich hatte vergessen, wie öde es sein konnte. Wir gingen ins Lokal, an Madame Lavigne, die hinter der Kasse saß, vorbei in ein kleines Zimmer. Georgette blühte beim Essen ein wenig auf.

«Gar nicht schlecht hier», sagte sie. «Schick ist es nicht, aber das Essen ist nicht schlecht.»

«Besser, als du in Lüttich ißt.»

«Du meinst Brüssel.»

Wir tranken die zweite Flasche Wein, und Georgette machte einen Witz. Sie lachte und zeigte alle ihre schlechten Zähne, und wir stießen an.

«Du bist kein schlechter Kerl», sagte sie. «Eine Schande, daß du krank bist. Wir verstehen uns gut. Was fehlt dir eigentlich?»

«Kriegsverletzt», sagte ich.

«O dieser Saukrieg.»

Vielleicht hätten wir uns noch weiter in dieser Art unterhalten und über den Krieg diskutiert und darin übereingestimmt, daß er für die Kultur wirklich eine Schande und darum besser vermieden worden wäre. Es ödete mich an. Gerade da rief jemand aus dem anderen Zimmer: «Barnes! Hallo, Barnes! Jacob Barnes!»

«Ein Freund von mir», erklärte ich und ging hinaus.

Drinnen saß Braddocks in großer Gesellschaft am Tisch. Cohn, Frances Clyne, Mrs. Braddocks und ein paar Leute, die ich nicht kannte.

«Du kommst doch mit zum Tanzen, nicht?» fragte Braddocks.

«Wohin?»

«Wissen Sie nicht, daß wir die Tanzabende wieder eingeführt haben?» warf Mrs. Braddocks ein.

«Sie müssen mit, Jake. Wir gehen alle», sagte Frances vom anderen Ende des Tischs. Sie war groß und lächelte.

«Natürlich kommt er mit», sagte Braddocks. «Komm doch rein, Barnes, und trink deinen Kaffee bei uns.»

«Schön.»

«Und bringen Sie nur Ihre Freundin mit», sagte Mrs. Braddocks lachend. Sie war Kanadierin und besaß all deren liebenswürdige, gesellige Leichtigkeit.

«Danke, dann kommen wir gleich», sagte ich und ging in das kleine Zimmer zurück.

«Wer sind deine Freunde?» fragte Georgette.

«Schriftsteller und Künstler.»

«Davon gibt es massenhaft auf dieser Seite der Seine.»

«Zu viele.»

«Finde ich auch. Aber manche machen immerhin Geld.»

«O ja.»

Wir beendeten unsere Mahlzeit und unseren Wein. «Komm», sagte ich, «wir wollen unseren Kaffee mit den anderen trinken.»

Georgette öffnete ihre Handtasche, guckte in ihren kleinen Spiegel, fuhr ein paarmal mit der Puderquaste über ihr Gesicht, zog ihre Lippen mit dem Lippenstift nach und rückte ihren Hut zurecht.

«Gut», sagte sie.

Wir gingen ins Nebenzimmer, das voller Leute war, und Braddocks und die anderen Männer am Tisch standen auf.

«Darf ich Ihnen meine Braut, Mademoiselle Georgette Leblanc, vorstellen?» sagte ich. Georgette lächelte ein bezauberndes Lächeln; wir schüttelten allen die Hand.

«Sind Sie mit Georgette Leblanc, der Sängerin, verwandt?» fragte Mrs. Braddocks.

«Kenne ich nicht», sagte Georgette.

«Aber Sie haben doch denselben Namen.» Mrs. Braddocks bestand freundschaftlich darauf.

«Nein», sagte Georgette. «Gar nicht. Ich heiße Hobin.»

«Aber Mr. Barnes hat Sie doch als Mademoiselle Leblanc vorgestellt. Aber ganz gewiß», Mrs. Braddocks bestand darauf; wahrscheinlich hatte sie in der Aufregung, Französisch zu sprechen, gar keine Ahnung von dem, was sie sagte.

«Er ist ein Clown», sagte Georgette.

«Ach, es war also ein Spaß», sagte Mrs. Braddocks.

«Ja», sagte Georgette. «Zum Lachen.»

«Henry, hast du das gehört?» rief Mrs. Braddocks ihrem Mann über den Tisch zu. «Mr. Barnes hat seine Braut als Mademoiselle Leblanc vorgestellt, aber in Wirklichkeit heißt sie Hobin.»

«Natürlich, Liebling. Ich kenne Mademoiselle Hobin schon lange.»

«Oh, Mademoiselle Hobin», rief Frances Clyne. Sie sprach sehr schnell Französisch und schien gar nicht so stolz und erstaunt wie Mrs. Braddocks über die Tatsache, daß wirklich Französisch rauskam. «Sie sind schon lange in Paris? Sind Sie gern hier? Nicht wahr, Sie lieben Paris?»

«Wer ist das?» wandte sich Georgette an mich. «Muß ich ihr antworten?»

Sie wandte sich an Frances, die lächelnd, mit gefalteten Händen, den Kopf abwägend auf ihrem langen Hals wiegend, mit gespitzten Lippen dasaß und bereit war, von neuem loszulegen.

«Nein, ich mag Paris gar nicht. Es ist teuer und schmutzig.»

«Wirklich? Ich finde es so außerordentlich sauber. Eine der saubersten Städte in Europa.»

«Ich finde es schmutzig.»

«Wie merkwürdig! Aber vielleicht sind Sie noch nicht lange genug hier?»

«Lange genug.»

«Aber es gibt doch furchtbar nette Leute hier. Das müssen Sie zugeben.»

Georgette wandte sich schnell an mich. «Du hast nette Freunde.»

Frances war ein wenig betrunken und hätte die Unterhaltung gern fortgesetzt, aber der Kaffee kam und Lavigne mit den Likören, und dann brachen wir alle nach Braddocks' Tanzclub auf.

Das Tanzlokal war ein *bal musette* in der Rue de la Montagne Sainte-Geneviève. Fünf Abende in der Woche tanzten dort die Arbeiter aus dem Panthéon-Viertel. Einen Abend war es Tanzclub. Montags war geschlossen. Als wir hinkamen war kein Mensch da, außer einem Polizisten, der an der Tür saß, der Frau des Besitzers hinter der Theke und dem Besitzer selbst. Die Tochter des Hauses kam herunter, als wir hereinkamen. Lange Tische und Bänke standen quer durchs ganze Zimmer und am anderen Ende war der Tanzboden.

«Die Leute könnten auch wirklich früher kommen», sagte Braddocks. Die Tochter kam heran und fragte, was wir trinken wollten. Der Besitzer setzte sich auf einen hohen Hocker in der Nähe des Tanzbodens und fing an, auf einer Ziehharmonika zu spielen. Um eines seiner Fußgelenke hatte er eine Kette mit Glocken gebunden und schlug, während er spielte, mit dem Fuß den Takt. Alle tanzten.

Es war heiß, und wir schwitzten, als wir aufhörten.

«Mein Gott», sagte Georgette, «was für ein Dampfbad.»

«Es ist sehr heiß.»

«Heiß, mein Gott.»

«Nimm doch deinen Hut ab.»

«Das ist 'ne gute Idee.»

Jemand forderte Georgette zum Tanzen auf, und ich ging hinüber an die Bar. Es war wirklich heiß, und die Harmonikamusik war angenehm in der heißen Nacht. Ich trank ein Glas Bier an der Tür und spürte den kühlen Windhauch von der Straße. Zwei Taxis kamen die steile Straße herunter. Sie hielten beide vor dem *bal*. Ein Haufen junger Leute, einige in Jerseys, andere in Hemdsärmeln, sprang heraus. Ich konnte ihre Hände und ihr frischgewaschenes, welliges Haar im Licht der Tür sehen. Der Polizist an der Tür sah mich an und lächelte. Sie gingen hinein. Und bei ihnen war Brett. Sie sah wunderschön aus und war ganz bei der Sache.

Einer von ihnen sah Georgette und sagte: «Wahrhaftigen Gottes, eine richtige Nutte. Mit der werd ich tanzen. Lett, sieh mal her.»

Der große Dunkle, der Lett hieß, sagte: «Sei man nur nicht voreilig.»

Der blonde Wellige antwortete: «Mach dir keine Sorgen, mein Lieber.» Und bei ihnen war Brett.

Ich war wütend. Irgendwie ärgerte ich mich immer über diese Bengels. Ich weiß, daß man sie amüsant findet und daß man tolerant sein soll, aber ich hatte Lust, mich auf einen von ihnen zu stürzen, irgendeinen, nur um diesem überlegenen, gezierten Posieren ein Ende zu machen. Statt dessen ging ich die Straße entlang und trank in der nächsten Bar ein Glas Bier. Das Bier war nicht gut, und ich trank einen noch schlechteren Cognac, um den Geschmack loszuwerden. Als ich zum *bal* zurückkam, war der Tanzboden überfüllt, und Georgette tanzte mit dem großen blonden Jüngling, der breithüftig tanzte, den Kopf auf eine Seite legte und seine Augen beim Tanzen zur Decke erhob. Sobald die Musik aus war, forderte ein anderer sie auf. Nun wußte ich, daß sie alle mit ihr tanzen würden. So sind sie.

Ich setzte mich an einen Tisch. Cohn saß da, Frances tanzte. Mrs. Braddocks schleppte jemand an und stellte ihn als Robert Prentiss vor. Er kam aus New York mit dem kleinen Umweg über Chicago und war ein hoffnungsvoller junger Schriftsteller. Er sprach mit einem etwas englischen Akzent. Ich bot ihm was zu trinken an.

«Danke tausendmal», sagte er. «Ich hab gerade einen Drink gehabt.»

«Nehmen Sie noch einen.»

«Danke, also gern.»

Wir riefen die Tochter des Hauses und tranken beide einen *fine à l'eau.*

«Man sagt mir, daß Sie aus Kansas City sind», begann er.

«Ja.»

«Finden Sie Paris amüsant?»

«Ja.»

«Wirklich?»

Ich war ein klein bißchen betrunken. Nicht in irgendeinem positiven Sinn betrunken, gerade nur genug, um leichtfertig zu sein.

«Um Gottes willen, ja», sagte ich also. «Sie nicht?»

«Ach, wie reizend Sie sich ärgern», sagte er. «Ich wünschte, ich hätte diese Gabe.»

Ich stand auf und ging über den Tanzboden. Mrs. Braddocks kam mir nach. «Seien Sie doch mit Robert nicht so streng», sagte sie. «Er ist eigentlich noch das reine Kind.»

«War ich ja gar nicht», sagte ich. «Ich dachte nur, ich würde kotzen.»

«Ihre Braut hat großen Erfolg.» Mrs. Braddocks' Augen folgten Georgette, wie sie in den Armen des großen Dunklen, der Lett hieß, vorbeitanzte.

«Nicht wahr?» sagte ich.

«Und wie», sagte Mrs. Braddocks.

Cohn kam auf uns zu. «Na komm, Jake, trink was.» Wir gingen hinüber an die Bar. «Was ist denn mit dir los? Du scheinst dich über irgendwas zu ärgern.»

«Nein, aber das ganze Theater hier ist zum Kotzen.»

Brett kam an die Bar. «Hallo, ihr Knaben.»

«Guten Abend, Brett», sagte ich, «wieso bist du nicht beschwipst?»

«Werde nie wieder einen Schwips haben. Los, gib 'nem anständigen Kerl einen Whiskey-Soda.»

Sie stand da und hielt ihr Glas, und ich beobachtete, wie Robert Cohn sie ansah. So mußte sein Landsmann ausgesehen haben, als er das Heilige Land erblickte. Natürlich war Cohn viel jünger. Aber auch er hatte diese brennende, heischende Erwartung im Blick.

Brett sah verdammt gut aus. Sie trug einen Jerseypullover und einen wollenen Rock. Ihr Haar war wie das eines Jungen glatt zurückgebürstet. Sie hatte all dies hier erst in Mode gebracht. Sie hatte Wölbungen wie eine Rennyacht, und es entging einem nichts unter dem wollenen Jersey.

«Brett, du bist ja in feiner Gesellschaft», sagte ich.

«Sind sie nicht nett? Und du, mein Lieber, wo hast du deine

aufgegabelt?»
«Im *Napolitain.*»
«Hast wohl einen fabelhaften Abend gehabt?»
«Unbezahlbar», sagte ich.
Brett lachte. «Du hast unrecht, Jake. Es ist eine Beleidigung gegen uns alle. Sieh mal Frances und Jo an.»
Dies aus Liebenswürdigkeit gegen Cohn.
«Es ist außerdem Gewerbeverhinderung», sagte Brett. Sie lachte wieder.
«Du bist fabelhaft nüchtern», sagte ich.
«Ja, nicht wahr? Und weißt du, in der Clique heute abend kann man so in aller Ruhe trinken.»
Die Musik begann, und Robert Cohn sagte: «Lady Brett, darf ich Sie um diesen Tanz bitten?»
Brett lächelte ihm zu. «Diesen hab ich schon Jacob versprochen», lachte sie. «Donnerwetter, hast du einen biblischen Namen, Jake.»
«Und der nächste?»
«Wir müssen weg», sagte Brett. «Wir haben eine Verabredung auf dem Montmartre.»
Beim Tanzen sah ich über Bretts Schulter und sah Cohn an der Bar stehen, wie er ihr nachblickte.
«Da hast du wieder einen geangelt», sagte ich zu ihr.
«Sei still. Der arme Kerl. Ich hab's gar nicht vorher gewußt.»
«Na», sagte ich, «wahrscheinlich macht es dir Spaß.»
«Red nicht so idiotisch.»
«Und wie redest du?»
«Na und wenn schon?»
«Bitte», sagte ich. Wir tanzten nach der Harmonika, und irgendwer spielte Banjo. Es war heiß, und ich war glücklich. Wir kamen dicht an Georgette vorbei, die gerade wieder mit einem anderen tanzte.
«Du warst wohl nicht recht bei Trost, daß du die mitgebracht hast?»
«Ich weiß nicht. Ich hab sie einfach mitgebracht.»
«Du bist wahnsinnig romantisch.»
«Nein, nichts wie Langeweile.»
«Jetzt?»
«Nein, jetzt nicht.»
«Komm, wollen wir weggehen? Sie ist ja so gut aufgehoben.»
«Willst du?»
«Ich würde doch nicht fragen, wenn ich nicht wollte.»
Wir verließen den Tanzboden. Ich nahm meinen Mantel von einem Haken an der Wand und zog ihn an. Brett stand an der Bar.

Cohn redete auf sie ein. Ich blieb an der Bar stehen und bat um einen Briefumschlag. Die Patronne fand einen. Ich nahm eine Fünfzig-Francs-Note aus der Tasche, legte sie in den Umschlag, klebte ihn zu und gab ihn der Patronne.

«Wenn das Mädchen, mit dem ich kam, nach mir fragt, geben Sie ihr dies bitte», sagte ich. «Wenn sie mit einem dieser Herren weggeht, dann heben Sie es für mich auf, ja?»

«C'est entendu, monsieur», sagte die Patronne. «Sie gehen schon? So früh?»

«Ja», sagte ich.

Wir gingen zur Tür. Cohn sprach immer noch auf Brett ein. Sie sagte gute Nacht und nahm meinen Arm.

«Gute Nacht, Cohn», sagte ich. Draußen auf der Straße suchten wir ein Taxi.

«Du wirst deine 50 Francs verlieren», sagte Brett.

«O ja.»

«Nirgends 'n Auto zu sehen.»

«Wir könnten bis zum Panthéon gehen; da kriegen wir sicher eines.»

«Komm, wir trinken lieber was in der nächsten Kneipe und lassen eines holen.»

«Du würdest unter keiner Bedingung auch nur übern Damm gehen, was?»

«Nicht, wenn es zu vermeiden ist.»

Wir gingen in die nächste Bar, und ich schickte den Kellner nach einem Taxi.

«Nun», sagte ich, «die anderen wären wir los.»

Wir lehnten gegen die hohe Theke und sprachen nicht und sahen einander an. Der Kellner kam zurück und sagte, das Taxi sei draußen. Brett drückte mir heftig die Hand. Ich gab dem Kellner einen Franc, und wir gingen. «Wohin soll ich ihm sagen?» fragte ich.

«Ach, sag ihm, er soll irgendwo rumfahren.»

«Nach dem Park Montsouris», sagte ich dem Chauffeur, stieg ein und schlug die Tür hinter mir zu. Brett lehnte mit geschlossenen Augen in einer Ecke. Ich stieg ein und saß neben ihr. Das Taxi fuhr mit einem Ruck an.

«Ach, Liebling, ich war so unglücklich», sagte Brett.

Das Taxi fuhr den Berg hinan, über den erleuchteten Platz, dann wieder in die Dunkelheit, immer noch bergan und dann eben in einer dunklen Straße hinter Saint-Étienne du Mont, fuhr geräuschlos den Asphalt hinunter an den Bäumen und dem wartenden Omnibus auf der Place de la Contrescarpe vorbei und dann auf die Pflastersteine der Rue Mouffetard. Zu beiden Seiten der Straße sah man erleuchtete Bars und noch zu so später Stunde geöffnete Läden. Wir saßen jeder ganz für sich und wurden auf der alten, holprigen Straße aneinandergeworfen. Bretts Hut war heruntergerutscht. Ihr Kopf lag zurück. Ich sah ihr Gesicht im Licht der offenen Läden, dann war es wieder dunkel, und dann sah ich ihr Gesicht ganz deutlich, als wir auf die Avenue des Gobelins kamen.

Die Straße war aufgerissen, und Männer arbeiteten beim flackernden Schein des Acetylenlichts auf den Straßenbahngleisen. Bretts Gesicht war weiß, und die lange Linie ihres Halses glänzte in dem hellen Licht. Die Straße lag wieder in Dunkelheit, und ich küßte sie. Unsere Lippen lagen fest aufeinander, und dann wandte sie sich weg und preßte sich in die Ecke ihres Sitzes, so weit weg, wie sie nur konnte. Sie hielt den Kopf gesenkt.

«Faß mich nicht an», sagte sie, «bitte, faß mich nicht an.»

«Was ist denn?»

«Ich kann es nicht aushalten.»

«O Brett.»

«Du darfst nicht. Du mußt es verstehen. Ich kann's nicht aushalten, das ist alles. Bitte, versteh's doch, Liebster.»

«Liebst du mich denn nicht?»

«Lieben? Wenn du mich anfaßt, komm ich einfach um.»

«Kann man denn da nichts machen?»

Sie saß jetzt aufrecht. Ich hatte den Arm um sie gelegt, und sie lehnte sich an mich, und wir waren beide ganz ruhig. Sie sah mir in die Augen mit ihrer Art einen anzublicken, daß man sich fragte, ob sie einen wirklich mit ihren leibhaftigen Augen ansah. Sie sahen und sahen, wenn alle anderen Augen in der Welt längst aufgehört haben würden, einen anzusehen. Sie sah einen an, als ob es auf der ganzen Erde nichts gibt, das sie nicht ebenso ansehen würde, und in Wirklichkeit hatte sie doch vor so vielen Dingen Angst.

«Gott, und daß man da nichts machen kann!» sagte ich.

«Ich weiß nicht», sagte sie. «Ich will diese ganze Hölle nicht noch einmal durchmachen.»

«Wir sehen uns besser nicht.»

«Aber Liebster, ich muß dich sehen. Weißt du, es ist ja nicht nur *das.*»

«Aber es endet doch immer damit.»

«Das ist meine Schuld. Wir müssen eben für alles, was wir tun, bezahlen.»

Sie hatte mir die ganze Zeit über in die Augen gesehen. Ihre Augen hatten verschiedene Tiefen, manchmal schienen sie vollkommen flach. Jetzt konnte man tief in sie hineinsehen.

«Wenn ich so daran denke, wie ich Leuten die Hölle heiß gemacht habe. Jetzt rächt es sich an mir.»

«Red nicht so dumm», sagte ich. «Außerdem soll das, was mir passiert ist, komisch sein. Ich denke doch kaum daran.»

«O nein.»

«Komm, wir wollen nicht mehr davon reden.»

«Ich hab auch mal darüber gelacht.» Sie sah mich jetzt nicht an. «Ein Freund meines Bruders kam so von Mons zurück. Es schien wahnsinnig komisch. Man hat eben keine Ahnung, nicht?»

«Nein, kein Mensch hat je die geringste Ahnung.»

Die Angelegenheit war für mich beinahe erledigt. Zu irgendeiner Zeit hatte ich sie natürlich von allen erdenklichen Gesichtspunkten aus betrachtet, auch die inbegriffen, daß gewisse Verletzungen und Verstümmelungen für andere Leute eine Quelle des Amüsements sind, während sie für den Menschen, der sie hat, einen durchaus ernsthaften Charakter tragen.

«Es ist spaßig. Es ist sehr spaßig», sagte ich. «Außerdem macht das Verliebtsein auch Spaß.»

«Findest du?» Ihre Augen sahen wieder ganz flach aus.

«Ich meine nicht richtig Spaß. In einer Hinsicht ist es ein erfreuliches Gefühl.»

«Nein», sagte sie. «Ich finde, es ist die Hölle auf Erden.»

«Aber es ist doch gut, sich zu sehen.»

«Nein, ich find's nicht.»

«Willst du nicht?»

«Ich muß ja.»

Wir saßen jetzt wie zwei Fremde da. Zur Rechten lag der Park Montsouris. Das Restaurant mit dem Teich mit den lebenden Forellen, wo man draußen sitzen kann und über den Park hinwegsieht, war geschlossen und dunkel. Der Chauffeur drehte sich nach uns um.

«Wo willst du hin?» fragte ich. Brett wandte ihren Kopf weg.

«Ach, nach dem *Sélect.*»

«*Café Sélect*», sagte ich dem Chauffeur. «Boulevard Montparnasse.»

Wir fuhren gerade hinunter, um den Lion de Belfort herum, der die vorbeifahrenden Montrouge-Elektrischen bewacht. Brett sah starr vor sich hin. Auf dem Boulevard Raspail, als die Lichter von Montparnasse in Sicht kamen, sagte Brett: «Nimmst du's mir sehr übel, wenn ich dich um etwas bitte?»

«Sei doch nicht komisch.»

«Küß mich noch mal, bevor wir da sind.»

Als das Taxi hielt, stieg ich aus und bezahlte. Brett stieg aus und setzte sich ihren Hut auf. Sie gab mir beim Aussteigen die Hand. Ihre Hand zitterte. «Sag mal, seh ich sehr wüst aus?» Sie zog ihren Männerfilzhut ins Gesicht und ging zur Tür hinein. Drinnen an der Bar und an den verschiedenen Tischen war beinahe die ganze Gesellschaft vom Tanz von vorhin wieder zusammen.

«'n Abend, Kinder», sagte Brett. «Ich möchte was trinken.»

«O Brett, Brett!» Der kleine griechische Porträtmaler, der sich Durchlaucht nennen ließ, zu dem aber alle Zizi sagten, kam eilig auf sie zu. «Ich hab Ihnen was Großartiges zu erzählen.»

«'n Abend, Zizi», sagte Brett.

«Sie müssen meinen Freund kennenlernen», sagte Zizi. Ein dicker Mann kam näher.

«Graf Mippipopolous, darf ich Sie Lady Ashley vorstellen?»

«Guten Abend», sagte Brett.

«Sie verleben wohl eine sehr angenehme Zeit in Paris, meine Gnädigste?» fragte Graf Mippipopolous, der an seiner Uhrkette einen Elchzahn trug.

«Ja, sehr», sagte Brett.

«Paris ist schon eine fabelhafte Stadt», sagte der Graf. «Aber ich glaube, daß sich bei Ihnen in London auch allerhand tut.»

«O ja. Enorm», sagte Brett.

Braddocks rief von einem Tisch: «Barnes, komm, trink was. Dein Mädchen kam in einen furchtbaren Skandal.»

«Wieso?»

«Über irgendwas, was die Tochter der Patronne sagte. Gab einen Heidenkrach. Weißt du, sie war einfach fabelhaft. Zeigte ihre gelbe Karte und wollte die von der Tochter der Patronne sehen. Ich kann dir sagen, das war ein Skandal!»

«Was passierte denn zum Schluß?»

«Oh, irgend jemand hat sie nach Hause gebracht. Sah nicht schlecht aus, die Person. Beherrschte ihr Vokabular fabelhaft. Bleib doch hier und trink was.»

«Nein», sagte ich. «Ich muß abhauen. Cohn gesehen?»

«Er ist mit Frances nach Hause gegangen», warf Mrs. Braddocks ein.

«Armer Kerl, sieht furchtbar niedergedrückt aus», sagte Braddocks.

«Wird's wohl auch sein», sagte Mrs. Braddocks.

«Ich muß abhauen», sagte ich. «Gute Nacht.»

Ich sagte Brett an der Bar gute Nacht. Der Graf ließ Champagner fließen.

«Wollen Sie ein Glas mit uns trinken Sir?» fragte er.

«Nein, danke tausendmal. Ich muß gehen.»

«Wirklich weg?» fragte Brett.

«Ja», sagte ich. «Hab verfluchte Kopfschmerzen.»

«Ich sehe dich morgen.»

«Komm ins Büro.»

«Kaum.»

«Also, wo sieht man dich?»

«Irgendwo, so um fünf.»

«Wollen wir sagen auf der anderen Seite?»

«Gut, ich bin um fünf Uhr im *Crillon.*»

«Versuch da zu sein.»

«Keine Sorge», sagte Brett. «Ich hab dich doch noch nie versetzt, nicht wahr?»

«Was von Mike gehört?»

«Heute 'nen Brief gehabt.»

«Gute Nacht, mein Herr», sagte der Graf.

Ich ging hinaus auf den Bürgersteig und in der Richtung des Boulevards St. Michel hinunter, an den Tischen der *Rotonde* vorbei, die noch voll besetzt waren, und sah über die Straße nach dem *Dôme* hinüber, dessen Tische bis dicht an die Fahrbahn standen. Jemand winkte mir von einem der Tische zu; ich sah nicht, wer es war, und ging weiter. Ich wollte nach Hause. Der Boulevard Montparnasse war verlassen. Bei *Lavigne* war alles fest zu, und in der *Closerie des Lilas* stapelte man die Tische auf. Ich kam am Denkmal von Ney vorbei, das zwischen frisch grünenden Kastanien im Bogenlicht stand. Am Sockel lehnte ein verblaßter purpurner Kranz. Ich blieb stehen, um die Inschrift zu lesen: Von den bonapartischen Vereinen und irgendein Datum, das ich vergessen habe. Er sah in seinen großen Reitstiefeln, wie er da mit seinem Säbel in den frisch grünenden Kastanien stand, phantastisch aus. Meine Wohnung lag gerade gegenüber, ein paar Häuser den Boulevard St. Michel hinauf.

Bei der Concierge war noch Licht. Ich klopfte an ihre Tür, und sie gab mir meine Post. Ich wünschte ihr gute Nacht und ging die Treppe hinauf. Es waren zwei Briefe und Zeitungen. Ich sah sie mir im Eßzimmer unter dem Gaslicht an. Die Briefe waren aus den Staaten. Einer war eine Kontoaufstellung der Bank. Sie zeigte eine

Bilanz von 2432,60 Dollar. Ich nahm mein Scheckbuch heraus, subtrahierte vier Schecks, die ich seit dem Ersten gezogen hatte, und entdeckte, daß ich einen Überschuß von 1832,60 Dollar hatte. Das schrieb ich auf die Rückseite der Aufstellung. Der andere Brief war eine Hochzeitsanzeige. Mr. und Mrs. Aloysius Kirby zeigten die Vermählung ihrer Tochter Katherine an – ich kannte weder das Mädchen noch den Mann, den sie heiratete. Vielleicht schickten sie Rundschreiben an alle Welt. Es war ein komischer Name, und ich war eigentlich ganz sicher, daß ich jemand mit dem Namen Aloysius nicht vergessen hätte. Es war ein guter katholischer Name. Auf der Anzeige war eine Krone. Wie bei Zizi, dem griechischen Herzog. Und diesem Grafen. Der Graf war komisch. Brett war auch adlig. Zum Teufel mit Brett. Zum Teufel mit dir, Lady Ashley.

Ich zündete die Lampe am Bett an, drehte das Gas aus und öffnete die Fenster. Das Bett war weit von den Fenstern entfernt, und ich saß bei offenen Fenstern auf dem Bett und zog mich aus. Draußen fuhr ein Nachtzug auf den Straßenbahngleisen vorbei, mit Gemüse für den Markt beladen. Sie machten nachts einen Heidenlärm, wenn man nicht schlafen konnte. Beim Ausziehen besah ich mich im Spiegel in dem großen Schrank neben meinem Bett. Dies war die typisch französische Art, ein Zimmer zu möblieren. Ich nehme an, daß es auch praktisch ist. Von all den Verwundungen gerade diese. Wahrscheinlich war es komisch. Ich zog meinen Pyjama an und ging zu Bett. Da lagen die beiden Stierkampfzeitungen, und ich riß die Umschläge ab. Eine war orange und die andere gelb. In beiden stand sicher dasselbe darin, also würde die, die ich zuerst las, bestimmt den Genuß der zweiten verderben. *Le Toril* war die bessere Zeitung, darum fing ich mit ihr an. Ich las sie ganz durch einschließlich der kleinen Anzeigen und der Cornigramme. Ich blies die Lampe aus; vielleicht konnte ich schlafen.

Mein Kopf begann zu arbeiten. Das alte Lied. Ja, es war eine gemeine Art von Verwundung; ausgerechnet mußte ich an einer so lächerlichen Front wie der italienischen als Flieger tätig sein. In dem italienischen Lazarett wollten wir einen Verein gründen. Auf italienisch hat es einen sehr komischen Namen. Was wohl aus den anderen, den Italienern, geworden war? Das war im Ospedale Maggiore in Mailand, Padiglione Ponte gewesen. Das nächste Gebäude war die Padiglione Zonda. Dort stand ein Denkmal von Ponte, es kann aber auch von Zonda gewesen sein. Der Verbindungsoffizier besuchte mich dort. Das war komisch. Das war wohl das erste Komische. Ich war ganz verbunden, aber sie hatten ihm alles erzählt. Und dann hielt er mir diese wunderbare Rede: «Sie, ein Ausländer, ein Engländer» (jeder Ausländer war ein Engländer), «haben mehr als Ihr Leben gegeben.» Was für eine Ansprache! Ich hätte sie gern schriftlich, um sie in meinem Büro aufzuhängen. Er lachte nicht, nein. Er dachte sich, glaube ich, in meine Lage. *«Che mala fortuna! Che mala fortuna!»*

Mir ist es damals, glaube ich, gar nicht so recht klargeworden. Ich versuchte mich durchzuwursteln, ohne anderen Leuten Schwierigkeiten zu machen. Vielleicht hätte ich das nie durchgemacht, wenn ich nicht Brett damals in die Arme gelaufen wäre, als sie mich nach England brachten. Ich glaube, sie wollte nur das haben, was sie nicht haben konnte. Nun, die Menschen waren eben so. Zum Teufel mit den Menschen. Die katholische Kirche hatte eine wunderbare Art, mit allem fertig zu werden. Sicher ein guter Ratschlag. Nicht daran denken. Oh, ein fabelhafter Rat. Versuch's doch mal.

Ich lag wach, und meine Gedanken sprangen von einer Sache zur andern. Dann konnte ich nicht anders, und meine Gedanken drehten sich um Brett, und meine Gedanken sprangen nicht mehr umher, sondern bewegten sich in glatten Wellen . . . Dann plötzlich fing ich an zu weinen. Dann, nach einer Weile, wurde es besser, und ich lag im Bett und lauschte auf die schweren Wagen, die die Straße hinauf- und hinunterfuhren, und dann schlief ich ein.

Ich wachte auf. Draußen war Krach. Ich horchte und glaubte eine Stimme zu erkennen . . . Ich zog meinen Schlafrock an und ging an die Tür. Die Concierge sprach unten. Sie war wütend. Ich hörte meinen Namen und rief die Treppe hinunter.

«Sind Sie da, Mr. Barnes?» rief die Concierge.

«Ja, was ist los?»

«Hier ist eine Frauensperson, die die ganze Straße aufgeweckt hat. Schöne Art und Weise mitten in der Nacht. Sie sagt, sie muß Sie sprechen. Ich hab ihr gesagt, daß Sie schlafen.»

Dann hörte ich Bretts Stimme. Im Halbschlaf, wie ich war, hatte ich steif und fest geglaubt, es sei Georgette. Ich weiß nicht warum. Sie kannte ja meine Adresse gar nicht.

«Wollen Sie sie bitte rauflassen?»

Brett kam die Treppe herauf. Ich sah, sie war vollkommen betrunken. «Zu dumm von mir», sagte sie. «Mach da einen furchtbaren Krach. Du hast doch noch nicht geschlafen?»

«Was dachtest du denn, was ich mache?»

«Weiß nicht. Wie spät ist es denn?»

Ich sah nach der Uhr. Es war halb fünf. «Hatte keine Ahnung, wie spät es ist», sagte Brett. «Hör mal, kann man sich hinsetzen? Sei nicht böse, Liebling. Hab gerade den Grafen verlassen. Hat mich hergebracht.»

«Wie ist er denn?» Ich brachte Cognac, Selterswasser und Gläser.

«Nur ein bißchen», sagte Brett. «Versuch nicht etwa, mich betrunken zu machen. Der Graf! Fabelhaft, sag ich dir. Der gehört zu uns.»

«Ist er denn ein Graf?»

«Ich glaube ja. Weißt du, auf jeden Fall verdient er einer zu sein. Weiß enorm viel Klatsch über alle Leute. Weiß nicht, wo er das alles her hat. Ihm gehört eine Kette von Konditoreien in den Staaten.»

Sie nippte an ihrem Glas.

«Denk dir, er hat es eine Kette oder so ähnlich genannt. Zählte sie alle auf. Hat mir ein bißchen davon erzählt. Verdammt interessant. Aber er gehört trotzdem zu uns. Vollkommen. Kein Zweifel. Das merkt man sofort.»

Sie trank weiter.

«Gott, wie geschwätzig ich bin. Du bist nicht böse, nicht wahr? Weißt du, er bezahlt für Zizi.»

«Ist Zizi wirklich ein Herzog?»

«Sollte mich nicht wundern. Ein griechischer, weißt du. Schlechter Maler. Der Graf gefällt mir.»

«Wo warst du mit ihm?»

«Ach, überall. Er hat mich jetzt gerade hergebracht. Bot mir 10000 Dollar, wenn ich mit ihm nach Biarritz reisen würde. Wieviel Pfund sind das?»

«Ungefähr zweitausend.»

«Masse Geld. Ich sagte ihm, ich könnte nicht. Er nahm es riesig nett auf. Sagte ihm, daß ich zuviel Bekannte in Biarritz habe.»

Brett lachte.

«Gott, bist du im Konsum bescheiden», sagte sie. Ich hatte nur an meinem Cognac genippt. Ich nahm einen langen Zug.

«So ist's besser. Sehr komisch», sagte Brett. «Dann wollte er, daß ich mit ihm nach Cannes führe. Sagte ihm, daß ich in Cannes zuviel Leute kenne. Monte Carlo. Sagte ihm, daß ich zuviel Bekannte in Monte Carlo hätte. Sagte ihm, daß ich überall zuviel Bekannte hätte. Stimmt auch wirklich. Darum bat ich ihn auch, mich hierherzubringen.» Sie sah mich an, ihre eine Hand auf dem Tisch; sie hob ihr Glas. «Mach nicht solch 'n Gesicht», sagte sie. «Sagte ihm, daß ich dich liebe. Stimmt auch. Guck doch nicht so. Er hat es riesig nett aufgenommen. Will uns morgen abend zum Essen ausfahren. Willst du?»

«Warum nicht?»

«Ich werd wohl jetzt besser gehen.»

«Warum?»

«Wollte dich nur sehen. Eine zu dämliche Idee. Willst du dich anziehen und mitkommen? Der Wagen hält gleich hier.»

«Und der Graf?»

«Will mich spazierenfahren, er selbst und sein Chauffeur in Livree. Wollen im Bois frühstücken. Körbe voll Proviant. Alles bei Zelli gekauft. Dutzend Flaschen Mumm. Lockt dich das nicht?»

«Muß morgen früh arbeiten», sagte ich. «Ich bin auch zu weit im Hintertreffen, um euch noch einzuholen und kein Spielverderber zu sein.»

«Sei kein Esel.»

«Nein, ist nicht zu machen.»

«Schön. Schickst ihm zärtliche Grüße?»

«Alles, was du willst.»

«Gute Nacht, Liebling.»

«Werd nicht sentimental.»

«Du machst mich krank.»

Wir gaben uns einen Gutenachtkuß, und Brett zitterte. «Ich werd lieber gehen, gute Nacht, Liebling.»

«Du mußt doch nicht gehen.»

«Doch.»

Wir küßten uns noch einmal auf der Treppe, und als ich nach dem *cordon* rief, brummelte die Concierge etwas hinter ihrer Tür. Ich ging wieder hinauf und beobachtete Brett von meinem offenen Fenster aus, wie sie die Straße rauf ging zu der großen Limousine, die unterm Bogenlicht an der Ecke hielt. Sie stieg ein, und das Auto fuhr los. Ich drehte mich um. Auf dem Tisch stand ein leeres und ein halbvolles Glas mit Cognac. Ich nahm beide raus in die Küche und goß das halbvolle Glas in den Ausguß. Ich drehte im Eßzimmer das Gas aus, setzte mich auf mein Bett, schleuderte meine Morgenschuhe von den Füßen und ging ins Bett. Dies war also Brett, um die mir zum Heulen zumute gewesen war. Dann dachte ich an sie, wie sie die Straße hinuntergegangen und in den Wagen gestiegen war, so wie ich sie zuletzt gesehen hatte, und natürlich war mir in kurzer Zeit wieder jammervoll zumute. Es ist furchtbar leicht, am Tag über alles erhaben zu sein, aber nachts, mein Gott, ist es was ganz anderes.

5

Am anderen Morgen ging ich den Boulevard hinunter in die Rue Soufflot, um Kaffee und Brioches zu frühstücken. Es war ein Prachttag. Die Kastanienbäume im Luxembourg-Garten waren in Blüte. Man hatte das angenehme Frühmorgensgefühl eines heißen

Tages. Ich las beim Kaffeetrinken die Zeitung und rauchte dann eine Zigarette. Die Blumenfrauen kamen vom Markt und begannen ihre Stände aufzubauen. Studenten kamen auf ihrem Weg zum juristischen Seminar oder zur Sorbonne vorbei. Der Boulevard war voller Leben, mit Straßenbahnen und Leuten, die zur Arbeit wollten. Ich bestieg einen S-Bus, stand auf der hinteren Plattform, fuhr hinunter bis zur Madeleine. Von der Madeleine ging ich den Boulevard des Capucines hinunter bis zur Oper und hinauf in mein Büro. Ich kam bei dem Mann mit den springenden Fröschen und dem Mann mit dem Boxerspielzeug vorbei. Ich machte einen Schritt zur Seite, um nicht in den Faden zu treten, durch den seine Gehilfin die Boxer in Bewegung setzte. Sie stand abgewendet da und hielt den Faden in den gefalteten Händen. Der Mann drang in zwei Touristen, sie sollten doch kaufen. Drei andere Touristen standen dabei und sahen zu. Ich ging hinter einem Mann mit einer Walze her, der auf das Trottoir mit feuchten Buchstaben das Wort CINZANO druckte. Überall gingen die Leute an die Arbeit. Es war vergnüglich, an die Arbeit zu gehen. Ich überquerte die Avenue und ging in mein Büro.

Oben im Büro las ich die französischen Morgenzeitungen, rauchte und saß dann an der Schreibmaschine und schaffte ein ganz schönes Stück Arbeit. Um elf Uhr fuhr ich mit einem Taxi hinüber nach dem Quai d'Orsay, ging hinein und saß mit vielleicht einem Dutzend anderen Korrespondenten zusammen, während der Sprecher des Auswärtigen Amtes, ein junger *Nouvelle Revue Française*-Diplomat mit hornumränderter Brille, eine halbe Stunde lang sprach und Fragen beantwortete. Der Ministerpräsident war in Lyon, um eine Rede zu halten, oder vielmehr er war auf dem Rückweg. Verschiedene Leute stellten Fragen, um sich selbst reden zu hören; außerdem wurde aber noch eine Reihe von Fragen von Leuten des Nachrichtendienstes gestellt, die die Antworten wissen wollten. Neuigkeiten gab es nicht. Ich nahm mit Woolsey und Krum ein Taxi vom Quai d'Orsay zurück.

«Was machst du eigentlich abends, Jake? Man sieht dich doch nirgends.»

«Oh, ich bin drüben im Quartier.»

«Ich komme irgendeinen Abend mal rüber. Das *Dingo* ist wohl das wahre?»

«Ja, oder diese neue Kneipe, das *Sélect.*»

«Ich wollte schon immer mal kommen», sagte Krum. «Aber ihr wißt ja, wie das so ist, mit Frau und Kindern.»

«Spielen Sie viel Tennis?» fragte Woolsey.

«Eigentlich nicht», sagte Krum. «Dieses Jahr bin ich eigentlich gar nicht dazu gekommen. Ich wollte immer, aber sonntags hat's meistens geregnet, und die Plätze sind immer so schrecklich überfüllt.»

«Die Engländer haben alle schon sonnabends frei», sagte Woolsey.

«Die haben halt Schwein», sagte Krum. «Na, ich sage euch, ich werde auch nicht mein ganzes Leben lang für solch ein Nachrichtenbüro schuften. Ich werde später reichlich Zeit haben, um aufs Land zu fahren.»

«Ja, das ist das wahre. Draußen auf dem Land wohnen und einen kleinen Wagen haben.»

«Ich überlege, ob ich nächstes Jahr nicht einen Wagen kaufen soll.»

Ich klopfte an die Scheibe. Der Chauffeur hielt. «So, da bin ich», sagte ich, «kommt rein und trinkt was.»

«Danke, mein Junge», sagte Krum. Woolsey schüttelte den Kopf. «Muß telegrafieren, was der da heute morgen von sich gegeben hat.»

Ich gab Krum ein Zwei-Franc-Stück.

«Du bist verrückt, Jake», sagte er. «Das ist meine Sache.»

«Bezahlt's Büro auf jeden Fall.»

«Unter keiner Bedingung.»

Ich winkte auf Wiedersehen. Krum streckte seinen Kopf raus. «Seh ich dich am Mittwoch zum Lunch?»

«Todsicher.»

Ich fuhr mit dem Fahrstuhl hinauf ins Büro. Robert Cohn wartete auf mich. «Tag, Jake», sagte er. «Gehst du essen?»

«Ja, laß mich nur sehen, ob was los war.»

«Wo willst du essen?»

«Ganz egal.»

Ich sah über meinen Schreibtisch. «Wo willst du essen?»

«Was meinst du zu *Wetzel*? Man kriegt dort gute Horsd'œuvres.»

Im Restaurant bestellten wir Horsd'œuvres und Bier. Der Sommelier brachte es uns in großen, außen beschlagenen Steinkrügen, eiskalt. Es gab vielleicht zwölf verschiedene Horsd'œuvres.

«Na, war's schön gestern abend?» fragte ich.

«Nein, eigentlich nicht.»

«Wie geht's mit der Schriftstellerei?»

«Verdammt schlecht, ich komm mit diesem zweiten Buch nicht von der Stelle.»

«Das geht allen so.»

«Das glaub ich schon. Aber es macht mich trotzdem nervös.»

«Denkst du noch an Südamerika?»

«Damit ist es mir absolut Ernst.»

«Na, warum geht's denn nicht los?»
«Frances.»
«Na», sagte ich, «nimm sie doch mit.»
«Würde ihr ja nicht gefallen. So was ist nichts für sie. Sie hat gern viele Leute um sich.»
«Sag ihr, sie soll sich zum Teufel scheren.»
«Kann ich nicht, ich habe doch gewisse Verpflichtungen gegen sie.»
Er schob die in Scheiben geschnittenen Gurken fort und nahm sich einen gesalzenen Hering.
«Was weißt du über Lady Brett Ashley, Jake?»
«Sie heißt Lady Ashley. Brett nennt *sie* sich. Sie ist eine nette Person», sagte ich. «Sie läßt sich scheiden und wird dann Mike Campbell heiraten. Er ist jetzt in Schottland. Wozu fragst du?»
«Sie ist eine außergewöhnlich reizvolle Frau.»
«Nicht wahr?»
«Sie hat so irgend etwas an sich, eine gewisse Vornehmheit. Sie ist sicher, absolut vornehm und anständig.»
«Sie ist sehr nett.»
«Ich weiß nicht, wie ich diese Eigenschaft beschreiben soll», sagte Cohn. «Wahrscheinlich die Kinderstube.»
«Kommt mir so vor, als ob du sie recht gern hast.»
«Hab ich auch. Sollte mich gar nicht wundern, wenn ich mich in sie verliebt hätte.»
«Sie ist eine Säuferin», sagte ich. «Sie ist in Mike Campbell verliebt und wird ihn heiraten. Eines Tages wird er maßlos reich sein.»
«Ich glaube nicht, daß sie ihn je heiraten wird.»
«Warum nicht?»
«Weiß nicht. Aber ich glaube nicht daran. Kennst du sie schon lange?»
«Ja», sagte ich, «sie war Hilfsschwester in dem Kriegslazarett, in dem ich lag.»
«Da muß sie ja noch der reine Backfisch gewesen sein.»
«Sie ist jetzt vierunddreißig.»
«Wann hat sie Ashley geheiratet?»
«Während des Krieges. Ihr Schatz war gerade mit der Ruhr abgekratzt.»
«Du sprichst ja so verbittert.»
«Tut mir leid, war ganz unbeabsichtigt. Ich wollte dir nur die Tatsachen geben.»
«Ich glaube nicht, daß sie jemanden heiratet, den sie nicht liebt.»
«Na», sagte ich, «bisher hat sie's zweimal getan.»
«Ich glaub's nicht.»

«Na», sagte ich. «Frag mich doch nicht erst lauter Quatsch, wenn dir dann meine Antworten nicht passen.»

«Das hatte ich dich nicht gefragt.»

«Du hast mich gefragt, was ich über Brett Ashley weiß.»

«Ich habe dich aber nicht ersucht, sie zu beleidigen.»

«Ach, geh zum Teufel.»

Er stand vom Tisch auf mit weißem Gesicht und stand blaß und aufgebracht hinter den kleinen Horsd'œuvre-Schüsseln.

«Na, setz dich schon, sei nicht so dumm.»

«Du mußt das zurücknehmen.»

«Gott, laß doch dies kindische Zeug.»

«Nimm's zurück.»

«Aber natürlich. Alles, was du willst. Ich habe nie von Brett Ashley gehört. Na, ist jetzt alles in Ordnung?»

«Nein. Nicht das. Daß ich mich zum Teufel scheren soll.»

«Also scher dich nicht zum Teufel», sagte ich. «Bleib nur hier, wo wir gerade mit unserem Essen anfangen.»

Cohn lächelte wieder und setzte sich. Er schien froh zu sein, sich setzen zu können. Was um alles in der Welt hätte er nur gemacht, wenn er sich nicht hingesetzt hätte?

«Du sagst so verflucht beleidigende Sachen, Jake.»

«Tut mir leid. Hab eine böse Zunge. Mein es aber nicht so, wenn ich was Ekelhaftes sage.»

«Ich weiß», sagte Cohn. «Jake, du bist eigentlich mein bester Freund.»

Gott steh dir bei, dachte ich. «Na, denk nicht mehr an das, was ich gesagt habe», sagte ich laut. «Es tut mir leid.»

«Alles wieder in bester Ordnung. Ich war nur im Moment gekränkt.»

«Also gut, was essen wir noch?»

Nachdem wir zu Ende gegessen hatten, gingen wir ins *Café de la Paix* und tranken Kaffee. Ich fühlte, wie Cohn Brett wieder aufs Tapet bringen wollte, aber ich hinderte ihn daran. Wir sprachen über dies und jenes, und dann verließ ich ihn, um ins Büro zu gehen.

6

Um fünf Uhr wartete ich im *Hôtel Crillon* auf Brett. Sie war noch nicht da, also setzte ich mich hin und schrieb ein paar Briefe. Es waren keine sehr geistvollen Briefe, aber ich hoffte, daß das *Crillon*-Briefpapier alles wettmachen würde. Brett erschien nicht; ungefähr um Viertel vor sechs ging ich in die Bar und trank einen Jack Rose mit Georges, dem Mixer. Brett war auch nicht in der Bar gewesen. Als ich hinausging, sah ich mich noch oben nach ihr um und nahm dann ein Taxi nach dem *Café Sélect.* Als ich über die Seine fuhr, sah ich eine ganze Reihe Lastkähne auf dem Wasser schwimmen, die leer den Fluß hinuntergeschleppt wurden. Die Schiffer standen an den Steuerrudern, als sie sich der Brücke näherten. Der Fluß sah schön aus. Es ist immer erfreulich, in Paris über eine Brücke zu fahren.

Das Taxi fuhr um das Denkmal des Erfinders der optischen Telegrafie herum, dann ging es den Boulevard Raspail entlang, und ich setzte mich zurück, um diesen Teil der Fahrt vorübergehen zu lassen. Der Boulevard Raspail war immer ein ödes Fahren. Es erinnerte mich an eine gewisse Strecke der P. L. M. zwischen Fontainebleau und Montereau, auf der ich mich auch jedesmal so langweilte, elend und tot fühlte, bis sie vorbei war. Ich nehme an, diese toten Punkte auf einer Reise entstehen durch gewisse Gedankenassoziationen. Er gibt andere Straßen in Paris, die genauso häßlich sind wie der Boulevard Raspail. Es ist eine Straße, die ich zu Fuß gar nicht so ungern entlanggehe. Aber entlangfahren – nein. Vielleicht hatte ich mal so etwas gelesen. Robert Cohn ging es ja mit ganz Paris so ähnlich. Ich überlegte, wo Cohn nur die Unfähigkeit, Paris zu genießen, her haben mochte. Vielleicht von Mencken. Ich glaube, Mencken haßt Paris. So viele junge Leute bekommen ihre Vorlieben und Abneigungen im Leben durch Mencken.

Das Auto hielt genau vor der *Rotonde.* Ganz gleich, welches Café auf Montparnasse man dem Taxichauffeur auch immer nennt, er fährt einen zur *Rotonde.* Vielleicht wird es in zehn Jahren das *Café du Dôme* sein. Auf jeden Fall war es nah genug. Ich ging von den traurigen Tischen der *Rotonde* hinüber ins *Sélect.* Drinnen an der Bar waren ein paar Leute, und draußen ganz allein saß Harvey Stone. Er hatte einen Haufen Untersätze vor sich aufgetürmt und war unrasiert.

«Setz dich», sagte Harvey, «hab dich schon lange gesucht.»

«Was ist denn los?»

«Nichts. Nur so gesucht.»

«Warst du beim Rennen?»

«Nein, nicht seit Sonntag.»

«Was hörst du aus den Staaten?»

«Nichts, absolut nichts.»

«Was ist denn los?»

«Ich weiß nicht, ich bin mit ihnen fertig. Vollkommen fertig.»

Er beugte sich vornüber und sah mir ins Gesicht.

«Soll ich dir was erzählen, Jake?»

«Ja.»

«Ich habe seit fünf Tagen nichts gegessen.»

Ich rechnete schnell im Geist zurück. Vor drei Tagen hatte mir Harvey 200 Francs beim Pokern in der *New York Bar* abgenommen.

«Was ist denn los?»

«Kein Geld. Kein Geld.» Er machte eine Pause. «Weißt du, Jake, es ist merkwürdig. Wenn's mir dreckig geht, dann will ich nichts als meine Ruhe haben. Bleibe am liebsten in meiner eigenen Bude. Bin wie eine Katze.»

Ich griff in die Tasche.

«Würden dir hundert helfen, Harvey?»

«Ja.»

«Komm, wir wollen essen gehen.»

«Gar keine Eile. Komm, trink was.»

«Lieber essen.»

«Nein, wenn es mir so dreckig geht, ist es mir ganz egal, ob ich esse oder nicht.»

Wir tranken. Harvey stellte meinen Untersatz auf seine.

«Harvey, kennst du Mencken?»

«Ja, warum?»

«Wie ist er eigentlich?»

«Nett. Er sagt höchst amüsante Dinge. Letztes Mal, als wir zusammen aßen, sprachen wir über Hoffenheimer. Sein großer Fehler ist, daß er jeder Schürze nachläuft», sagte er.

«Nicht schlecht.»

«Jetzt ist er durch», fuhr Harvey fort. «Er hat über alles, was er weiß, geschrieben, und jetzt schreibt er über alles, was er nicht weiß.»

«Wahrscheinlich ist er ein guter Schriftsteller», sagte ich. «Ich kann ihn nur einfach nicht lesen.»

«Ach, jetzt liest ihn doch überhaupt niemand mehr», sagte Harvey, «außer Leuten, die früher das Alexander Hamilton Institute gelesen haben.»

«Nun», sagte ich, «hatte auch seinen Reiz.»

«Gewiß», sagte Harvey, und dann saßen wir beide eine Weile in tiefes Nachdenken verloren da.

«Noch einen Portwein?»

«Schön», sagte Harvey.

«Da kommt Cohn», sagte ich. Robert Cohn überquerte die Straße.

«Der Trottel», sagte Harvey. Cohn kam an unseren Tisch.

«Tag, Kinder», sagte er.

«Tag, Robert», sagte Harvey. «Ich sagte Jake eben, daß du ein Trottel bist.»

«Was meinst du denn damit?»

«Sag mal schnell, ohne nachzudenken, was würdest du machen, wenn du machen könntest, was du wolltest?»

Cohn fing an zu überlegen.

«Nicht nachdenken. Sag's schnell.»

«Ich weiß nicht», sagte Cohn. «Worum dreht es sich denn überhaupt?»

«Ich meine, was du am liebsten tun möchtest. Was dir zuerst in den Kopf kommt. Ganz gleich, wie dumm es ist.»

«Ich weiß nicht», sagte Cohn. «Ich glaube, ich würde am liebsten Football spielen; aber mit dem Wissen, das ich jetzt habe.»

«Ich habe dich falsch beurteilt», sagte Harvey. «Du bist kein Trottel. Du bist nur ein Fall von zurückgebliebener Entwicklung.»

«Du bist wahnsinnig komisch, Harvey», sagte Cohn. «Eines Tages wird dir jemand deine Fresse einschlagen.»

Harvey Stone lachte. «Glaubst du? Ach bewahre. Ist mir auch ganz egal. Ich bin ja kein Boxer.»

«Es wäre dir sicher nicht ganz egal, wenn's dir passierte.»

«Aber doch. Da irrst du dich sehr. Du bist eben nicht sehr helle.»

«Nu hör schon auf.»

«Gewiß», sagte Harvey, «mir ist das ganz schnuppe. Du bist mir ja so egal.»

«Na, na, Harvey», sagte ich. «Trink noch 'n Portwein.»

«Nein», sagte er. «Ich geh die Straße rauf, essen. Seh dich nachher, Jake.»

Er ging hinaus und die Straße entlang. Ich sah, wie er die Straße überquerte mitten durch die Taxis hindurch, klein, schwer, langsam, seiner selbst sicher im Gedränge.

«Er bringt mich immer in Wut», sagte Cohn. «Ich kann ihn nicht ausstehen.»

«Ich hab ihn gern», sagte ich. «Ich mag ihn leiden. Man darf ihm nicht böse sein.»

«Ich weiß schon», sagte Cohn, «aber er geht mir auf die Nerven.»

«Nachmittags geschrieben?»

«Nein, wollte nicht in Gang kommen. Viel schwerer als mein erstes Buch. Hab schrecklich viel Mühe damit.»

Die gesunde Einbildung, die er im Frühling, als er aus Amerika gekommen war, besessen hatte, war verschwunden. Damals war er seines Werkes sicher gewesen und nur mit dieser persönlichen Sehnsucht nach Abenteuern behaftet. Jetzt war die Sicherheit fort. Irgendwie hab ich die Idee, als ob ich von Robert Cohn kein klares

Bild gegeben habe. Der Grund ist, daß er bis zu dem Moment, wo er sich in Brett verliebte, auch nicht eine einzige Bemerkung gemacht hatte, die ihn von anderen Leuten unterschied. Man sah ihm gern auf dem Tennisplatz zu; er hatte eine gute Figur und erhielt sie sich; sein Bridgespiel war durchdacht und gut, und er hatte eine komische Art an sich, so etwas Studentenhaftes. Wenn er mit Menschen zusammen war, fiel nichts, was er auch sagte, aus dem Rahmen. Er trug was wir früher in der Schule Polohemden nannten und was man vielleicht heute noch so nennt, aber er war nicht professionell jugendlich. Ich glaube nicht, daß er viel über seine Kleidung nachdachte. Seinen äußeren Schliff hatte er in Princeton bekommen. Innerlich war er von den zwei Frauen, die ihn erzogen hatten, geformt. Er hatte eine nette, jungenhafte Art von Frohsinn, die man ihm nie ausgetrieben hatte, und ich habe sie bei ihm wahrscheinlich nicht zum Vorschein gebracht. Er war glücklich, wenn er im Tennis gewann. Vielleicht gewann er ebenso gern wie die Lenglen zum Beispiel. Andererseits war er aber nicht verärgert, wenn man ihn besiegte. Als er sich in Brett verliebte, ging sein ganzer Tennisstil flöten. Er wurde von Leuten, die früher auch nicht die geringste Chance gegen ihn gehabt hatten, geschlagen. Er nahm es aber nett auf.

Na, wir saßen also auf der Terrasse des *Café Sélect*, Harvey Stone war gerade über die Straße gegangen.

«Komm rauf zu den *Lilas*», sagte ich.

«Ich bin verabredet.»

«Wann?»

«Frances kommt um Viertel acht hierher.»

«Da ist sie.»

Frances Clyne kam über die Straße auf uns zu. Sie war sehr groß und ging mit viel Schwung. Sie winkte und lächelte. Wir sahen zu, wie sie über die Straße ging.

«Tag», sagte sie. «Fein, Jake, daß du da bist. Ich wollte dich so gern sprechen.»

«Tag, Frances», sagte Cohn. Er lächelte.

«Tag, Robert. Ach, du bist hier?» Sie sprach rasch weiter. «Ich hab 'n netten Tag hinter mir. Der da –» indem sie mit dem Kopf Cohn zunickte – «ist mittags nicht zum Essen nach Hause gekommen.»

«Ich wurde ja nicht erwartet.»

«Oh, ich weiß, aber du hast es der Köchin nicht gesagt. Dann hatte ich eine Verabredung, und Paula war nicht in ihrem Büro. Ich ging ins *Ritz* und wartete auf sie, und sie kam überhaupt nicht, und natürlich hatte ich nicht genug Geld, um im *Ritz* zu frühstücken –»

«Und was hast du gemacht?»

«Bin natürlich rausgegangen.» Sie sprach so gemacht vergnügt. «Ich halte immer meine Verabredungen. Aber außer mir niemand heutzutage. Sollte es eben wissen. Na, wie geht es dir denn, Jake?»

«Glänzend.»

«Du hattest ja eine fabelhafte Person zum Tanzen mitgebracht und bist nachher mit dieser Brett losgezogen.»

«Magst du sie nicht?» fragte Cohn.

«Ich finde, sie ist ganz entzückend. Du nicht auch?»

Cohn sagte nichts.

«Hör mal, Jake, ich möchte dir gern was sagen. Würdest du rüber mit mir ins *Dôme* gehen? Du bleibst hier, nicht wahr, Robert? Komm, Jake.»

Wir überschritten den Boulevard Montparnasse und setzten uns an einen Tisch. Ein Junge kam mit der Pariser *Times* vorbei; ich kaufte eine und entfaltete sie.

«Na, was ist los, Frances?»

«Ach, gar nichts», sagte sie, «außer daß er mich sitzenlassen will.»

«Wie meinst du das?»

«Na, er hat allen erzählt, daß wir heiraten würden, und ich hab's meiner Mutter und allen gesagt, und jetzt will er nicht.»

«Was ist denn los?»

«Er redet sich ein, er hätte noch nicht genug gelebt. Ich wußte, daß es so kommen würde, als er nach New York ging.»

Sie sah auf, mit hellen Augen, und versuchte leicht darüber hinwegzureden.

«Natürlich würde ich ihn nie heiraten, wenn er nicht wollte. Natürlich nicht. Ich würde ihn jetzt für nichts in der Welt heiraten. Aber es scheint mir, daß es jetzt ein bißchen spät dafür ist, nachdem wir drei Jahre gewartet haben und ich gerade meine Scheidung durchgesetzt habe.»

Ich sagte nichts.

«Wir wollten das so feiern, und statt dessen haben wir unentwegt Szenen. Er ist so albern. Wir haben schreckliche Szenen, und er weint und bittet mich, vernünftig zu sein, aber er sagt, er könne es einfach nicht.»

«Wahnsinniges Pech.»

«Und ob's wahnsinniges Pech ist. Ich hab zwei und ein halbes Jahr mit ihm vergeudet. Und heute weiß ich nicht, ob mich noch irgendwer heiraten wird. Vor zwei Jahren in Cannes hätte ich noch jeden heiraten können. Alle die Alten, die jemand Schickes heiraten und Schluß machen wollen, waren einfach verrückt nach mir. Ich glaube, jetzt kriege ich keinen mehr.»

«Aber du kannst heiraten, wen du willst.»

«Nein, das glaub ich nicht. Und außerdem hab ich ihn gern. Und ich möchte gern Kinder haben. Ich dachte immer, daß wir Kinder haben würden.»

Sie sah mich strahlend an. «Ich hab mir nie viel aus Kindern gemacht, aber ich mag den Gedanken nicht, daß ich nie welche haben soll. Ich dachte immer, ich würde welche kriegen und sie dann auch gern haben.»

«Er hat ja Kinder.»

«O ja. Er hat Kinder, er hat Geld, und er hat eine reiche Mutter, und er hat ein Buch geschrieben, und keiner will mein Zeug drukken, keiner, und es ist gar nicht so schlecht. Und ich hab überhaupt kein Geld. Ich hätte eine Rente bekommen können, aber ich hab die Scheidung auf die schnellste Art und Weise gewollt.»

Sie sah mich wieder strahlend an.

«Es ist nicht richtig. Es ist mein eigener Fehler und dann auch wieder nicht. Ich hätte es besser wissen sollen. Und wenn ich ihm das sage, fängt er an zu weinen und sagt, er könne nicht heiraten. Warum kann er nicht heiraten? Ich würde eine gute Frau abgeben. Mit mir läßt sich's leicht leben. Ich laß ihn zufrieden. Aber es hat gar keinen Sinn.»

«Es ist eine wahre Schande.»

«Ja, eine wahre Schande. Aber es hat keinen Zweck, darüber zu reden, nicht wahr? Komm, wir gehen wieder ins Café zurück.»

«Und ich kann euch natürlich auch nicht helfen, nicht wahr?»

«Nein, aber du brauchst ihm ja nicht zu zeigen, daß ich mit dir darüber gesprochen habe. Ich weiß, was er will.» Jetzt, zum erstenmal ließ sie ihr strahlendes, schrecklich aufgekratztes Benehmen sein. «Er will allein nach New York zurück und da sein, wenn sein Buch rauskommt und eine Menge kleiner Gänse es großartig finden. Das will er.»

«Vielleicht gefällt es ihnen gar nicht. Ich glaube nicht, daß er so ist. Wirklich nicht.»

«Du kennst ihn nicht so wie ich, Jake. Das hat er vor. Ich weiß es, ich weiß es. Darum will er nicht heiraten. Er will im Herbst seinen großen Triumph ganz allein genießen.»

«Willst du ins Café zurück?»

«Ja, komm.»

Wir standen auf – man hatte uns nichts zu trinken gebracht – und gingen wieder zum *Sélect* hinüber, wo Cohn hinter einem Tisch mit Marmorplatte uns entgegenlächelte.

«Na, was lächelst du?» fragte ihn Frances. «Fühlst du dich so wohl?»

«Ich lächle über euch mit euern Geheimnissen.»

«Na, was ich Jake erzählt habe, ist weiter kein Geheimnis. Die ganze Welt wird es nur zu bald wissen. Ich wollte nur Jake eine passende Lesart mitteilen.»

«Worüber? Über deine Reise nach England?»

«Ja, über meine Reise nach England. Ach, Jake, ich vergaß dir zu erzählen, daß ich nach England fahre.»

«Na, großartig.»

«Ja, so wird's in den besten Familien gemacht. Robert schickt mich. Er gibt mir 200 Pfund, und dann fahre ich zu Freunden auf Besuch. Wird es nicht herrlich werden? Die Freunde wissen noch nichts von ihrem Glück.»

Sie wandte sich zu Cohn und lächelte. Er lächelte jetzt nicht.

«Nicht wahr, du wolltest mir eigentlich nur hundert Pfund geben, Robert? Aber ich hab durchgesetzt, daß er mir zweihundert gibt. Er ist wirklich sehr nobel, nicht wahr, Robert?»

Ich verstehe nicht, wie Leute so entsetzliche Sachen zu Robert Cohn sagen können. Es gibt Leute, zu denen man einfach nicht solche beleidigenden Dinge sagen *kann.* Man hat das Gefühl, daß die Welt einfallen müsse, tatsächlich einfallen, wenn man gewisse Dinge sagt. Aber Cohn steckte alles ein. Das alles ging hier direkt unter meinen eigenen Augen vor sich, und ich fühlte nicht einmal die leiseste Regung, es zu verhindern. Und dies war freundschaftlicher Ulk gegen das, was dann kam.

«Wie kannst du so etwas sagen, Frances?» unterbrach sie Cohn.

«Hör nur mal zu. Ich fahre nach England. Ich besuche Freunde. Hast du schon mal Freunde besucht, die dich gar nicht wollen? Stimmt, sie müssen mich aufnehmen. ‹Wie geht's, meine Liebe? Haben uns lange nicht gesehen. Und wie geht es deiner lieben Mutter?› Ja, wie geht es meiner lieben Mutter? Sie legte ihr ganzes Geld in französischer Kriegsanleihe an. Ja, hat sie. Vielleicht der einzige Mensch auf der ganzen Welt. ‹Und was macht Robert?› Oder sonst ein sehr vorsichtiges Herumgehen um Robert. ‹Du mußt dich sehr in acht nehmen, meine Liebe, und ihn nicht erwähnen. Die arme Frances hat eine sehr unglückliche Erfahrung hinter sich.› Wird es nicht nett sein, Robert? Glaubst du nicht auch, Jake?»

Sie wandte sich mit ihrem entsetzlich strahlenden Lächeln mir zu. Es beglückte sie, für all dies ein Publikum zu haben.

«Und was wird aus dir, Robert? Meine Schuld, schön. Ganz meine Schuld. Als ich dich damals dazu brachte, die kleine Sekretärin, die du bei der Zeitschrift hattest, zu entlassen, hätte ich wissen müssen, daß du mich ebenso loswerden würdest. Davon weiß Jake gar nichts. Soll ich's ihm erzählen?»

«Um Himmels willen, Frances, hör schon auf.»

«Ja, ich erzähl's ihm. Robert hatte eine kleine Sekretärin bei der Zeitschrift. Einfach eine süße kleine Person, und er fand sie fabelhaft, und dann erschien ich auf der Bildfläche, und er fand mich auch einfach fabelhaft. Und dann sorgte ich dafür, daß er sie entließ, und er hatte sie aus Carmel nach Provincetown gebracht, als die Zeitschrift übersiedelte, und er bezahlte ihr nicht einmal die Reisekosten an die Küste zurück. Alles mir zu Gefallen. Damals war schon was an mir dran. Nicht wahr, Robert?

Du mußt es nicht mißverstehen, Jake, mit der Sekretärin, das war absolut platonisch. Nicht mal platonisch. Eigentlich überhaupt nichts. Einfach nur, daß sie nett war. Und er hat es nur mir zu Gefallen getan. Nun, ich nehme an, daß wir, die das Schwert führen, auch durch das Schwert umkommen. Ist das nicht hohe Literatur? Vielleicht merkst du's dir für dein nächstes Buch, Robert!

Weißt du schon, daß Robert Material für ein neues Buch sammelt? Nicht wahr, Robert? Darum verläßt er mich. Er findet, daß ich mich nicht gut verfilmen lasse. Weißt du, er war mit seinem Buch, als wir zusammen lebten, so beschäftigt, daß er sich auf gar nichts mehr besinnt. Also zieht er jetzt aus, um Material zu sammeln. Na, ich hoffe, er findet etwas furchtbar Aufregendes.

Hör mal zu, Robert, Liebling, ja? Eines will ich dir sagen, du wirst mir's ja nicht weiter verübeln. Mach nur keine Szenen mit deinen Freundinnen. Wenigstens versuch es! Weil du keine Szenen haben kannst, ohne zu weinen, und dann tust du dir selbst so wahnsinnig leid, daß du dich nachher nicht mehr auf das, was der andere sagte, besinnen kannst. Du wirst auf diese Art nie irgendwelche Gespräche behalten. Versuch doch ruhig zu bleiben; ich weiß, wie schwer es ist . . . Aber bedenke, es handelt sich um die Literatur. Wir müssen alle der Literatur zuliebe Opfer bringen. Sieh mich an. Ich fahre ohne Protest nach England. Alles für die Literatur. Findest du nicht, Jake? Aber du bist eigentlich kein junger Schriftsteller mehr, nicht wahr, Robert? Du bist vierunddreißig. Aber ich glaube doch, für einen großen Schriftsteller ist das jung. Sieh mal Hardy an. Sieh mal Anatole France an. Er starb vor gar nicht so langer Zeit. Trotzdem findet Robert ihn nicht bedeutend. Ein paar seiner französischen Freunde haben es ihm gesagt. Er selbst liest nicht sehr gut Französisch. Nicht wahr, Robert, er kann als Schriftsteller gar nicht an dich tippen? Glaubst du, daß er sich je nach Material umsehen mußte? Was meinst du wohl, was er zu seinen Mätressen gesagt hat, wenn er nicht heiraten wollte? Ob er wohl auch geweint hat? Ach, eben fällt mir was ein.» Sie hob ihre behandschuhte Hand an den Mund. «Ich weiß jetzt den wahren Grund, warum Robert mich nicht heiraten will. Jake, eben ist es mir eingefallen. Im *Café Sélect* hatte ich die Erleuchtung. Ist es nicht mystisch? Eines Tages wird man hier eine Tafel aufstellen wie in Lourdes. Willst du's wissen, Robert? Ich werd's dir sagen. Es ist so einfach. Komisch, daß ich vorher nie daran gedacht habe. Weißt du, Robert wollte immer eine Mätresse haben, und wenn er mich nicht heiratet, dann hat er eben eine gehabt. ‹Sie war länger als zwei Jahre seine Mätresse.› Hörst du's? Und wenn er mich heiraten würde, wie er immer versprochen hat, wäre das das Ende aller Romantik. Na, bin ich nicht helle, daß ich daran gedacht habe? Außerdem stimmt's. Sieh ihn an und sag, ob ich nicht recht habe. Wo willst du hin, Jake?»

«Ich muß gehen, muß Harvey Stone noch eine Sekunde sprechen.»

Cohn sah auf, als ich hineinging. Sein Gesicht war weiß. Warum saß er da? Warum steckte er das alles ein?

Als ich an der Bar stand und hinaussah, konnte ich die beiden durch das Fenster sehen. Frances redete weiter auf ihn ein und sah ihn jedesmal, wenn sie «Nicht wahr, Robert?» fragte, mit einem strahlenden Lächeln an. Aber vielleicht sagte sie das jetzt auch nicht mehr. Vielleicht sagte sie jetzt etwas anderes. Ich sagte dem Mixer, daß ich nichts trinken wolle, und ging zum Seitenausgang hinaus. Als ich hinausging, sah ich zurück und sah sie durch die beiden dicken Glasscheiben dasitzen. Sie redete noch immer. Ich ging eine Seitenstraße hinunter bis zum Boulevard Raspail. Ein Taxi kam; ich stieg ein und gab dem Chauffeur die Adresse meiner Wohnung.

7

Als ich die Treppe hinaufging, klopfte die Concierge an die Türscheibe ihrer Loge, und als ich wartete, kam sie heraus. Sie hatte ein paar Briefe und ein Telegramm für mich.

«Hier ist Ihre Post. Außerdem war eine Dame hier, die Sie besuchen wollte.»

«Hat sie eine Karte dagelassen?»

«Nein. Sie war mit einem Herrn. Dieselbe, die gestern nacht hier gewesen ist. Ich finde sie doch sehr nett.»

«War sie mit einem meiner Freunde?»

«Ich weiß nicht. Er war noch nie hier. Er war sehr groß. Sehr, sehr groß. Sie war sehr nett. Sehr, sehr nett. Gestern nacht, na, da war sie vielleicht –» Sie legte ihren Kopf in eine Hand und wiegte ihn hin und her. «Ich rede absolut offen mit Ihnen, Monsieur Barnes. Gestern nacht fand ich sie nicht so *gentille*. Gestern nacht hab ich anders über sie gedacht. Aber hören Sie nur auf mich und was ich Ihnen sage. Sie ist *très, très gentille*. Sie ist aus sehr guter Familie. Das sieht man gleich.»

«Haben sie irgendwas hinterlassen?»

«Ja, sie wollten in einer Stunde wiederkommen.»

«Schicken Sie sie bitte rauf, wenn sie da sind.»

«Ja, Monsieur Barnes. Und die Dame, die Dame, die ist was Feines. Vielleicht verschroben, aber *quelqu'une, quelqu'une.*»

Bevor die Concierge Concierge geworden war, hatte sie eine Konzession gehabt, auf einem Pariser Rennplatz Getränke zu verkaufen. Ihre Lebensarbeit lag in der *pelouse*, aber sie hatte immer ein Auge auf die Leute der *pesage* gehabt, und sie war wahnsinnig stolz darauf, mir zu sagen, welche meiner Gäste gut erzogen, welche aus feiner Familie und welche *sportsmen* waren, ein französisches Wort, mit der Betonung auf *men*. Das einzig Schlimme war, daß sie den Leuten, die nicht in eine dieser drei Kategorien fielen, beinahe sicher sagte, daß *chez Barnes* niemand zu Hause sei. Einer meiner Freunde, ein außergewöhnlich unterernährt aussehender Maler, den Madame Duzinell offenbar weder für wohlerzogen noch aus guter Familie, noch für einen *sportsman* hielt, schrieb mir einen Brief, in dem er mich bat, ihm einen Paß auszustellen, damit er bei der Concierge vorbeikommen und mich manchmal abends besuchen könnte.

Ich ging in meine Wohnung hinauf und überlegte, was Brett wohl mit der Concierge angestellt haben mochte. Das Telegramm war von Bill Gorton mit der Nachricht, daß er auf der ‹France› ankommen würde. Ich legte die Post auf den Tisch, ging in mein Schlafzimmer, zog mich aus und duschte. Ich trocknete mich gerade ab, als ich die Glocke im Entree klingeln hörte. Ich zog meinen Schlafrock und meine Morgenschuhe an und ging zur Tür. Es war Brett. Hinter ihr stand der Graf. Er hielt einen großen Rosenstrauß.

«Tag, Liebling», sagte Brett. «Willst du uns nicht reinlassen?»

«Aber bitte, ich badete gerade.»

«Du bist ein Glückspilz: baden!»

«Nur eine Dusche. Setzen Sie sich, bitte, Graf. Was wollen Sie trinken?»

«Ich weiß nicht, mein Herr, ob Sie Blumen gern haben», sagte der Graf, «aber ich nahm mir die Freiheit, Ihnen diese Rosen mitzubringen.»

«Gib sie mir.» Brett nahm sie. «Hol mir ein bißchen Wasser, Jake.» Ich füllte den großen, irdenen Krug in der Küche mit Wasser, und Brett stellte die Rosen hinein und stellte ihn in die Mitte des Eßzimmertischs.

«Donnerwetter, hatten wir einen Tag.»

«Du besinnst dich nicht, daß du mit mir im *Crillon* eine Verabredung hattest?»

«Wirklich? Da muß ich einfach blau gewesen sein.»

«Sie waren vollkommen betrunken, meine Liebe», sagte der Graf.

«Wahrhaftig? Und der Graf hat sich wie ein Fels bewährt.»

«Du hast ja bei der Concierge einen phantastischen Stein im Brett.»

«Na und ob. Hab ihr 200 Francs gegeben.»

«Sei nicht so blödsinnig.»

«Sein Geld», sagte sie und nickte zu dem Grafen hinüber.

«Ich fand, man mußte ihr für die letzte Nacht doch eine Kleinigkeit geben. Es war sehr spät.»

«Er ist fabelhaft», sagte Brett. «Er besinnt sich auf alles, was passiert ist.»

«Sie ja auch, meine Liebe.»

«Komisch», sagte Brett, «wer möchte denn das eigentlich? Aber, Jake, kriegen wir nun was zu trinken oder nicht?»

«Hol du's doch, ja? In der Zeit zieh ich mich an. Du weißt ja, wo's steht.»

Während ich mich anzog, hörte ich, wie Brett Gläser und ein Siphon hinstellte und wie sie sich unterhielten. Ich zog mich langsam, auf dem Bett sitzend, an. Ich fühlte mich müde und zerschlagen. Brett kam ins Zimmer, mit einem Glas in der Hand, und setzte sich auf mein Bett.

«Was ist los, Liebling? Fühlst du dich elend?»

Sie küßte mich kühl auf die Stirn.

«O Brett, ich liebe dich so.»

«Lieber», sagte sie, und dann: «Soll ich ihn wegschicken?»

«Nein, er ist nett.»

«Ich schicke ihn weg.»

«Nein, nicht.»

«Doch, ich schick ihn weg.»

«Das kannst du doch nicht einfach.»

«Werden wir ja sehen. Bleib hier. Ich sag dir, er ist verrückt nach mir.»

Sie hatte das Zimmer verlassen. Ich lag mit dem Gesicht nach unten auf dem Bett. Mir war hundeelend. Ich hörte sie sprechen, aber ich hörte nicht zu. Brett kam herein und setzte sich auf mein Bett.

«Armes, Liebes.» Sie streichelte meinen Kopf.

«Was hast du ihm gesagt?» Ich lag mit abgewandtem Gesicht da. Ich wollte sie nicht sehen.

«Hab ihn nach Champagner geschickt. Macht ihm Riesenspaß, Champagner zu kaufen.»

Dann später: «Geht's dir jetzt besser, Liebling? Ist der Kopf besser?»

«Ja, besser.»

«Lieg nur ruhig. Er ist ans andere Ende der Stadt gefahren.»

«Brett, könnten wir nicht zusammen leben? Könnten wir nicht einfach zusammen leben?»

«Ich glaube nicht. Ich würde dich mit jedem betrügen. Das könntest du nicht aushalten.»

«Ich halt's doch jetzt aus.»

«Das wäre doch anders. Es ist meine Schuld, Jake. Ich bin nun mal so.»

«Könnten wir nicht für kurze Zeit aufs Land gehen?»

«Hätte nicht viel Sinn. Wenn du willst, ja. Aber ich kann nicht friedlich auf dem Land leben. Selbst nicht mit einem Liebhaber.»

«Ich weiß.»

«Zu gemein, nicht? Hat auch gar keinen Sinn, daß ich dir sage, daß ich dich liebhabe.»

«Du weißt, daß ich dich liebe.»

«Komm, sprich nicht mehr. Reden ist ja nur Quatsch. Ich fahr weg von hier, und dann kommt Michael zurück.»

«Warum willst du wegfahren?»

«Besser für dich, besser für mich.»

«Wann fährst du?»

«Sobald ich kann.»

«Wohin?»

«San Sebastián.»

«Können wir nicht zusammen fahren?»

«Nein, das wäre wahnsinnig, nachdem wir gerade all das besprochen haben.»

«Wir waren uns doch nicht einig.»

«Ach, du weißt's genausogut wie ich. Sei nicht eigensinnig, Liebling.»

«Ja, gewiß doch», sagte ich, «natürlich hast du recht. Mir ist nur so scheußlich zumute, und wenn mir so scheußlich ist, rede ich immer wie ein Idiot.»

Ich setzte mich auf, legte mich vornüber, fand meine Schuhe neben dem Bett und zog sie an. Ich stand auf.

«Mach nicht solch ein Gesicht, Liebling.»

«Was soll ich denn für ein Gesicht machen?»

«Ach, sei nicht so dumm. Ich reise morgen.»

«Morgen?»

«Ja, hab ich's nicht gesagt? Ja.»

Komm also, laß uns was trinken. Der Graf wird gleich zurück sein.»

«Ja, müßte er eigentlich. Weißt du, er ist ganz hervorragend im Champagnerkaufen. Das bedeutet wer weiß was für ihn.»

Wir gingen ins Eßzimmer. Ich nahm die Cognacflasche und goß Brett einen ein und dann auch mir. Es klingelte. Ich ging zur Tür, und da stand der Graf und hinter ihm stand der Chauffeur mit einem Korb voll Champagner.

«Bitte, wo soll er ihn hinstellen?» fragte mich der Graf.

«In die Küche», sagte Brett.

«Stellen Sie es da hinein», sagte der Graf. «Und dann gehn Sie runter und holen das Eis.» Er stand auf und kümmerte sich um den Korb in der Küchentür. «Ich glaube, der Wein wird Ihnen schmekken», sagte er. «Ich weiß, wir haben jetzt bei uns in den Staaten keine große Chance, gute Weinkenner zu werden, aber ich bekam diesen hier von einem Freund, der in der Branche ist.»

«Ach, Sie haben immer jemand in der Branche», sagte Brett.

«Der Kerl hat Weinberge. Tausende von Morgen.»

«Wie heißt er?» fragte Brett. «Veuve Cliquot?»

«Nein», sagte der Graf. «Mumm. Er ist Baron.»

«Ist es nicht einfach herrlich», sagte Brett, «daß wir alle adlig sind? Wieso hast du keinen Adel, Jake?»

«Ich versichere Ihnen, mein Herr», sagte der Graf und legte seine Hand auf meinen Arm, «es hilft einem überhaupt nichts. Meistens kostet es einen Geld.»

«Das weiß ich nicht. Manchmal ist es auch verdammt nützlich», sagte Brett.

«Na, mir hat's noch keinerlei Annehmlichkeiten eingebracht.»

«Weil Sie es nicht richtig benutzen . . . Ich hab schon verdammt viel Kredit darauf gehabt.»

«Setzen Sie sich doch, bitte, Graf», sagte ich. «Geben Sie mir Ihren Stock.»

Der Graf sah über den Tisch unter dem Gaslicht zu Brett hinüber. Sie rauchte eine Zigarette und schnellte die Asche auf den Teppich. Sie sah, daß ich es bemerkte.

«Hör mal, Jake, ich will dir nicht deine Teppiche ruinieren. Kann man hier vielleicht einen Aschbecher bekommen?»

Ich fand ein paar Aschbecher und verteilte sie. Der Chauffeur erschien mit einem Eimer voll gesalzenen Eises. «Stellen Sie zwei Flaschen kalt, Henry», rief der Graf.

«Sonst etwas, Herr Graf?»

«Nein. Warten Sie unten mit dem Wagen.» Er wandte sich an

Brett und mich. «Nicht wahr, wir fahren nachher zum Essen ins Bois?»

«Wenn Sie wollen», sagte Brett. «Ich kann nichts essen.»

«Ich bin immer für gutes Essen zu haben», sagte der Graf.

«Soll ich den Wein reinbringen, Herr Graf?» fragte der Chauffeur.

«Ja. Bringen Sie ihn rein, Henry», sagte der Graf. Er zog eine schwere, schweinslederne Zigarrentasche heraus und bot mir an. «Wollen Sie mal eine richtige amerikanische Zigarre probieren?»

«Danke», sagte ich. «Ich will meine Zigarette aufrauchen.»

Er schnitt die Spitze seiner Zigarre mit einem goldenen Abschneider ab, den er an einem Ende seiner Uhrkette trug.

«Ich hab's gern, wenn eine Zigarre wirklich zieht», sagte der Graf. «Die Hälfte aller Zigarren, die man raucht, zieht nicht richtig.»

Er steckte die Zigarre an, paffte und sah über den Tisch hinüber auf Brett.

«Und wenn Sie erst geschieden sind, Lady Ashley, dann werden Sie keinen Titel mehr haben.»

«Nein, wie schade!»

«Nein», sagte der Graf. «Sie brauchen keinen Titel. Sie sind große Klasse durch und durch.»

«Danke, furchtbar liebenswürdig von Ihnen.»

«Ich ziehe Sie nicht auf.» Der Graf blies eine Dampfwolke ins Zimmer. «Sie haben mehr Klasse, als ich je an irgend jemand gesehen habe. Sie haben sie ganz einfach.»

«Danke», sagte Brett. «Mama wäre glücklich. Könnten Sie es nicht, bitte, aufschreiben? Dann kann ich es ihr per Post einschicken.»

«Ich würde es ihr auch sagen», antwortete der Graf. «Ich ziehe Sie nicht auf. Ich ziehe nie jemand auf. Ziehen Sie die Leute auf, und Sie machen sie sich zu Feinden. Das habe ich immer bestätigt gefunden.»

«Das stimmt», sagte Brett. «Sie haben furchtbar recht. Ich ziehe alle Leute auf und hab in der ganzen Welt nicht einen einzigen Freund außer Jake.»

«Weil Sie ihn nicht aufziehen.»

«Stimmt.»

«Tun Sie's jetzt?» fragte der Graf. «Ziehen Sie ihn jetzt auf?»

Brett sah mich an und hatte lauter kleine Fältchen um die Augen.

«Nein», sagte sie, «ich würde ihn nie aufziehen.»

«Sehen Sie», meinte der Graf, «Sie ziehen ihn nicht auf.»

«Das ist aber eine verflucht langweilige Unterhaltung», sagte Brett. «Wie ist es mit dem Champagner?»

Der Graf langte hinunter und drehte die Flaschen in dem blanken Kübel.

«Noch nicht kalt genug. Sie trinken immer, meine Liebe. Warum reden Sie nicht mal?»

«Ich hab schon verdammt viel geschwatzt. Ich hab mich gegen Jake einfach vollkommen ausgesprochen.»

«Ich würde Sie so gern mal wirklich reden hören, meine Liebe. Wenn Sie sich mit mir unterhalten, beenden Sie Ihre Sätze nie.»

«Das überlaß ich Ihnen. Lasse sie jeden nach eigenem Gutdünken beenden.»

«Ein sehr interessantes System», sagte der Graf und gab den Flaschen einen Dreh. «Und doch würde ich Sie gern mal reden hören.»

«Ist er nicht verrückt?» lächelte Brett.

«Jetzt», sagte der Graf und hob eine Flasche heraus, «so, ich glaube, sie ist kalt genug.»

Ich brachte ein Tuch, und er trocknete die Flasche ab und hielt sie hoch. «Ich trinke Champagner gern aus Doppelflaschen. Der Wein ist besser, aber es wäre mit dem Kühlen hier jetzt zu schwierig gewesen.» Er hielt die Flasche in der Hand und sah sie an.

Ich stellte die Gläser hin.

«Wissen Sie, Sie könnten sie aufmachen», schlug Brett vor.

«Ja, meine Liebe. Jetzt werde ich sie öffnen.»

Der Champagner war erstaunlich.

«Na, das ist ein Weinchen.» Brett hielt ihr Glas in die Höhe. «Wir müßten eigentlich auf irgendwas trinken. Prost das angestammte Herrscherhaus.»

«Dieser Wein ist zu gut, um damit Toaste auszubringen, meine Liebe. Mit einem solchen Wein sollte man nicht Gefühle vermischen wollen. Man bringt sich um den Geschmack.»

Bretts Glas war leer.

«Sie sollten ein Buch über Wein schreiben, Graf», sagte ich.

«Mr. Barnes», antwortete der Graf, «alles, was ich von einem Wein will, ist Genuß.»

«Also genießen wir noch ein bißchen.» Brett rückte ihr Glas vor. Der Graf schenkte ihr vorsichtig ein. «So, meine Liebe, jetzt genießen Sie das langsam, und dann können Sie sich betrinken.»

«Betrinken? Betrinken?»

«Aber meine Liebe, Sie sind reizend, wenn Sie betrunken sind.»

«Na, hör dir den Mann an.»

«Mr. Barnes», der Graf schenkte mein Glas voll. «Sie ist die einzige Dame meiner Bekanntschaft, die genauso reizend betrunken wie nüchtern ist.»

«Da sind Sie wohl nicht viel herumgekommen?»

«Doch, meine Liebe. Ich bin viel herumgekommen, sogar furchtbar viel.»

«Trink deinen Wein», sagte Brett. «Wir sind alle herumgekommen. Ich glaube schon, daß Jake mindestens so viel gesehen hat wie Sie.»

«Meine Liebe, ich glaube, daß Mr. Barnes eine Menge gesehen hat. Glauben Sie nicht, Sir, daß ich das etwa nicht glaube, auch ich habe eine Masse gesehen.»

«Natürlich haben Sie, mein Lieber», sagte Brett, «ich machte doch nur Unsinn.»

«Ich habe sieben Kriege und vier Revolutionen mitgemacht», sagte der Graf.

«Als Soldat?» fragte Brett.

«Manchmal, meine Liebe. Und ich habe sogar Pfeilwunden. Haben Sie schon mal Pfeilwunden gesehen?»

«Lassen Sie mal sehen.»

Der Graf stand auf, knöpfte die Weste auf und öffnete sein Hemd. Er zog sein Unterhemd bis zur Brust hinauf und stand mit schwarzer Brust und herausstehenden großen Bauchmuskeln unter dem Licht.

«Sehen Sie sie?»

Unter der Linie, wo seine Rippen aufhörten, sah man zwei erhöhte weiße Ränder.

«Sehen Sie auf dem Rücken, wo sie rauskommen.» Über dem Kreuz sah man genau solche Narben, die so dick wie ein Finger hervortraten.

«Donnerwetter, das ist was.»

«Gerade durch.»

Der Graf steckte sein Hemd wieder ein.

«Wo haben Sie die her?» fragte ich.

«Aus Abessinien. Als ich einundzwanzig war.»

«Was machten Sie da?» fragte Brett. «Waren Sie Soldat?»

«Ich war auf einer Geschäftsreise, meine Liebe.»

«Hab ich's dir nicht gesagt, daß er zu uns gehört?» Brett guckte mich an. «Graf, ich liebe Sie, Sie sind süß.»

«Sie machen mich sehr glücklich, meine Liebe. Aber es ist nicht wahr.»

«Seien Sie nicht so dumm.»

«Sehen Sie, Mr. Barnes, weil ich so viel hinter mir habe, deshalb kann ich jetzt alles so genießen. Finden Sie nicht, daß das stimmt?»

«Jawohl, völlig.»

«Ich weiß», sagte der Graf. «Das ist das Geheimnis. Man muß den

Wert der Dinge kennenlernen.»

«Und passiert Ihren Werten denn nie was?»

«Nein, nicht mehr.»

«Verlieben Sie sich niemals?»

«Immer», sagte der Graf. «Ich bin immer verliebt.»

«Wie beeinflußt das Ihre Werte?»

«Auch das hat seinen Platz in meiner Wertordnung.»

«Sie kennen ja keine Werte. Sie sind einfach tot.»

«Nein, meine Liebe. Sie haben unrecht. Ich bin gar nicht tot.»

Wir tranken drei Flaschen Champagner, und der Graf ließ den Korb in meiner Küche. Dann aßen wir in einem Restaurant im Bois. Das Essen war ausgezeichnet. Essen hatte eine fabelhafte Nummer in der Wertordnung des Grafen. Ebenso trinken. Der Graf war während des Essens in großer Form. Brett auch. Es war ein nettes Beisammensein.

«Wo wollen Sie jetzt hin?» fragte der Graf nach Tisch.

Wir waren jetzt im Restaurant die einzigen Leute. Die beiden Kellner standen drüben an der Tür; sie wollten nach Hause gehen.

«Wir könnten auf den Berg», sagte Brett. «Wir amüsieren uns doch großartig.»

Der Graf strahlte. Er war sehr glücklich.

«Ihr seid beide riesig nett», sagte er. Er rauchte wieder eine Zigarre. «Warum heiratet ihr beide denn nicht?»

«Wir wollen beide jeder sein eigenes Leben für sich leben», sagte ich.

«Wir müssen Karriere machen», sagte Brett. «Los. Raus hier.»

«Noch einen Cognac?» fragte der Graf.

«Oben auf dem Berg.»

«Nein, kommen Sie, hier, wo man seine Ruhe hat.»

«Sie und Ihre Ruhe», sagte Brett. «Was fühlen die Leute nur bei Ruhe?»

«Wir mögen sie», sagte der Graf. «Genauso wie Sie, meine Liebe, gern Lärm haben.»

«Schön», sagte Brett, «also trinken wir.»

«Sommelier!» rief der Graf.

«Ja, mein Herr.»

«Was ist Ihr ältester Cognac?»

«Achtzehnhundertelfer, mein Herr.»

«Bringen Sie eine Flasche.»

«Aber seien Sie doch nicht so protzig. Laß das nicht zu, Jake.»

«Hören Sie zu, meine Liebe. Ich bekomme in altem Cognac für mein Geld mehr als in irgendwelchen anderen Antiquitäten.»

«Haben Sie viele Antiquitäten?»

«Ein ganzes Haus voll.»

Endlich ging es hinauf nach Montmartre. Bei *Zelli* drinnen war es überfüllt, rauchig und lärmend. Die Musik war beim Eintreten wie eine Ohrfeige. Brett und ich tanzten. Es war so voll, daß man sich kaum bewegen konnte. Der Neger an der Trommel winkte Brett zu. Wir waren in dem Gewühl gefangen und tanzten immer vor ihm auf derselben Stelle.

«Wie geht's?»

«Glänzend.»

«Das freut mich.»

Man sah nur Zähne und Lippen.

«Er ist ein guter Freund von mir», sagte Brett. «Verdammt guter Trommler.»

Die Musik hörte auf, und wir gingen auf den Tisch zu, wo der Graf saß. Im selben Augenblick begann die Musik von neuem, und wir tanzten. Ich sah den Grafen an. Er saß an seinem Tisch und rauchte eine Zigarre. Die Musik hörte wieder auf.

«Komm, wir gehen rüber.»

Brett ging auf den Tisch zu. Wieder begann die Musik, und wir tanzten, mitten im Gewühl.

«Du tanzt zu schlecht, Jake. Michael ist der beste Tänzer, den ich kenne.»

«Er ist überhaupt ein Prachtkerl.»

«Er hat auch seine Seiten.»

«Ich mag ihn», sagte ich. «Ich hab ihn wahnsinnig gern.»

«Ich werde ihn heiraten», sagte Brett. «Komisch, seit einer Woche habe ich nicht an ihn gedacht.»

«Schreibst du ihm nicht?»

«Ich? Nein, ich schreibe niemals Briefe.»

«Er schreibt dir doch sicher.»

«Natürlich, sogar fabelhafte Briefe.»

«Wann wollt ihr heiraten?»

«Was weiß ich? Sobald wir die Scheidung haben. Michael hofft, daß seine Mutter die Sache regelt.»

«Könnte ich dir vielleicht helfen?»

«Sei nicht so dumm. Michaels Familie hat doch massenhaft Geld.»

Die Musik war aus. Wir gingen hinüber an den Tisch. Der Graf stand auf.

«Sehr hübsch», sagte der Graf. «Sie sahen sehr hübsch zusammen aus.»

«Tanzen Sie nicht, Graf?» fragte ich.

«Nein, ich bin zu alt.»

«Was Sie so reden!» sagte Brett.

«Meine Liebe, wenn ich es genießen würde, täte ich es. Mir macht es Spaß, zuzusehen, wie Sie tanzen.»

«Großartig», sagte Brett. «Irgendwann werde ich mal wieder für Sie tanzen. Aber sagen Sie mal, was macht eigentlich Ihr kleiner Freund Zizi?»

«Wissen Sie, ich halte den Jungen aus, aber ich will ihn nicht immer um mich haben.»

«Er geht einem ziemlich auf die Nerven.»

«Ich glaube, der Junge hat eine Zukunft. Aber ich mach mir nichts aus seiner Gegenwart.»

«Jake sagt genau dasselbe.»

«Er ist zum Auswachsen.»

«Na», der Graf zuckte die Achseln. «Über seine Zukunft läßt sich nichts sagen. Auf jeden Fall war sein Vater ein intimer Freund meines Vaters.»

«Los, komm tanzen», sagte Brett.

Wir tanzten, es war voll und drückend.

«Lieber», sagte Brett, «mir ist so elend zumute.»

Ich hatte das Gefühl, daß ich all das schon einmal erlebt hatte.

«Vor einer Minute warst du doch noch ganz glücklich.»

Der Trommler sang laut: «Du kannst nicht zweimal –»

«Alles aus.»

«Was ist denn los?»

«Ich weiß nicht. Fühl mich nur so maßlos.»

. . . sang der Trommler, und wandte sich dann wieder seinen Schlegeln zu.

«Willst du gehen?»

Ich hatte ein Gefühl wie in einem Alpdruck, daß ich all das schon einmal durchgemacht hatte und daß alles noch mal von vorne anfing.

. . . sang der Trommler leise.

«Komm, laß uns gehen», sagte Brett. «Dir ist es doch egal.»

. . . schrie der Trommler und grinste Brett an.

«Schön», sagte ich. Wir wanden uns aus dem Gewühl, und Brett ging in die Garderobe.

«Brett will gehen», sagte ich zu dem Grafen. Er nickte. «So? Recht so. Nehmen Sie den Wagen. Ich bleib noch ein bißchen, Mr. Barnes.»

Wir schüttelten einander die Hand.

«Es war furchtbar nett», sagte ich. «Erlauben Sie mir doch bitte, dies zu begleichen.» Ich zog einen Schein aus der Brieftasche.

«Mr. Barnes, seien Sie nicht so komisch», sagte der Graf.

Brett kam in ihrem Abendcape an den Tisch. Sie küßte den Grafen und hielt ihre Hand auf seine Schulter, um ihn am Aufstehen zu hindern. Als wir gingen, sah ich zurück; bei ihm saßen drei Mädchen am Tisch. Wir stiegen in den großen Wagen. Brett gab dem Chauffeur die Adresse ihres Hotels.

«Nein, komm nicht mit herauf», sagte sie, als wir an ihrem Hotel hielten. Sie hatte geklingelt, und die Tür wurde aufgeschlossen.

«Wirklich nicht?»

«Nein, bitte.»

«Gute Nacht, Brett», sagte ich. «Es tut mir leid, daß du dich so elend fühlst.»

«Gute Nacht, Jake. Gute Nacht, Liebling, ich will dich nicht wiedersehen.» Wir küßten uns in der Tür. Sie stieß mich weg. Wir küßten uns noch einmal. «Nicht», sagte Brett.

Sie drehte sich schnell um und ging ins Hotel. Der Chauffeur fuhr mich in meine Wohnung. Ich gab ihm 20 Francs, worauf er an seine Mütze griff, «Gute Nacht, Sir» sagte und wegfuhr. Ich klingelte. Die Tür wurde geöffnet, ich ging hinauf und ins Bett.

Zweites Buch

I

Ich sah Brett erst wieder nach ihrer Rückkehr aus San Sebastián.

Sie hatte eine Karte mit einem Bild der Concha geschrieben, folgenden Inhalts: «Lieber. Sehr ruhig und erholend. Tausend Grüße für alle. Brett.»

Auch Robert Cohn sah ich nicht. Ich hörte, daß Frances nach England abgereist war, und hatte einen Brief von Cohn mit der Nachricht, daß er für ein paar Wochen aufs Land ginge; er wüßte selbst noch nicht wohin, aber daß er mich an die Angeltour in Spanien, über die wir im letzten Winter gesprochen hatten, erinnern wolle. Ich könne ihn immer – wie er mir schrieb – über seine Bank erreichen.

Brett war weg. Cohns Sorgen belästigten mich nicht mehr. Ich war ganz froh, daß ich nicht Tennis spielen mußte, es gab reichlich viel zu arbeiten. Ich ging oft zum Rennen, aß mit Freunden und schob auch mal Überstunden im Büro ein, arbeitete ein bißchen vor, so daß ich alles in der Obhut meiner Sekretärin zurücklassen konnte, wenn Bill Gorton und ich Ende Juni nach Spanien reisen würden. Bill Gorton kam an, nahm ein paar Tage mit meiner Wohnung vorlieb und fuhr dann nach Wien. Er war quietschvergnügt und sagte, die Staaten seien herrlich. New York sei herrlich. Eine fabelhafte Theatersaison und eine ganze Blütenlese neuer junger, leichter Schwergewichtler. Jeder einzelne von ihnen hatte eine Zukunft vor sich, brauchte nur Gewicht zuzulegen und Dempsey in die Tasche zu stecken. Bill war sehr glücklich. Sein letztes Buch hatte ihm eine Masse Geld eingebracht, und er würde noch viel mehr machen. Wir amüsierten uns glänzend, während er in Paris war, und dann fuhr er nach Wien. Er plante, in drei Wochen zurückzukommen, und dann wollten wir nach Spanien aufbrechen, um vor der Fiesta in Pamplona noch ordentlich zum Angeln zu kommen. Er schrieb, Wien sei herrlich. Dann eine Karte aus Budapest: «Jake, Budapest ist herrlich.» Dann bekam ich ein Telegramm: «Montag zurück.»

Montag abend tauchte er in der Wohnung auf. Ich hörte das Taxi unten anhalten, ging ans Fenster und rief hinunter. Er winkte und kam mit seinem Gepäck die Treppe herauf. Ich begegnete ihm mitten auf der Treppe und nahm ihm eine seiner Reisetaschen ab.

«Na», sagte ich, «das muß ja eine fabelhafte Reise gewesen sein.»

«Fabelhaft», sagte er. «Budapest ist einfach fabelhaft.»

«Na, und Wien?»

«Nicht so, Jake, nicht ganz so gut. Es schien besser, als es war.»

«Wie meinst du das?» Ich holte Gläser und ein Siphon.

«Besoffen, Jake, war besoffen.»

«Seltsam. Na, trink lieber was.»

Bill rieb seine Stirn. «Etwas ganz Merkwürdiges», sagte er. «Weiß gar nicht mehr, wie es passiert ist. Ist plötzlich passiert.»

«Lange angehalten?»

«Vier Tage, Jake, vier Tage angehalten.»

«Wo warst du?»

«Keine Ahnung. Schrieb dir eine Postkarte. Erinnere mich absolut deutlich daran.»

«Und sonst noch was getan?»

«Nicht ganz sicher. Schon möglich.»

«Also los. Erzähl mal.»

«Besinn mich auf nichts. Hab dir alles erzählt, was ich noch weiß.»

«Also los. Trink das und erinnere dich.»

«Erinnere mich ganz dunkel», sagte Bill, «erinnere mich an einen Boxkampf. Riesiger Wiener Boxkampf. Mit einem Neger. Erinnere mich ganz deutlich an den Neger.»

«Nur weiter.»

«Fabelhafter Neger. Sah wie Tiger Flowers aus, nur viermal so groß. Plötzlich fingen alle Leute an, Sachen zu schmeißen. Ich nicht. Neger hatte den Einheimischen k. o. geschlagen. Neger hielt seinen Handschuh hoch. Wollte reden. Riesig edel aussehender Neger. Fing an zu reden. Dann gab ihm der weiße Einheimische einen. Dann erledigte er den Weißen. Dann fingen alle an, mit Stühlen zu schmeißen. Neger haben wir in unserem Auto mit nach Hause genommen. Konnte seine Sachen nicht kriegen. Trug meinen Mantel. Erinnere mich jetzt an die ganze Sache. Großes Sportereignis.»

«Was passierte dann?»

«Borgte dem Neger Kleidung und ging mit ihm, wollte ihm zu seinem Geld verhelfen. Behauptungen, der Neger schulde ihnen Geld wegen Beschädigung der Halle. Wer das wohl alles verdolmetscht hat? Ich vielleicht?»

«Du bestimmt nicht.»

«Du hast recht. War ich gar nicht. War ein anderer Kerl. Glaube, wir nannten ihn den einheimischen Harvard-Vertreter. Erinnere mich jetzt an ihn. Studierte Musik.»

«Und wie bist du da rausgekommen?»

«Nicht so einfach, Jake. Ungerechtigkeit überall. Der Veranstalter behauptete, der Neger hätte versprochen, den Einheimischen nicht anzufassen. Behauptete, der Neger habe den Kontrakt verletzt. Kann in Wien keinen Wiener k. o. schlagen. ‹Mein Gott, Mr. Gorton›, sagte der Neger. ‹Ich habe wahrhaftig vierzig Minuten nichts getan, als mir Mühe gegeben, ihn nicht anzufassen. Der Weiße muß sich selbst verletzt haben, als er mir einen gab. Ich hab ihn überhaupt nicht angerührt.›»

«Hast du Geld bekommen?»

«Kein Geld, Jake. Alles, was wir bekommen konnten, waren die Sachen vom Neger. Außerdem hatte ihm jemand seine Uhr geklaut. Fabelhafter Neger. Riesenfehler, nach Wien zu gehen. Nicht so ganz erfreulich, Jake, nicht so ganz erfreulich.»

«Was wurde aus dem Neger?»

«Fuhr nach Köln zurück. Lebt da. Verheiratet. Hat Familie. Wird mir schreiben und das Geld, das ich ihm gepumpt habe, zurückschicken. Fabelhafter Neger. Hoffe, ich gab ihm die richtige Adresse.»

«Hast du wahrscheinlich getan.»

«Na, auf jeden Fall wollen wir essen», sagte Bill. «Außer wenn du noch mehr Reiseberichte hören willst.»

«Nur los.»

«Komm essen.»

Wir gingen die Treppe hinunter und hinaus auf den Boulevard St. Michel. Es war ein warmer Juniabend.

«Wohin wollen wir?»

«Willst du auf der Insel essen?»

«Gern.»

Wir gingen den Boulevard hinunter. Wo die Rue Denfert-Rochereau den Boulevard kreuzt, steht ein Denkmal von zwei Männern in fliegenden Gewändern.

«Ich weiß, wer sie sind.» Bill beäugte das Denkmal. «Herren, die die Heilkunde erfunden haben. Versuch nicht, mich in Paris zu veräppeln.»

Wir gingen weiter.

«Hier ist der Laden von einem Tierausstopfer», sagte Bill. «Willst du was kaufen? Vielleicht ein hübscher, ausgestopfter Hund gefällig?»

«Komm man», sagte ich, «du bist blau.»

«Reizende, hübsch ausgestopfte Hunde», sagte Bill. «Würden deine Wohnung unbedingt verschönern.»

«Los, komm.»

«Nur einen ausgestopften Hund», sagte Bill. «Man kann sie stehenlassen oder auch mitnehmen. Hör mal, Jake. Nur einen ausgestopften Hund, ja?»

«Los, komm.»

«Bedeutet dir alles in der Welt, sobald du ihn einmal gekauft hast. Einfacher Austausch der Werte. Du gibst ihnen Geld. Sie geben dir einen ausgestopften Hund.»

«Wir kaufen einen auf dem Rückweg.»

«Schön. Also, wie du willst. Weg zur Hölle mit ungekauften ausgestopften Hunden gepflastert. Nicht meine Schuld.»

Wir gingen weiter.

«Woher hast du plötzlich diese Vorliebe für Hunde?»

«Immer gehabt. War immer ein großer Liebhaber von ausgestopften Tieren.»

Wir hielten an und tranken was.

«Trinke gern», sagte Bill. «Mußt mal versuchen, Jake.»

«Du bist mir ungefähr um hundertvierundvierzig voraus.»

«Sollte dich nicht entmutigen. Nie entmutigt sein. Geheimnis meines Erfolgs. Noch nie entmutigt gewesen. Noch nie in der Öffentlichkeit entmutigt gewesen.»

«Wo hast du eigentlich getrunken?»

«Hab im *Crillon* Station gemacht. Georges hat mir ein paar Jack Roses gemixt. Georges ist ein großer Mann. Weißt du das Geheimnis seines Erfolgs? Nie den Kopf hängenlassen.»

«Noch drei Pernod, und du bist todsicher entmutigt.»

«Nicht in der Öffentlichkeit. Wenn ich fühle, daß ich meine Sicherheit verliere, zieh ich mich einfach zurück. Weißt du, wie eine Katze.»

«Wann hast du Harvey Stone gesehen?»

«Im *Crillon.* Harvey war gerade ein bißchen entmutigt. Hatte seit drei Tagen nichts gegessen. Ißt nichts mehr. Zieht sich einfach wie eine Katze zurück. Wirklich traurig.»

«Der ist quietschvergnügt.»

«Fein, wenn er sich nur nicht wie eine Katze zurückziehen würde. Macht mich nervös.»

«Was wollen wir heute abend machen?»

«Ganz gleich. Nur nicht den Kopf hängenlassen. Glaubst du, daß sie hier hartgekochte Eier haben? Wenn sie hier hartgekochte Eier haben, brauchten wir ja nicht den ganzen Weg bis zur Insel zu gehen, um was zu essen.»

«Nix», sagte ich. «Wir werden ordentlich essen.»

«War ja nur ein Vorschlag», sagte Bill. «Wollen wir aufbrechen?»

«Los.»

Wir gingen weiter den Boulevard entlang. Eine Pferdedroschke fuhr an uns vorbei. Bill sah ihr nach.

«Hast du die Pferdedroschke gesehen? Laß ich dir zu Weihnachten ausstopfen. Werde allen meinen Freunden ausgestopfte Tiere schenken. Ich bin ein Tierschriftsteller.»

Ein Auto fuhr vorbei, jemand winkte und klopfte, damit der Chauffeur anhielt. Das Taxi fuhr an die Bordschwelle. Brett saß darin.

«Schöne Dame», sagte Bill, «wird uns entführen.»

«Hallo», sagte Brett, «hallo.»

«Dies ist Bill Gorton, Lady Ashley.»

Brett lächelte Bill zu. «Ich bin gerade zurück. Noch nicht einmal gebadet. Michael trudelt heute abend ein.»

«Schön, komm mit uns essen; wir holen ihn dann alle zusammen ab.»

«Muß mich säubern.»

«Ach Unsinn. Komm mit.»

«Muß baden. Er kommt um neun an.»

«Komm und trink wenigstens was vorm Baden.»

«Das kann man machen. Jetzt sprichst du ein vernünftiges Wort.»

Wir stiegen in das Taxi. Der Chauffeur sah sich um.

«Halten Sie beim nächsten Bistro», sagte ich.

«Wir könnten genausogut in die *Closerie* gehen», sagte Brett. «Ich kann diesen verdammten Cognac nicht vertragen.»

«*Closerie des Lilas.*»

Brett wandte sich zu Bill.

«Sind Sie schon lange in dieser verpesteten Stadt?»

«Gerade heute aus Budapest gekommen.»

«Wie war Budapest?»

«Herrlich. Budapest war herrlich.»

«Frag ihn mal nach Wien.»

«Wien», sagte Bill, «ist eine merkwürdige Stadt.»

«Sehr ähnlich wie Paris.» Brett lächelte ihn an, und Fältchen standen um ihre Augen.

«Getroffen», sagte Bill. «Sehr ähnlich wie Paris in diesem Moment.»

«Du fängst ja gut an.»

Auf der Terrasse des *Lilas* bestellte Brett einen Whiskey-Soda. Ich trank auch einen, und Bill trank noch einen Pernod.

«Wie geht's dir, Jake?»

«Glänzend», sagte ich. «Hab mich glänzend amüsiert.»

Brett sah mich an. «Es war idiotisch von mir, daß ich weggereist bin», sagte sie. «Man ist verrückt, wenn man aus Paris weggeht.»

«Hast du dich gut amüsiert?»

«O ja. War interessant, nicht wahnsinnig amüsant.»

«Irgendwen gesehen?»

«Nein, fast niemand. Bin nie ausgegangen.»
«Hast du nicht gebadet?»
«Nein, hab gar nichts gemacht.»
«Klingt wie Wien», sagte Bill.
Um Bretts Augen entstanden viele kleine Fältchen, als sie ihn ansah.
«Also so war es in Wien?»
«Genau so.»
Brett lächelte ihm noch mal zu.
«Hast einen netten Freund, Jake.»
«Nichts gegen ihn zu sagen», sagte ich. «Er ist Tierausstopfer.»
«Das war in einem anderen Land», sagte Bill. «Und außerdem waren alle Tiere tot.»
«Noch einen», sagte Brett, «und ich muß laufen. Bitte, schick doch den Kellner nach einem Taxi.»
«Da stehen ja eine Menge genau vor der Tür.»
«Schön.»
Wir tranken noch einen und setzten Brett in ein Taxi.
«Vergiß nicht, gegen zehn im *Sélect.* Bring ihn mit. Michael kommt auch.»
«Wir sind da», versicherte Bill. Das Auto fuhr an, und Brett winkte.
«Ein Tausendsassa», sagte Bill. «Verdammt nett. Wer ist Michael?»
«Der Mann, den sie heiraten wird.»
«Na», sagte Bill. «In dem Stadium treffe ich die Leute immer. Was soll ich ihnen schicken? Glaubst du, daß sie sich über ein paar ausgestopfte Rennpferde freuen würden?»
«Wir wollen lieber essen gehen.»
«Ist sie wirklich Lady Sowieso?» fragte Bill auf dem Weg im Taxi nach der Île St. Louis.
«O ja, im Ahnenverzeichnis und sonstwo.»
«Na, na.»
Wir aßen bei Madame Lecomte auf der entgegengesetzten Seite der Insel. Es war mit Amerikanern überfüllt, und wir mußten stehen und auf einen Platz warten. Irgendwer hatte es auf der Liste des amerikanischen Frauenclubs als ein merkwürdiges, von Amerikanern noch unberührtes Restaurant auf den Pariser Quais geschildert, deshalb mußten wir 45 Minuten auf einen Tisch warten. Bill hatte 1918 in diesem Restaurant gegessen, gleich nach dem Waffenstillstand, und Madame Lecomte machte ein großes Theater mit ihm.

«Verhilft uns aber nicht zu einem Tisch», sagte Bill. «Aber 'ne fabelhafte Frau.»

Wir aßen gut, ein gebratenes Huhn, frische grüne Bohnen, Kartoffelbrei, Salat, Apfelkuchen und Käse.

«Na, hier bei Ihnen geht's gut zu», sagte Bill zu Madame Lecomte. Sie hob die Hand.

«Ach du meine Güte!»

«Sie werden reich werden.»

«Hoffentlich.»

Nach dem Kaffee und einem *fine* forderten wir die Rechnung. Es wurde noch wie früher auf einer Schiefertafel angekreidet, was zweifellos eine der «merkwürdigen Eigenheiten» war. Wir bezahlten, schüttelten ihr die Hand und gingen hinaus.

«Sie kommen ja überhaupt nicht mehr her, Monsieur Barnes», sagte Madame Lecomte.

«Zuviel Landsleute.»

«Kommen Sie mittags, dann ist es nicht voll.»

«Gut, ich komme bald mal.»

Wir gingen unter den Bäumen entlang, die über den Fluß auf der Quai d'Orléans-Seite der Insel hinüberhingen. Jenseits des Flusses standen die zerbrochenen Mauern alter Häuser, die man gerade abriß.

«Da wollen sie eine Straße durchbrechen.»

«Sieht ihnen ähnlich», sagte Bill.

Wir gingen weiter um die Insel herum. Der Fluß war dunkel, und ein *bateau-mouche* kam vorbei, ganz hell erleuchtet, und fuhr schnell und lautlos und außer Sicht unter die Brücke. Den Fluß weiter hinab hockte Notre-Dame gegen den schwarzen Himmel. Wir gingen auf das linke Ufer der Seine über die hölzerne Fußgängerbrücke des Quai de Béthune und blieben auf der Brücke stehen und sahen den Fluß hinunter auf Notre-Dame.

Wie wir so auf der Brücke standen, sah die Insel dunkel aus, die Häuser ragten hoch gegen den Himmel, und die Bäume waren Schatten.

«Ist schon wunderbar», sagte Bill. «Gott, ich möchte schon wieder her.»

Wir lehnten auf dem hölzernen Geländer der Brücke und sahen den Fluß hinauf nach den Lichtern auf den großen Brücken. Unter uns war das Wasser glatt und schwarz. Es machte kein Geräusch gegen die Pfeiler der Brücke. Ein Mann und ein Mädchen kamen an uns vorbei. Sie hielten sich im Gehen umschlungen.

Wir überquerten die Brücke und gingen die Rue du Cardinal Lemoine hinauf. Es war steil, und wir gingen den ganzen Weg bis zur Place Contrescarpe. Das Bogenlicht schien durch die Blätter der Bäume auf den Platz, und unter den Bäumen stand ein Omnibus fertig zur Abfahrt.

Aus der Tür des *Nègre Joyeux* erklang Musik. Durch das Fenster des *Café Aux Amateurs* sah ich die lange Theke. Draußen auf der Terrasse tranken einige Arbeiter. In der offenen Küche des *Amateurs* sott ein Mädchen Kartoffelchips in Öl. Daneben stand ein eiserner Topf mit Rindfleisch. Das Mädchen schöpfte etwas davon einem alten Mann auf einen Teller, der in einer Hand eine Flasche Rotwein hielt.

«Willst du was trinken?»

«Nein», sagte Bill. «Brauch nichts.»

Wir wandten uns nach rechts von der Place Contrescarpe und gingen durch glatte, enge Straßen mit hohen alten Häusern zu beiden Seiten. Einige Häuser sprangen gegen die Straße vor. Andere lagen zurück. Wir kamen auf die Rue du Pot de Fer und folgten ihr bis zur Rue St. Jacques, die gerade von Süden nach Norden verläuft; dann gingen wir südlich am Val de Grâce vorbei hinter dem Hof und dem eisernen Gitter bis zum Boulevard du Port Royal.

«Was willst du machen?» fragte ich. «Ins Café gehen, Brett und Mike treffen?»

«Warum nicht?»

Wir gingen den Port Royal hinunter, bis er in den Montparnasse überging, und dann an des *Lilas, Lavigne* und all den kleinen Cafés vorbei, überquerten die Straße an der *Rotonde* und an ihren Lichtern und Tischen vorüber, zum *Sélect.*

Michael kam uns zwischen den Tischen entgegen. Er war braungebrannt und sah gesund aus.

«Hal-lo, Jake», sagte er, «Hal-lo, Hal-lo! Wie geht's, alter Junge?»

«Du siehst ja blendend aus, Mike.»

«Fühl mich auch blendend. Wahnsinnig blendend. Bin ständig zu Fuß gelaufen. Den ganzen Tag gelaufen. Einen Drink nur am Tag, mit Mutter beim Tee.»

Bill war in die Bar hineingegangen. Er stand und sprach mit Brett, die auf einem hohen Schemel mit übergeschlagenen Beinen saß. Sie hatte keine Strümpfe an.

«Ich freue mich, dich zu sehen, Jake», sagte Michael. «Ich bin ein bißchen betrunken, weißt du. Erstaunlich, nicht wahr? Hast du meine Nase gesehen?»

Auf dem Nasenbein war ein Fleck getrockneten Blutes.

«Von der Reise. Die Reisetasche einer alten Dame», sagte Mike. «Ich wollte ihr behilflich sein, stand auf, und dann fiel das Ding auf mich rauf.»

Brett machte ihm mit ihrer Zigarettenspitze Zeichen von der Bar her. Ihre Augen lachten.

«Eine alte Dame», sagte Mike. «Ihr Gepäck fiel auf mich rauf.»

«Komm rein zu Brett. Weißt du, sie ist schon eine Nummer. Brett, du bist eine schöne Frau. Wo hast du den Hut her?»

«Freund gekauft. Gefällt er dir nicht?»

«Es ist ein schrecklicher Hut. Kauf doch einen anständigen Hut.»

«Ach, jetzt haben wir ja so viel Geld», sagte Brett. «Sag mal, hast du Bill denn noch nicht kennengelernt? Du bist ein fabelhafter Gastgeber, Jake.»

Sie wandte sich an Mike. «Dies ist Bill Gorton. Dieser Trunkenbold ist Mike Campbell. Mr. Campbell ist ein Bankrotteur, der seine Verbindlichkeiten nicht erfüllt hat.»

«Schöner Kerl, was? Weißt du, daß ich meinen Expartner gestern in London getroffen habe, den Kerl, der mich reingelegt hat.»

«Was sagte er denn?»

«Bezahlte mir einen Drink. Dachte, könnte es ebensogut auch annehmen. Hör mal, Brett, du bist eine fabelhafte Nummer. Findet ihr nicht auch, daß sie schön ist?»

«Schön? Mit der Nase?»

«Es ist eine herrliche Nase. Los, streck sie mir nur entgegen. Ist sie nicht ein Prachtstück?»

«Hätten wir den Mann nicht in Schottland lassen können?»

«Hör mal, Brett, wollen früh nach Hause gehen, was?»

«Sei nicht unanständig, Michael. Vergiß nicht, daß in dieser Bar auch Damen sind.»

«Ist sie nicht eine Prachtnummer. Findest du nicht auch, Jake?»

«Heute abend ist ein Boxkampf», sagte Bill. «Habt ihr Lust hinzugehen?»

«Kampf», sagte Mike, «wer boxt denn?»

«Ledoux und irgendwer.»

«Ledoux ist ausgezeichnet», sagte Mike. «Ich würde ja wahnsinnig gern –» er machte eine Anstrengung und riß sich zusammen – «aber ich kann leider nicht gehen. Ich bin mit der da verabredet. – Wirklich, Brett, kauf dir einen neuen Hut.»

Brett zog den Filzhut weit über ein Auge und lächelte darunter hervor. «Ihr zwei geht zum Boxen. Ich werde Mr. Campbell auf dem nächsten Weg nach Hause bringen müssen.»

«Ich bin nicht besoffen», sagte Mike. «Vielleicht gerade ein bißchen. Hör mal, Brett, du bist ein Prachtstück.»

«Also los, zum Boxen», sagte Brett. «Mr. Campbell wird schwierig. Was sollen diese Zärtlichkeitsergüsse, Michael?»

«Und du bist und bleibst ein Prachtstück.»

Wir sagten gute Nacht. «Tut mir leid, daß ich nicht mit kann», sagte Mike. Brett lachte. Ich sah noch mal von der Tür aus zurück. Mike hielt eine Hand auf der Bar und lehnte sich hinüber und sprach auf Brett ein. Brett sah ihn ganz kühl an, aber sie hatte ein Lächeln in den Augenwinkeln.

Draußen auf dem Trottoir sagte ich: «Willst du zum Boxen gehen?»

«Natürlich», sagte Bill. «Wenn wir nicht zu Fuß zu gehen brauchen.»

«Mike hat sich ja mächtig für seine Freundin erhitzt», sagte ich im Taxi.

«Nun», sagte Bill. «Kann man ihm eigentlich nicht verübeln.»

2

Der Boxkampf zwischen Ledoux und Kid Francis war am 20. Juni abends. Es war ein guter Kampf. Den Morgen darauf erhielt ich einen Brief von Robert Cohn aus Hendaye. Er schrieb, er verlebe eine sehr stille Zeit: Schwimmen, ein bißchen Golf und viel Bridge. Hendaye hätte einen herrlichen Strand, aber er warte schon voller Ungeduld auf den Beginn unserer Angeltour. Wann ich käme? Wenn ich ihm eine doppelt gezwirnte Schnur mitbrächte, würde er mir die Unkosten dann unten ersetzen.

An demselben Morgen schrieb ich Cohn vom Büro aus, daß Bill und ich, falls ich ihm nichts anderes depeschierte, am fünfundzwanzigsten Paris verlassen würden und ihn in Bayonne treffen könnten, um von da aus dann gemeinsam einen Omnibus über die Berge nach Pamplona zu nehmen. Am selben Abend, ungefähr um sieben Uhr, ging ich einen Augenblick im *Sélect* vorbei, um Michael und Brett zu sprechen. Sie waren nicht da, und ich ging hinüber ins *Dingo*. Sie saßen drinnen an der Bar.

«'n Abend, Lieber.» Brett streckte mir ihre Hand entgegen.

«'n Abend, Jake», sagte Mike. «Gestern abend soll ich besoffen gewesen sein.»

«Wahrhaftig», sagte Brett. «Widerwärtig geradezu.»

«Hör mal», sagte Mike, «wann willst du eigentlich nach Spanien? Wär's dir recht, wenn wir auch mitkämen?»

«Das wär fein.»

«Wirklich, es wär dir recht? Du weißt, ich war schon mal in Pamplona, und Brett brennt einfach darauf, hinzufahren. Du bist wirklich sicher, daß wir nicht wahnsinnig stören?»

«Red doch nicht solch Blech.»

«Weißt du, ich bin ein bißchen angesäuselt. Sonst hätte ich dich nicht so gefragt. Ist es dir wirklich Ernst, daß es dir recht ist?»

«Hör schon auf, Michael», sagte Brett. «Wie kann der Mann jetzt sagen, daß es ihm nicht paßt? Ich werd ihn lieber später fragen.»

«Aber nicht wahr, es ist dir doch recht?»

«Also frag nicht noch mal, wenn ich nicht wütend werden soll. Bill und ich fahren am fünfundzwanzigsten morgens.»

«Nebenbei, wo ist eigentlich Bill?» fragte Brett.

«Er ist in Chantilly und ißt mit Bekannten.»

«Ein netter Kerl.»

«Großartiger Kerl», sagte Mike. «Wahrhaftig.»

«Du kannst dich ja überhaupt nicht auf ihn besinnen», sagte Brett.

«Doch. Ich besinne mich ganz genau auf ihn. Hör mal, Jake. Wir kommen also am fünfundzwanzigsten abends. Brett kann morgens doch nicht aufstehen.»

«Das stimmt allerdings.»

«Also, wenn unser Geld kommt und du genau weißt, daß es dir recht ist.»

«Wird schon kommen. Dafür werde ich schon sorgen.»

«Sag mal, was soll ich für Angelzeug besorgen lassen?»

«Kauf zwei oder drei Ruten mit Rollen und Schnur und ein paar Fliegen.»

«Ich angle nicht», warf Brett ein.

«Dann also zwei Ruten, dann braucht Bill keine zu kaufen.»

«Schön», sagte Mike. «Ich werde dem Verwalter telegrafieren.»

«Es wird fabelhaft werden», sagte Brett. «Spanien! Wir werden uns herrlich amüsieren.»

«Der fünfundzwanzigste. Wann ist das eigentlich?»

«Sonnabend.»

«Da müssen wir uns ja fertig machen.»

«Hör mal», sagte Mike, «ich muß noch zum Friseur.»

«Ich muß baden», sagte Brett. «Bring mich ins Hotel, Jake. Sei nett.»

«Wir wohnen in einem herrlichen Hotel», sagte Mike. «Ich glaube, es ist ein Bordell.»

«Wir hatten unser Gepäck hier im *Dingo* gelassen, als wir reingingen, und da fragten sie uns in diesem Hotel, ob wir das Zimmer nur für den Nachmittag haben wollten. Schienen äußerst glücklich zu sein, daß wir die ganze Nacht bleiben würden.»

«Ich glaube, es ist ein Bordell», sagte Mike. «Und ich denke, ich sollte es wissen.»

«Hör schon auf und geh und laß dir die Haare schneiden.»

Mike ging hinaus. Brett und ich saßen an der Bar.

«Nimmst du noch einen?»

«Könnte ich.»

«Das war direkt eine Wohltat», sagte Brett.

Wir gingen die Rue Delambre hinauf.

«Ich hab dich noch gar nicht gesehen, seit ich zurück bin», sagte Brett.

«Nein.»

«Wie geht's dir, Jake?»

«Glänzend.»

Brett sah mich an. «Hör mal», sagte sie, «macht Robert Cohn eigentlich auch mit?»

«Ja. Wieso?»

«Glaubst du nicht, daß es ein bißchen hart für ihn sein wird?»

«Warum denn?»

«Mit wem glaubst du, daß ich in San Sebastián war?»

«Gratuliere», sagte ich.

Wir gingen weiter.

«Warum hast du das gesagt?»

«Ich weiß nicht. Was möchtest du denn, daß ich dazu sage?»

Wir gingen weiter und bogen um eine Ecke.

«Er hat sich sehr gut benommen. Er ist ein bißchen langweilig auf die Dauer.»

«So?»

«Ich dachte, es würde ihm guttun.»

«Vielleicht solltest du dich als Sozialhelferin betätigen.»

«Sei nicht so ekelhaft.»

«Ich werd mir Mühe geben.»

«Wußtest du's wirklich nicht?»

«Nein», sagte ich. «Ich glaube, ich habe gar nicht darüber nachgedacht.»

«Glaubst du, daß es ihn hart ankommen wird?»

«Das muß er beurteilen», sagte ich. «Sag ihm, daß du kommst. Dann kann er immer noch verzichten.»

«Ich werd ihm schreiben, dann hat er die Möglichkeit wegzubleiben.»

Ich sah Brett erst wieder am vierundzwanzigsten abends.

«Hast du von Cohn gehört?»

«Und ob. Er ist wild darauf.»

«Mein Gott.»

«Ich fand es auch merkwürdig.»

«Schreibt, er könne es kaum abwarten, mich zu sehen.»

«Denkt er denn, daß du allein kommst?»

«Nein. Ich hab ihm geschrieben, daß wir alle kämen. Michael und alle.»

«Er ist großartig.»

«Nicht wahr?»

Sie erwarteten ihr Geld am nächsten Tag. Wir verabredeten, uns in Pamplona zu treffen. Sie wollten direkt nach San Sebastián fahren und da den Zug nehmen. Wir wollten uns alle im *Montoya* in Pamplona treffen. Wenn sie nicht bis spätestens Montag da sein würden, wollten wir nach Burguete in die Berge vorfahren, um mit dem Angeln schon zu beginnen. Nach Burguete fuhr ein Omnibus. Ich schrieb ihnen den Reiseplan auf, so daß sie uns folgen konnten.

Bill und ich nahmen den Morgenzug von der Gare d'Orsay. Es war ein herrlicher Tag, nicht zu heiß, und das Land war gleich von Anfang an schön. Wir gingen hinten in den Speisewagen und frühstückten. Als wir den Speisewagen verließen, bat ich den Kellner um Platzkarten zum ersten Mittagessen.

«Nichts bis zum fünften.»

«Was heißt das?»

In dem Zug gab es immer nur zwei Serien Mittagessen und immer reichlich Platz bei beiden.

«Alles reserviert», sagte der Speisewagenschaffner. «Um 15 Uhr 30 ist das fünfte Service.»

«Das ist bitter», sagte ich zu Bill.

«Gib ihm 10 Francs.»

«Hier», sagte ich. «Wir möchten gern zwei Plätze zum ersten Essen.»

Der Schaffner steckte die 10 Francs in die Tasche.

«Danke», sagte er. «Ich würde den Herren raten, sich Sandwiches zu bestellen. Alle Plätze für die ersten vier Serien sind im Büro der Gesellschaft schon im voraus reserviert worden.»

«Du wirst es weit bringen, Bruder», sagte Bill zu ihm auf englisch. «Wahrscheinlich hättest du uns geraten, vom Zug abzuspringen, wenn ich dir 5 Francs gegeben hätte.»

«Comment?»

«Geh zum Teufel», sagte Bill. «Lassen Sie Sandwiches machen und bringen Sie uns eine Flasche Wein. Sag's ihm, Jake.»

«Und schicken Sie es in den nächsten Wagen.» Ich beschrieb ihm, wo wir saßen.

In unserem Abteil saßen außer uns noch ein Mann, seine Frau und ihr Sohn.

«Ich nehme an, Sie sind doch wohl Amerikaner, nicht wahr?» fragte der Mann. «Machen Sie eine schöne Reise?»

«Herrlich», sagte Bill.

«So muß man's machen. Reisen, wenn man jung ist. Mutter und ich wollten immer herüberkommen, mußten aber 'ne ganze Weile warten.»

«Wir hätten's schon vor zehn Jahren gekonnt, wenn du nur gewollt hättest», sagte seine Frau. «Du hast nur immer gesagt: ‹Erst wollen wir Amerika sehen!› Na, ich muß gestehen, wir haben schon eine Menge gesehen, da kann man sagen, was man will.»

«Hören Sie, ich glaube, es sind reichlich viel Amerikaner im Zug», sagte der Mann. «Sieben Wagen voll aus Dayton, Ohio. Sie haben eine Pilgerfahrt nach Rom gemacht und sind jetzt auf dem Weg nach Biarritz und Lourdes.»

«So, also das ist es, Pilger. Verdammte Puritaner», sagte Bill.

«Aus welchem Teil der Staaten seid ihr denn, Jungens?»

«Kansas City», sagte ich. «Er ist aus Chicago.»

«Fahren Sie beide nach Biarritz?»

«Nein, wir fahren zum Angeln nach Spanien.»

«Na, ich für mein Teil hab mir nie viel daraus gemacht. Aber viele aus meiner Gegend sind wild darauf. Im Staate Montana gibt es mit die besten Angelmöglichkeiten. Ich bin mit den anderen manchmal mitgewesen, aber ich mach mir nichts daraus.»

«Schön wenig gefischt hast du auf all diesen Touren», sagte seine Frau.

Er zwinkerte uns zu.

«Na, Sie wissen ja, wie die Damen sind. Wenn man ein paar Flaschen oder einen Kasten Bier mitnimmt, ist bei ihnen gleich die Hölle los.»

«Ja, so sind die Männer», sagte seine Frau zu uns. Sie glättete ihren ausladenden Schoß. «Wo ich gegen die Prohibition gestimmt habe, um ihm einen Gefallen zu tun und um ein bißchen Bier im Haus zu haben, und dann redet er so. Es ist ein wahres Wunder, daß sie überhaupt jemand finden, der sie heiratet.»

«Sagen Sie», unterbrach Bill, «wissen Sie, daß diese Bande von Pilgern den Speisewagen bis halb vier mit Beschlag belegt hat?»

«Wie meinen Sie das? Das ist doch unmöglich.»

«Versuchen Sie nur, Plätze zu bekommen.»

«Na, Mutter, das sieht mir ganz so aus, als ob wir lieber wieder zurückgehen und noch einmal frühstücken sollten.»

Sie stand auf und glättete ihr Kleid.

«Wollen Sie, bitte, auf unsere Sachen aufpassen? Komm, Hubert.»

Sie gingen alle drei in den Speisewagen. Kaum waren sie weg, lief ein Steward durch den Zug und rief zum ersten Mittagessen, und die

Pilger mit ihren Priestern kamen den Korridor entlangmarschiert. Unser Freund und seine Familie kamen nicht zurück. Ein Kellner kam mit unseren Sandwiches und der Flasche Chablis vorbei, und wir riefen ihn herein.

«Na, heute gibt's Arbeit», sagte ich.

Er nickte mit dem Kopf. «Sie fangen jetzt um halb elf schon an.»

«Wann essen wir?»

«Huh! Wann esse ich?»

Er ließ zwei Gläser mit der Flasche da, und wir bezahlten die Sandwiches und gaben ihm ein Trinkgeld.

«Ich hole die Teller nachher», sagte er, «oder vielleicht bringen Sie sie mit.»

Wir aßen die Sandwiches, tranken den Chablis und sahen die Landschaft am Fenster vorbeiziehen. Das Getreide begann gerade zu reifen, und die Felder standen voller Mohn. Die Weiden waren grün, und man sah schöne Bäume und manchmal große Flüsse und Schlösser zwischen den Bäumen.

In Tours stiegen wir aus und kauften noch eine Flasche Wein, und als wir in unser Abteil zurückkamen, saßen der Mann aus Montana, seine Frau und ihr Sohn schon sehr gemütlich darin.

«Gibt es in Biarritz gute Badegelegenheiten?» fragte Hubert.

«Der Junge ist absolut verrückt, bis er im Wasser ist», sagte seine Mutter. «Für so junge Leute ist eine Reise eine harte Nuß.»

«Es ist gut zum Schwimmen», sagte ich. «Aber es ist gefährlich, wenn es bewegt ist.»

«Haben Sie was zu essen bekommen?» fragte Bill.

«Natürlich. Wir saßen darin, als sie reinkamen, und da haben sie wahrscheinlich geglaubt, wir gehörten dazu. Einer der Kellner sagte irgendwas zu uns auf französisch, und dann schickten sie drei Pilger wieder weg.»

«Sie hielten uns für echt», sagte der Mann. «Es zeigt Ihnen aber die Macht der katholischen Kirche. Schade, daß ihr Jungens nicht katholisch seid. Dann könntet ihr schon was zu essen bekommen.»

«Ich bin», sagte ich, «das kränkt mich ja gerade so.»

Um Viertel nach vier bekamen wir endlich unseren Lunch. Bill war zum Schluß recht ungemütlich geworden. Er hielt einen Priester, der mit einer zurückkommenden Pilgergruppe in sein Abteil wollte, am Rock fest.

«Na, wann haben wir Protestanten eine Chance, was zu essen zu bekommen, Vater?»

«Ich weiß nichts davon. Haben Sie keine Karten?»

«Es genügt, um einen zum Eintritt in eure Gesellschaft zu bewegen», sagte Bill.

Der Priester drehte sich nach ihm um.

Im Speisewagen servierten die Kellner das fünfte Table d'hôte-Essen. Der Kellner, der uns bediente, war völlig durchgeschwitzt. Seine weiße Jacke war lila unter den Armen.

«Muß 'ne Menge Wein trinken.»

«Oder lila Unterhemden tragen.»

«Wollen wir ihn fragen?»

«Nein, er ist zu müde.»

Der Zug hielt eine halbe Stunde in Bordeaux, und wir gingen aus dem Bahnhof hinaus, um einen kleinen Spaziergang zu machen. Es war nicht genug Zeit, um bis in die Stadt zu gehen. Nachher kamen wir durch die Landes und sahen, wie die Sonne unterging. Man hatte weite Öffnungen in den Wald geschlagen, die man wie Avenuen hinuntersehen konnte, und ganz weit weg sah man bewaldete Hügel. Wir aßen ungefähr um halb acht zu Abend und sahen durch die offenen Fenster im Speisewagen ins Land hinaus. Nichts als sandiger Boden voll mit Fichten und Heidekraut. Man sah kleine Lichtungen mit Häusern, und hin und wieder kamen wir an einer Sägemühle vorbei. Es wurde dunkel, und man spürte draußen das heiße, sandige und dunkle Land, und ungefähr um neun Uhr waren wir in Bayonne. Der Mann und seine Frau und Hubert schüttelten uns die Hand. Sie fuhren bis La Négresse, um da nach Biarritz umzusteigen.

«Na, ich hoffe, Sie werden massig viel Dusel haben», sagte der Mann.

«Nehmen Sie sich mit den Stierkämpfen in acht.»

«Vielleicht sehen wir Sie in Biarritz», sagte Hubert.

Wir stiegen mit unseren Handtaschen und unseren Angelkästen aus und gingen durch die dunkle Station in das Licht der Hotelwagen und Omnibusse. Da, bei den Hotelportiers, stand Robert Cohn. Er sah uns zuerst nicht. Dann kam er auf uns zu.

«Hallo, Jake, gute Reise gehabt?»

«Ausgezeichnet», sagte ich. «Dies hier ist Bill Gorton.»

«Guten Abend.»

«Kommt», sagte Robert. «Ich hab einen Wagen.» Er war ein bißchen kurzsichtig. Ich hatte es vorher nie bemerkt. Er sah Bill an, um festzustellen, mit wem er es zu tun hatte. Außerdem war er schüchtern.

«Wir fahren in mein Hotel, ja? Es ist ganz ordentlich. Ganz nett.»

Wir stiegen in die Droschke, der Kutscher stellte unsere Taschen auf den Platz neben sich, knallte mit seiner Peitsche, und wir fuhren über die dunkle Brücke in die Stadt hinein.

«Es freut mich sehr, Sie kennenzulernen», sagte Robert zu Bill. «Jake hat mir so viel von Ihnen erzählt, und ich habe Ihre Bücher gelesen. Hast du meinen Brief bekommen, Jake?»

Die Droschke hielt vor dem Hotel, und wir stiegen alle aus und gingen hinein. Es war ein nettes Hotel, und die Leute am Empfang waren sehr vergnügt, und jeder von uns bekam ein gutes kleines Einzelzimmer.

3

Am nächsten Morgen schien die Sonne, und die Straßen der Stadt wurden besprengt, und wir frühstückten alle in einem Café. Bayonne ist eine hübsche Stadt. Wie eine sehr saubere spanische Stadt, und liegt an einem großen Fluß. Selbst so früh am Morgen war es auf der Brücke, die über den Fluß führt, sehr heiß. Wir gingen auf die Brücke und machten dann einen Spaziergang durch die Stadt.

Es war nicht so ganz sicher, daß Mikes Angelruten rechtzeitig aus Schottland ankommen würden, darum suchten wir nach einem Laden, wo man Angelgerät kaufen konnte, und kauften schließlich über einer Schnittwarenhandlung für Bill eine Angelrute. Der Mann, der das Angelzeug verkaufte, war aus, und wir mußten warten, bis er wieder zurück war. Endlich kam er, und wir kauften eine ganz gute billige Rute und zwei Käscher.

Wir gingen wieder auf die Straße und besahen die Kathedrale. Cohn machte die Bemerkung, daß dies ein sehr gutes Beispiel von irgendwas sei, ich habe vergessen, wovon. Es schien eine hübsche Kathedrale zu sein, hübsch und düster, so wie spanische Kirchen. Dann gingen wir an der alten Befestigung vorbei und bis zum Büro des örtlichen Syndicat d'Initiative, wo der Omnibus abgehen sollte. Da sagte man uns, daß der Omnibusdienst erst vom 1. Juli an funktioniere. Im Reisebüro erkundigten wir uns, wieviel ein Auto nach Pamplona kosten dürfe, und mieteten eines in einer großen Garage gleich um die Ecke vom Théâtre Municipal für 400 Francs. Der Wagen sollte uns in 40 Minuten vom Hotel abholen, und wir tranken noch ein Glas Bier in dem Café auf dem Platz, wo wir morgens gefrühstückt hatten. Es war heiß, aber die Stadt hatte einen kühlen, frischen frühmorgendlichen Duft, und es war ein Vergnügen, im Café zu sitzen. Ein Wind erhob sich, und man fühlte, daß die Luft vom Meer her kam. Auf dem Platz waren Tauben; die Häuser hatten eine gelbe, ausgeblichene Farbe, und ich wollte nicht aus dem Café weg. Aber wir mußten ins Hotel zurück, unsere Taschen packen und unsere Rechnung bezahlen. Wir bezahlten das Bier, wir knobelten, und ich glaube, Cohn bezahlte, und dann gingen wir ins Hotel. Bill und ich brauchten nur jeder 16 Francs plus zehn Prozent

Bedienung zu zahlen, und wir ließen die Taschen herunterbringen und warteten auf Robert Cohn. Als wir so warteten, sah ich eine Schabe auf dem Parkett, die mindestens fünf Zentimeter lang war. Ich zeigte sie Bill und trat dann darauf. Wir waren uns einig, daß sie eben aus dem Garten hereingekommen sein mußte. Es war wirklich ein riesig sauberes Hotel.

Cohn kam endlich herunter, und wir gingen alle hinaus zum Auto. Es war ein großer, geschlossener Wagen, der Chauffeur trug einen weißen Staubmantel mit blauen Manschetten und Kragen, und wir ließen ihn das Verdeck heruntermachen. Er türmte die Handtaschen hinein, und wir fuhren los, die Straße hinauf, aus der Stadt hinaus. Wir kamen an prachtvollen Gärten vorbei und hatten einen schönen Rückblick auf die Stadt, und dann waren wir draußen im grünen, welligen Land und die Straße stieg die ganze Zeit. Wir kamen an Scharen von Basken vorbei, mit Ochsen oder anderem Vieh, das Zugkarren den Weg entlangzog, und an hübschen, weiß getünchten Landhäusern mit niedrigen Dächern. Das ganze Baskenland sieht reich und grün aus, und die Häuser und Dörfer machen einen wohlhabenden und sauberen Eindruck. Jedes Dorf besaß einen Pelotahof, und auf einigen spielten Jungens in der heißen Sonne. An den Kirchen waren Anschläge angebracht, die besagten, daß es verboten sei, hier Pelota zu spielen, und die Häuser in den Dörfern hatten rote Ziegeldächer. Der Weg bog ab und begann zu steigen, und wir fuhren ein ganzes Stück an einer Felswand entlang, unter uns ein Tal und Berge, die sich bis ans Meer erstreckten. Man konnte das Meer nicht sehen. Es war zu weit weg. Man sah nur Berge und noch mehr Berge, und man wußte, wo das Meer war.

Wir kamen über die spanische Grenze. Ein kleiner Fluß und eine Brücke und spanische Karabinieri mit Lacklederhüten à la Bonaparte und kurzen Flinten auf dem Rücken auf der einen Seite und auf der andern dicke Franzosen mit Képis und Schnurrbärten. Sie machten nur eine Handtasche auf, nahmen die Pässe und besahen sie sich. Auf jeder Grenzseite gab es einen Kaufladen und ein Wirtshaus. Der Chauffeur mußte hineinsehen und irgendein Papier wegen des Wagens ausfüllen, und wir stiegen aus und gingen an den Fluß hinunter, um zu sehen, ob er forellenhaltig sei. Bill versuchte mit einem der Karabinieri Spanisch zu reden, aber es ging nicht so sehr gut. Robert Cohn fragte und zeigte dabei mit dem Finger, ob es hier Forellen gäbe, und der Karabinieri sagte ja, aber nicht viele.

Ich fragte ihn, ob er je angle, und er sagte nein, er mache sich nichts daraus.

Gerade in dem Augenblick kam ein alter Mann mit langem, in der Sonne gebleichtem Haar und Bart über die Brücke. Seine Kleidung war aus Drillich. Er trug einen großen Stock, und ein Reh baumelte ihm, an allen vieren zusammengebunden, mit dem Kopf nach unten, den Rücken herunter.

Der Karabinieri winkte ihm mit seinem Säbel zu, er solle dableiben. Der Mann wandte sich, ohne ein Wort zu sagen, um und ging den weißen Weg, der nach Spanien führte, wieder zurück.

«Was ist denn mit dem Alten?» fragte ich.

«Er hat keinen Paß.»

Ich bot dem Grenzposten eine Zigarette an. Er nahm sie und bedankte sich.

«Was wird er machen?» fragte ich.

Der Posten spuckte in den Staub.

«Na, er wird einfach durch den Fluß waten.»

«Wird viel geschmuggelt?»

«Oh», sagte er, «eine ganze Menge.»

Der Chauffeur kam heraus, faltete die Papiere zusammen und steckte sie in die Innentasche seines Mantels. Wir stiegen alle wieder ein, und es ging los, auf der weißen, staubigen Straße nach Spanien. Noch eine Weile sah das Land aus wie vorher; wir stiegen die ganze Zeit, dann passierten wir die Spitze eines Col, die Straße wand sich immer hin und her in Spiralen um sich selbst, und dann war es wirklich Spanien. Lange braune Berge und ein paar Fichten und weit weg Buchenwälder auf einigen Berghängen. Der Weg führte um den Gipfel des Col, und dann ging es hinunter, und der Fahrer mußte hupen und langsamer fahren und zur Seite ausbiegen, um nicht zwei auf dem Weg liegende schlafende Esel zu überfahren. Wir kamen den Berg hinunter und durch einen Eichenwald, und im Wald graste weißes Vieh. Weiter unten waren grasreiche Ebenen und klare Flüsse, dann kamen wir über einen Fluß und durch ein kleines, düsteres Dorf, und dann stiegen wir wieder bergan. Wir stiegen und stiegen und kamen über einen anderen hohen Col und wendeten dann, und der Weg führte rechts hinunter, und wir sahen eine ganze Kette neuer Berge im Süden, die alle braun und wie geröstet aussahen und seltsam geformt und durchfurcht waren.

Nach einer Weile ließen wir die Berge hinter uns und kamen auf eine Straße, die zu beiden Seiten mit Bäumen bestanden war. Wir kamen an einem Fluß und an reifen Getreidefeldern vorbei, und die Straße führte weiter, sehr gerade, sehr weiß, und hob sich dann zu einer kleinen Anhöhe, und links davon war ein Berg mit einem alten Schloß, das viele Gebäude umgaben, und einem Getreidefeld, das bis zu den Mauern ging und im Wind hin und her schwankte. Ich saß vorn beim Chauffeur und drehte mich um. Robert Cohn schlief, aber Bill sah und nickte mit dem Kopf. Dann fuhren wir über eine weite Ebene, und auf der rechten Seite floß ein großer Strom, der in der Sonne zwischen den Baumreihen glänzte, und weit in der Ferne erhob sich das Plateau von Pamplona aus der Ebene und die Mauern der Stadt und die große braune Kathedrale und die durch die anderen Kirchen gebrochene Linie des Horizonts. Hinter dem Plateau lagen die Berge, und wohin man auch sah, überall waren Berge, und vor uns dehnte sich die Straße weiß quer durch die Ebene Pamplona entgegen.

Wir kamen auf der anderen Seite des Plateaus in die Stadt; die Straße war uneben, steil und staubig, mit Bäumen, die etwas Schatten gaben, zu beiden Seiten, und lief dann ebenmäßig in dem neuen Teil der Stadt, den sie jetzt vor den alten Mauern aufbauen. Wir kamen bei der Stierkampfarena vorbei, die hoch und weiß, ein Betonbau, in der Sonne lag, und kamen dann durch eine Seitenstraße auf den großen Platz und hielten vor dem Hotel *Montoya*.

Der Chauffeur half uns die Taschen abladen. Eine Menge Kinder standen herum und starrten den Wagen an, und der Platz war heiß, und die Bäume waren grün, und die Fahnen hingen an ihren Stangen, und es war angenehm, aus der Sonne in den Schatten der Arkaden zu gelangen, die um den ganzen Platz herumführten. Montoya freute sich, uns zu sehen, schüttelte uns die Hände und gab uns gute Zimmer mit der Aussicht auf den Platz, und dann wuschen und säuberten wir uns und gingen hinunter ins Eßzimmer zum Lunch. Der Chauffeur blieb zum Essen, und dann bezahlten wir ihn, und er fuhr wieder nach Bayonne zurück.

Im *Montoya* gibt es zwei Eßzimmer. Eines ist oben im zweiten Stock mit der Aussicht auf den Platz. Das andere liegt eine Treppe tiefer als der Platz und hat eine Tür, die nach einer Seitenstraße geht, auf der die Stiere morgens früh, wenn sie in den Toril traben, vorbeikommen. In dem tiefgelegenen Eßzimmer ist es immer kühl, und wir aßen ausgezeichnet zu Mittag. Die erste spanische Mahlzeit ist immer eine Angelegenheit mit Horsd'œuvres, einer Eierspeise, zwei Fleischgängen, Gemüsen, Salat, süßer Speise und Obst. Man muß ein gutes Quantum Wein trinken, um alles hinunterzuspülen. Robert Cohn versuchte zu sagen, daß er nichts von dem zweiten Fleischgericht essen wolle, aber wir hatten keine Lust, es zu verdolmetschen, und deshalb brachte ihm die Kellnerin etwas anderes als Ersatz, ich glaube, eine Platte mit kaltem Fleisch. Cohn war, seit wir uns in Bayonne getroffen hatten, ziemlich nervös. Er wußte nicht, ob wir wußten, daß Brett mit ihm in San Sebastián gewesen war, und er fühlte sich deshalb ein bißchen geniert.

«Na», sagte ich, «Brett und Mike sollten heute abend eintreffen.»

«Ich bin nicht sicher, ob sie kommen», sagte Cohn.

«Warum nicht?» sagte Bill. «Natürlich kommen sie.»
«Sie kommen immer zu spät», sagte ich.
«Ich glaube allerdings, daß sie nicht kommen», sagte Robert Cohn.
Er sagte es mit einem so überlegenen Gesichtsausdruck, daß es uns beide ärgerte.
«Ich wette 50 Peseten, daß sie heute abend ankommen», sagte Bill.
Er wettet immer, wenn er sich ärgert, und wettet aus diesem Grunde immer blödsinnig.
«Akzeptiert», sagte Cohn. «Schön, du bist Zeuge, Jake. 50 Peseten.»
«Ich bin selbst Zeuge», sagte Bill.
Ich sah, wie ärgerlich er war, und wollte ihn besänftigen.
«Todsichere Sache, daß sie kommen», sagte ich. «Aber vielleicht nicht gerade heute abend.»
«Soll ich Sie rauslassen?» fragte Cohn.
«Nein. Warum? Wenn Sie wollen, auch hundert.»
«Schön, angenommen.»
«So, genug», sagte ich, «oder ihr müßt ein Buch machen und mir was davon abgeben.»
«Mir soll's recht sein», sagte Cohn. Er lächelte. «Sie werden es wahrscheinlich beim Bridge zurückgewinnen.»
«Sie haben es noch nicht», sagte Bill.
Wir gingen hinaus und unter den Arkaden bis zum *Café Iruña*, um Kaffee zu trinken.
Cohn sagte, er wolle hinüber, um sich rasieren zu lassen.
«Hör mal», sagte Bill, «hab ich die geringste Chance bei dieser Wette?»
«Verdammt schlechte Chance. Bisher waren sie noch nie pünktlich. Wenn ihr Geld nicht gekommen ist, ist es klar, daß sie heute abend nicht ankommen.»
«Es tat mir leid in dem Moment, als ich den Mund aufgemacht hatte. Aber ich mußte. Ich nehme an, er ist sehr nett, aber woher kann er hellsehen? Mike und Brett hatten doch mit uns verabredet, hierherzukommen.»
Ich sah Cohn über den Platz kommen.
«Da kommt er.»
«Schön, aber daß er nicht wieder überlegen und jüdisch wird.»
«Der Friseur hat zu», sagte Cohn. «Macht erst um vier auf.»
Wir tranken im *Iruña* unseren Kaffee, saßen in bequemen Korbstühlen und sahen aus der Kühle unter den Arkaden auf den großen Platz. Nach einer Weile stand Bill auf, um einige Briefe zu schreiben, und Cohn ging hinüber zum Friseur. Es war immer noch zu; so

entschloß er sich, ins Hotel zu gehen und ein Bad zu nehmen, und ich blieb vor dem Café sitzen. Ich saß vor dem Café und machte dann einen Spaziergang durch die Stadt. Es war sehr heiß, aber ich blieb auf der schattigen Seite der Straße und ging über den Markt, und ich freute mich, die Stadt wiederzusehen. Ich ging zum Ayuntamiento und fand den alten Herrn, der immer für mich im voraus für die Stierkämpfe reserviert, und er hatte das Geld aus Paris richtig bekommen und meine Reservierung wieder erneuert, so daß alles in bester Ordnung war. Er war der Archivar, und alle Urkunden der Stadt befanden sich in seinem Büro. Das hat nichts mit der Geschichte zu tun. Wie dem auch sei, sein Büro hatte eine grüne Friestür und eine große Holztür, und als ich hinausging, ließ ich ihn inmitten all der Urkunden, die alle Wände bedeckten, sitzen und machte beide Türen zu, und als ich aus dem Haus auf die Straße wollte, hielt mich der Pförtner an, um mir meinen Rock abzubürsten.

«Sie sind Auto gefahren», sagte er.

Der Kragen und der obere Teil der Schultern waren grau von Staub.

«Von Bayonne hierher.»

«Ja, ja», sagte er. «Ich sah, daß Sie Auto gefahren sind, an der Art, wie der Staub verteilt ist.» Ich gab ihm zwei Kupfermünzen.

Am Ende der Straße sah ich die Kathedrale und ging auf sie zu. Das erste Mal, als ich sie sah, fand ich die Fassade häßlich, aber jetzt mochte ich sie gern. Ich ging hinein. Es war düster und dunkel, und die Säulen gingen hoch hinauf, und es beteten Leute, und es roch nach Weihrauch, und sie hatte ein paar wunderbare große Fenster. Ich kniete nieder und begann zu beten und betete für alle, an die ich denken konnte: Brett und Mike und Bill und Robert Cohn und mich und die Stierkämpfer, für die, die ich besonders gern hatte, jeden einzeln, für die anderen im ganzen; und dann betete ich wieder für mich, und während ich so für mich betete, fühlte ich, wie ich schläfrig wurde, und dann betete ich noch, daß die Stierkämpfe gut sein möchten und daß es eine schöne Fiesta werden würde und daß wir eine gute Angelpartie haben würden. Ich überlegte, ob ich noch um irgend etwas anderes beten könnte, und ich dachte, daß ich gern etwas Geld haben würde, also betete ich, daß ich eine Menge Geld verdienen würde, und dann überlegte ich, wie ich es wohl verdienen könnte, und Geldverdienen erinnerte mich an den Grafen, und ich fing an, nachzudenken, wo er wohl sein mochte, und bedauerte, daß ich ihn seit der Nacht auf Montmartre nicht mehr gesehen hatte, und dann mußte ich an etwas Komisches denken, was mir Brett von ihm erzählt hatte, und die ganze Zeit kniete ich und hatte meinen Kopf auf das Holz vor mir gelegt und dachte eigentlich, daß ich betete, und dann schämte ich mich ein bißchen, daß ich ein so schlechter Katholik war, aber ich war mir klar darüber, daß sich daran nichts ändern ließe, wenigstens jetzt nicht, und vielleicht nie, aber daß es auf jeden Fall eine große Religion war, und ich wünschte nur, daß ich religiös hätte fühlen können, aber vielleicht ging es das nächste Mal, und dann war ich draußen in der heißen Sonne auf den Stufen der Kathedrale, und die Finger und der Daumen meiner rechten Hand waren feucht, und ich fühlte, wie sie in der Sonne trockneten. Das Sonnenlicht war heiß und grell, und ich ging hinüber in den Schatten einiger Gebäude und durch Seitenstraßen zum Hotel zurück.

Abends beim Essen sah man, daß Robert Cohn ein Bad genommen hatte, rasiert worden war, sich die Haare hatte schneiden und schamponieren lassen und nachher etwas auf die Haare getan hatte, damit sie flach anlagen. Er war nervös, und ich gab mir nicht die geringste Mühe, ihm darüber hinwegzuhelfen. Der Zug aus San Sebastián war um 21 Uhr fällig, und wenn Brett und Mike kamen, mußten sie darin sein. Zwanzig Minuten vor neun waren wir mit unserem Essen noch nicht halb fertig. Robert Cohn stand vom Tisch auf und sagte, er ginge jetzt zum Bahnhof. Ich sagte, ich würde ihn begleiten, nur um ihn zu ärgern. Bill grunzte, er würde schön dumm sein, wenn er sein Essen im Stich ließe.

«Wir kommen umgehend zurück», sagte ich.

Wir gingen zum Bahnhof. Ich genoß Cohns Nervosität. Ich hoffte, Brett würde im Zug sein. Der Zug hatte Verspätung, und wir saßen auf einem Gepäckkarren und warteten draußen in der Dunkelheit. Ich habe niemals jemanden im Zivilleben so nervös gesehen wie Robert Cohn – und auch nicht so erwartungsvoll. Ich genoß es. Es war niederträchtig, es zu genießen, aber ich fühlte mich niederträchtig. Cohn hatte die fabelhafte Gabe, in jedem die schlechtesten Eigenschaften zu entfesseln.

Nach einer Weile hörten wir den Zug weit weg unten auf der anderen Seite des Plateaus, und dann sahen wir die Scheinwerfer den Berg heraufkommen. Wir gingen in den Bahnhof hinein und standen mit einem Haufen Leute gleich hinter der Schranke, und der Zug fuhr ein und hielt, und alle kamen durch die Sperre.

Sie waren nicht dabei. Wir warteten, bis alle durch waren und aus dem Bahnhof hinaus und in die Omnibusse gestiegen waren oder Droschken genommen hatten oder mit ihren Freunden oder Verwandten durch die Dunkelheit der Stadt zustrebten.

«Ich wußte, daß sie nicht kommen würden», sagte Robert. Wir gingen zum Hotel zurück.

«Ich dachte, sie kämen vielleicht», sagte ich.

Bill aß Obst, als wir kamen, und beendete gerade eine Flasche Wein.

«Nicht gekommen, wie?»

«Nein.»

«Ist es Ihnen recht, wenn ich Ihnen die 100 Peseten morgen gebe, Cohn?» fragte Bill. «Ich habe hier noch kein Geld gewechselt.»

«Ach, lassen Sie es doch», sagte Cohn. «Wetten wir um was anderes. Kann man auf Stiere setzen?»

«Man könnte», sagte Bill, «aber man braucht nicht.»

«Es ist wie auf den Krieg setzen», sagte ich. «Ökonomisches Interesse ist dabei gar nicht nötig.»

«Ich freue mich schon riesig auf die Stierkämpfe», sagte Robert.

Montoya kam an unseren Tisch. Er hatte ein Telegramm in der Hand. «Für Sie.» Er reichte es mir.

Darin stand: «Bleiben Nacht in San Sebastián.»

«Von ihnen», sagte ich. Ich steckte es in die Tasche. Eigentlich hätte ich es den anderen geben müssen.

«Sie sind in San Sebastián geblieben», sagte ich. «Lassen euch grüßen.»

Warum ich den Antrieb fühlte, ihn zu ärgern, weiß ich nicht. Natürlich weiß ich's. Ich war wahnsinnig eifersüchtig auf das, was er erlebt hatte. Die Tatsache, daß ich es als gegeben hinnahm, änderte daran nichts. Ich haßte ihn. Ich glaube, daß ich ihn zum erstenmal wirklich haßte, als er beim Essen so ein bißchen überlegen gewesen war, und dann, als er stundenlang sich beim Friseur verschönern ließ. Darum steckte ich das Telegramm in die Tasche. Das Telegramm war ja auch an mich adressiert.

«Na», sagte ich, «wir sollten mittags mit dem Omnibus nach Burguete fahren. Sie können ja nachkommen, wenn sie morgen abend eintreffen.»

Es gab nur zwei Züge, die aus San Sebastián kamen, einer frühmorgens und der, den wir eben gesehen hatten.

«Gar keine schlechte Idee», sagte Cohn.

«Je eher wir an den Fluß kommen, um so besser.»

«Mir ist es ganz einerlei, wann wir aufbrechen», sagte Bill. «Je eher, um so besser.»

Wir saßen eine Weile im *Iruña* und tranken unseren Kaffee, dann machten wir einen kleinen Spaziergang hinaus zu dem Stiertoril und über die Felder und unter dem Bäumen am Ende des Kliffs und sahen auf den Fluß in der Dunkelheit, und ich ging früh ins Bett. Bill und Cohn blieben, glaube ich, noch lange im Café sitzen, denn ich schlief schon, als sie kamen.

Am Morgen kaufte ich drei Billetts für den Omnibus nach Burguete. Er sollte fahrplanmäßig um zwei abfahren. Ich saß im *Iruña* und las die Zeitung, als ich Robert Cohn über den Platz kommen sah. Er kam an den Tisch und setzte sich auf einen der Korbstühle.

«Dies ist ein nettes Café», sagte er. «Hast du gut geschlafen, Jake?»

«Wie ein Sack.»

«Ich hab schlecht geschlafen. Bill und ich kamen auch erst spät nach Hause.»

«Wo wart ihr?»

«Hier. Und als man hier zumachte, gingen wir rüber in das andere Café. Der Alte drüben kann Deutsch und Englisch.»

«Ins *Café Suizo*?»

«Ja, er scheint ein netter Kerl zu sein. Ich finde, es ist angenehmer als hier.»

«Aber nicht am Tag», sagte ich. «Zu heiß. Übrigens habe ich die Billetts für den Omnibus genommen.»

«Ich bleibe noch hier, du und Bill, ihr könnt ja vorfahren.»

«Ich habe dein Billett.»

«Gib mir's, bitte. Ich laß mir das Geld wiedergeben.»

«Kostet 5 Peseten.»

Robert Cohn nahm ein silbernes Fünf-Peseten-Stück heraus und gab es mir.

«Ich muß bleiben», sagte er. «Weißt du, ich glaube, da ist irgendein Mißverständnis.»

«Wieso?» sagte ich. «Sie können genausogut noch drei oder vier Tage länger in San Sebastián bleiben, wenn sie sich da erst einmal amüsieren.»

«Das ist es ja gerade», sagte Robert. «Ich fürchte, sie haben erwartet, mich in San Sebastián zu treffen und sind deshalb dort geblieben.»

«Wieso glaubst du das?»

«Nun, ich schlug es Brett vor, als ich ihr schrieb.»

«Warum, zum Teufel, bist du denn nicht dageblieben, um sie dort zu treffen?» fing ich an, aber dann schwieg ich. Ich dachte, diese Idee würde er ja wohl selbst haben, aber ich glaube nicht, daß sie ihm kam.

Er wurde vertraulich und genoß es, daß er mit der Gewißheit sprechen konnte, daß ich wußte, daß zwischen ihm und Brett etwas gewesen war.

«Na, Bill und ich fahren sofort nach dem Lunch», sagte ich.

«Ich wünschte, ich könnte. Den ganzen Winter haben wir uns

aufs Angeln gefreut.» Er wurde sentimental. «Aber ich muß bleiben. Ich muß wirklich. Sobald sie da sind, bringe ich sie rauf.»

«Wir wollen Bill suchen.»

«Ich will zum Friseur.»

«Dann sehen wir uns zum Lunch.»

Ich fand Bill in seinem Zimmer. Er rasierte sich.

«O ja, er hat mir die ganze Geschichte gestern abend erzählt», sagte Bill. «Er ist ein großes kleines Beichtkind. Sagte, er wäre mit Brett in San Sebastián verabredet.»

«Dieses Schwein von einem Lügner.»

«Ach nein», sagte Bill, «nur nicht böse werden. Nur nicht jetzt zu Beginn unserer Tour böse werden. Wie hast du denn diesen Kerl überhaupt kennengelernt?»

«Laß schon gut sein.»

Bill sah sich um, halbrasiert, und dann sprach er weiter in den Spiegel, während er sein Gesicht einseifte:

«Hast du ihn mir nicht vorigen Winter mit einem Brief nach New York geschickt? Gott sei Dank bin ich ein Reisefanatiker. Hast du nicht noch mehr jüdische Freunde, die du mitnehmen könntest?» Er rieb sein Kinn mit dem Daumen, besah es sich und schabte dann wieder daran herum.

«Du hast ja selbst ganz reizende.»

«O ja. Ich habe auch ausgesuchte, aber doch nicht mit diesem Robert Cohn zu vergleichen. Das Komische daran ist, daß er sehr nett ist. Ich mag ihn. Aber er ist eben einfach grauenhaft.»

«Er kann furchtbar nett sein.»

«Ich weiß, das ist ja gerade das Schlimmste daran.»

Ich lachte.

«Ja, du hast gut lachen», sagte Bill, «du bist nicht gestern mit ihm bis zwei Uhr nachts aufgewesen.»

«War es sehr schlimm?»

«Schrecklich. Was ist denn das überhaupt mit ihm und Brett? Hat sie denn je was mit ihm zu tun gehabt?»

Er hob sein Kinn hoch und zog es von einer Seite auf die andere.

«Natürlich. Sie war mit ihm in San Sebastián.»

«Verrückt! Warum hat sie denn das gemacht?»

«Sie wollte aus der Stadt raus und kann es nirgends allein aushalten. Sie sagt, sie hätte sich eingeredet, daß es ihm guttun würde.»

«Was für idiotisch dumme Sachen manche Menschen anstellen. Warum ist sie denn nicht mit einem aus ihrem Kreis gefahren? Oder mit dir? –» er sprach schnell darüber hinweg – «oder mit mir? Warum nicht mit mir?» Er besah sich sein Gesicht vorsichtig im Spiegel und schmierte einen großen Klecks Seifenschaum auf jeden

Backenknochen. «Ein ehrliches Gesicht. Ein Gesicht, dem jede Frau vertrauen könnte.»

«Sie kannte es ja noch nicht.»

«Hätte sie aber sollen. Alle Frauen sollten es sehen. Es ist ein Gesicht, das man auf jeder Filmleinwand im ganzen Land zeigen sollte. Jede Frau sollte ein Foto dieses Gesichts beim Verlassen des Traualtars bekommen. Alle Mütter sollten ihren Töchtern von diesem Gesicht erzählen. Mein Sohn», er richtete seinen Rasierapparat auf mich, «zieh nach Westen mit diesem Gesicht und bring dich und das Land gemeinsam auf den grünen Zweig.»

Er beugte sich über die Schüssel, spülte sein Gesicht mit kaltem Wasser ab, rieb es mit Alkohol ein und besah sich dann sorgfältig im Spiegel, indem er seine lange Unterlippe herabzog.

«Mein Gott», sagte er, «ist es nicht ein entsetzliches Gesicht?»

Er sah in den Spiegel.

«Und was diesen Robert Cohn anlangt», sagte Bill, «der ist absolut zum Kotzen, und er soll sich zum Teufel scheren. Ich bin heilfroh, daß er hierbleibt und nicht mit uns zum Angeln kommt.»

«Da hast du verdammt recht.»

«Wir fahren zum Forellenfischen. Wir fahren zum Forellenfischen im Irati, und jetzt beim Lunch wollen wir uns am Wein dieses Landes betrinken, und dann machen wir eine tolle Autobusfahrt.»

«Also komm, wir wollen ins *Iruña* gehen und schon immer 'n bißchen vorlegen», sagte ich.

4

Es war kochend heiß auf dem Platz, als wir nach dem Lunch mit unseren Handtaschen und dem Angelkasten herauskamen, um nach Burguete zu fahren. Auf dem Omnibus saß schon eine Menge Leute, und andere kletterten eine Leiter hinauf. Bill stieg ebenfalls hinauf, und Robert setzte sich neben Bill, um einen Platz für mich zu reservieren, und ich ging zum Hotel zurück, um ein paar Flaschen Wein zum Mitnehmen zu holen. Als ich wiederkam, war der Omnibus überfüllt. Männer und Frauen saßen oben auf dem Gepäck und die Frauen bewegten ihre Fächer in der Sonne. Es war wirklich heiß. Robert kletterte hinunter, und ich klemmte mich auf den reservierten Platz auf der einen, einzigen hölzernen Bank, die in der Mitte stand.

Robert Cohn stand im Schatten der Arkaden und wartete auf unsere Abfahrt. Ein Baske mit einem großen, ledernen Weinbeutel im Schoß lag quer oben auf dem Omnibus vor unseren Plätzen und lehnte sich gegen unsere Beine. Er bot mir und Bill seinen Weinbeutel an, und als ich ihn hochhob, um zu trinken, ahmte er den Ton einer Autohupe so verblüffend gut und plötzlich nach, daß ich etwas vom Wein verschüttete und alle Leute lachten. Er entschuldigte sich und nötigte mich nochmals. Er machte die Autohupe etwas später noch mal nach, und ich fiel wieder darauf rein. Er machte es fabelhaft, und die Basken fanden es fabelhaft. Der Mann, der neben Bill saß, sprach Spanisch mit ihm, und da Bill nicht verstand, was er wollte, bot er ihm eine Flasche von unserem Wein an. Der Mann winkte ab. Er sagte, es sei zu heiß, und er habe zum Lunch schon zuviel getrunken. Als Bill ihm die Flasche ein zweites Mal anbot, nahm er einen großen Schluck, und dann machte die Flasche auf unserem Teil des Omnibus die Runde. Jeder trank sehr höflich einen Schluck, und dann mußten wir sie wieder zukorken und wegstekken. Sie wollten alle, daß wir aus ihren ledernen Weinbeuteln tränken. Es waren Bauern, die in die Berge fuhren.

Endlich, nach einer ganzen Serie falschen Hupens, fuhr der Bus ab, und Robert Cohn winkte uns Lebewohl zu, und alle Basken winkten ihm Lebewohl zu. Sobald wir auf die Straße außerhalb der Stadt kamen, war es kühl. Es war angenehm, so hoch und nah unter den Bäumen entlangzufahren. Der Omnibus fuhr ziemlich schnell und machte einen angenehmen Luftzug, und als wir weiter- und den Berg hinunterfuhren, hatten wir durch die staubgepuderten Bäume hindurch eine hübsche Aussicht auf die Stadt, die sich über dem Felsenufer des Flusses erhob. Der Baske, der gegen unsere Knie lehnte, zeigte mit dem Hals meiner Weinflasche auf die Aussicht und blinzelte uns zu. Er nickte mit dem Kopf.

«Recht hübsch, was?»

«Diese Basken sind fabelhafte Leute», sagte Bill.

Der Baske, der gegen meine Knie lehnte, war so gebräunt wie Sattelleder. Er trug einen schwarzen Arbeitskittel wie alle anderen auch. Sein gebräunter Hals hatte Falten. Er drehte sich um und bot Bill seinen Weinbeutel an. Bill reichte ihm eine unserer Flaschen. Der Baske drohte ihm mit dem Zeigefinger und gab ihm die Flasche, nachdem er den Korken mit der Handfläche hineingeschlagen hatte, zurück. Er brachte uns den Weinbeutel näher.

«Arriba! Arriba!» sagte er. «Heben Sie ihn hoch.»

Bill hob den Weinbeutel und ließ den Weinstrahl in seinen Mund fließen, den Kopf nach hinten übergelehnt. Als er aufhörte und den Lederbeutel absetzte, liefen ihm ein paar Tropfen das Kinn herunter.

«Nein, nein», sagten verschiedene Basken, «nicht so.» Einer riß den Beutel seinem Eigentümer weg, der gerade selbst eine Vorführung veranstalten wollte. Es war ein junger Bursche, und er hielt den Beutel auf Armeslänge von sich entfernt, hob ihn ganz hoch und drückte den Lederbeutel so stark mit der Hand, daß der Wein in seinen Mund spritzte. Er hielt den Beutel weit von sich, und der Wein war wie ein gerader harter Weg, der in seinen Mund führte, und er schluckte langsam und regelmäßig.

«He», schrie der Besitzer des Beutels, «wem gehört der Wein?»

Der Trinker drohte mit seinem kleinen Finger und zwinkerte uns zu. Dann biß er den Strom kurz ab, hob den Weinbeutel mit einem Ruck in die Höhe und reichte ihn seinem Besitzer zurück. Er zwinkerte uns zu. Der Besitzer schüttelte traurig den Weinbeutel.

Wir kamen durch eine Stadt, und der Chauffeur hielt vor der Posada und lud noch allerlei Pakete auf. Dann fuhren wir weiter, und außerhalb der Stadt begann die Straße anzusteigen. Wir fuhren durch bewirtschaftetes Land mit felsigen Hügeln, die bis zu den Feldern hinunter reichten. Die Getreidefelder stiegen die Hügelhänge hinauf. Jetzt, wo wir höher kamen, blies ein Wind durchs Getreide. Die Straße war weiß und staubig, und der Staub erhob sich unter den Rädern und hing in der Luft hinter uns. Die Straße klomm die Hügel hinan und ließ die üppigen grünen Felder unter uns liegen. Man sah nur noch Flecken von Getreidefeldern auf den kahlen Hängen und auf beiden Seiten der Wasserläufe. Wir wichen scharf aus, um einer langen Reihe von sechs Maultieren Platz zu machen, die eines hinter dem andern gingen und einen mit Frachtgut hochbepackten Wagen zogen. Der Wagen und die Maultiere waren mit Staub bedeckt. Dicht dahinter kam wieder ein Wagen mit einer Kette Maultiere. Dieser war mit Bauholz beladen, und der *Qrriero*, der die Maultiere lenkte, lehnte sich zurück und zog die schweren, hölzernen Bremsen an, als wir vorbeifuhren. Hier oben war das Land ganz unfruchtbar, und die Berge waren felsig und aus fest zusammengebackter, vom Regen durchfurchter Tonerde.

Wir bogen um eine Kurve in eine Stadt ein, und auf beiden Seiten öffnete sich ein unerwartetes grünes Tal. Ein Fluß strömte durch die Mitte der Stadt, und Traubenfelder reichten bis an die Häuser.

Der Autobus hielt vor einer Posada, und viele Leute stiegen aus, und eine Menge Gepäck wurde vom Verdeck unter den großen Persennings losgebunden und heruntergehoben. Bill und ich stiegen aus und gingen in die Posada. Es war ein langes dunkles Zimmer mit Sätteln und Geschirren und Heugabeln aus hellem Holz, und ganze Bündel von Leinwandschuhen mit Hanfsohlen und Schinken und Speckschwarten und weißer Knoblauch und lange Würste hingen vom Dach.

Es war kühl und schummrig, und wir standen vor einem langen, hölzernen Schanktisch mit zwei Frauen dahinter, die einem Getränke servierten. Hinter ihnen waren Fächer mit Eßvorräten und Schnittwaren.

Wir tranken jeder einen Aguardiente und bezahlten zusammen 40 Centimos. Ich gab der Frau fünfzig, wegen des Trinkgeldes, aber sie gab mir eine Kupfermünze zurück, in der Meinung, ich hätte sie falsch verstanden.

Zwei von unseren Basken kamen herein und bestanden darauf, uns eine Runde zu spendieren. So bezahlten sie einmal für uns und wir einmal für sie, und dann schlugen sie uns auf den Rücken und spendierten noch einen. Dann wieder wir, und dann gingen wir hinaus in die Sonne und Hitze und kletterten wieder auf den Omnibus hinauf. Jetzt hatten alle reichlich Platz auf der Bank, und der Baske, der vorher auf dem Blechdach gelegen hatte, saß zwischen uns. Die Frau, die die Schnäpse verkauft hatte, kam heraus, wischte sich die Hände an der Schürze und sprach mit jemandem im Innern des Omnibus. Dann kam der Chauffeur heraus, schwenkte zwei flache, lederne Posttaschen, kletterte hinauf, und dann fuhren wir los, und alle winkten.

Die Straße verließ sofort das grüne Tal, wir fuhren wieder in die Berge. Bill und der Weinbeutelbaske unterhielten sich. Ein Mann lehnte sich von der anderen Seite herüber und fragte auf englisch: «Sind Sie Amerikaner?»

«Jawohl.»

«Ich war drüben», sagte er, «vor vierzig Jahren.»

Er war ein alter Mann mit weißen Bartstoppeln und genauso braun wie die anderen.

«Wie war es?»

«Was sagen Sie?»

«Wie war es in Amerika?»

«Oh, ich war in Kalifornien, es war sehr schön.»

«Warum sind Sie dort fortgegangen?»

«Was sagen Sie?»

«Warum sind Sie hierher zurückgekommen?»

«Ach, ich kam zurück, um zu heiraten. Ich wollte eigentlich wieder hin, aber meine Frau reist ungern. Wo kommen Sie her?»

«Kansas City.»

«Da war ich», sagte er. «Ich war in Chicago, St. Louis, Kansas City, Denver, Los Angeles und Salt Lake City.»

Er zählte sie sorgfältig auf.

«Wie lange waren Sie drüben?»

«Fünfzehn Jahre. Dann kam ich zurück und heiratete.»

«Trinken Sie einen Schluck?»

«Schön», sagte er, «das gibt's drüben bei Ihnen in Amerika nicht, nicht wahr?»

«Mehr als genug, wenn man dafür bezahlen kann.»

«Warum sind Sie herübergekommen?»

«Wir fahren zur Fiesta in Pamplona.»

«Mögen Sie die Stierkämpfe?»

«Aber ja. Sie nicht?»

«Ja», sagte er. «Ich denke schon.»

Dann kam nach einer kurzen Pause:

«Wohin fahren Sie jetzt?»

«Rauf nach Burguete zum Angeln.»

«Na», sagte er, «hoffentlich fischen Sie was.»

Er schüttelte mir die Hand und setzte sich wieder zurecht. Den anderen Basken hatte er sehr imponiert. Er lehnte sich bequem zurück und lächelte mir zu, als ich mich umwandte, um das Land zu betrachten. Aber die Anstrengung, amerikanisch zu sprechen, schien ihn ermüdet zu haben. Danach sagte er nichts mehr.

Der Omnibus kletterte ständig die Straße hinauf. Das Land war kahl, und Felsen reckten sich inmitten der Tonerde auf. Am Wegrand wuchs kein Gras. Wenn man zurückblickte, sah man, wie das Land sich unterhalb ausdehnte. Weit hinter uns lagen die Felder wie grüne und braune Vierecke auf den Hügelhängen. Die braunen Berge bildeten den Horizont. Sie waren seltsam geformt. Als wir höher hinaufkamen veränderte sich der Horizont ständig. Als sich der Autobus langsam die Straße hinaufschraubte, sah man andere Berge im Süden aufsteigen. Dann passierte der Weg den Kamm, wurde eben und führte in einen Wald. Es war ein Korkeichenwald, und die Sonne fiel in Flecken durch die Bäume, und weiter weg unter den Bäumen weidete Vieh. Wir fuhren durch den Wald, und die Straße führte hinaus an einer Erhöhung vorbei und vor uns dehnte sich eine wellige grüne Ebene aus, mit dunklen Bergen im Hintergrund. Sie waren ganz anders als die braunen, sonnengerösteten Berge, die hinter uns lagen. Diese waren bewaldet, und Wolken kamen von ihnen herunter. Die grüne Ebene streckte sich. Sie war von Zäunen durchzogen, und das Weiße der Straße war zwischen der doppelten Baumreihe, die die Ebene nach Norden hin kreuzte, deutlich zu sehen. Als wir an den Rand der Erhöhung kamen, sahen wir die roten Dächer und die weißen Häuser von Burguete in der Ebene vor uns aufgereiht, und ein Stück abseits, angelehnt an den ersten dunklen Berg, sah man das graue, metallgedeckte Dach des Klosters von Roncesvalles.

«Da ist Roncevaux», sagte ich.

«Wo?»

«Dahinten, wo die Berge anfangen.»

«Es ist kalt hier oben», sagte Bill.

«Es liegt hoch», sagte ich, «es werden zwölfhundert Meter sein.»

«Es ist furchtbar kalt», sagte Bill.

Der Omnibus kam langsam auf die ebene Straße, die nach Burguete hineinführte. Wir überquerten eine Wegscheide und dann eine Brücke, die über einen Fluß ging.

Die Häuser von Burguete lagen zu beiden Seiten der Straße. Es gab keine Seitenstraßen. Wir kamen an der Kirche und dem Schulhof vorbei, und der Omnibus hielt. Wir stiegen aus. Der Chauffeur reichte uns unsere Handtaschen und unseren Angelkasten herunter. Ein Gendarm mit dreieckigem Hut und ledernen gelben Streifen näherte sich uns.

«Was ist da drin?» Er zeigte auf den Angelkasten.

Ich öffnete ihn und zeigte es ihm. Er wollte unsere Angelkarten sehen; ich nahm sie heraus. Er besah sich das Datum, und dann winkte er uns zu.

«Stimmt alles?» fragte ich.

«Ja, natürlich.»

Wir folgten der Straße bis zum Gasthaus, an den weißgewaschenen Steinhäusern vorbei, vor denen ganze Familien saßen und uns anstarrten.

Die dicke Frau, der das Gasthaus gehörte, kam aus der Küche und schüttelte uns die Hand. Sie nahm ihre Brille von der Nase, wischte sie ab und setzte sie wieder auf. Im Gasthaus war es kalt, und der Wind fing an draußen zu blasen. Die Frau schickte ein Mädchen mit uns nach oben, um uns die Zimmer zu zeigen. Die Einrichtung bestand aus zwei Betten, einem Waschtisch, einem Kleiderschrank und einem großen, gerahmten Stich von Nuestra Señora de Roncesvalles. Der Wind stand auf den Fensterläden. Das Zimmer lag auf der Nordseite des Gasthauses. Wir wuschen uns, zogen Sweater an und gingen hinunter ins Eßzimmer. Es hatte einen Steinfußboden, eine niedrige Decke und Eichenpaneele. Die Fensterladen waren alle auf, und es war so kalt, daß man seinen eigenen Atem im Zimmer sah.

«Mein Gott», sagte Bill, «morgen darf es aber nicht so kalt sein. Ich denke gar nicht daran, bei solchem Wetter einen Fluß entlangzuwaten.»

In einer Ecke des Zimmers hinter den Tischen stand ein Klavier, und Bill fing an zu spielen.

«Ich muß mich irgendwie warm halten», sagte er.

Ich ging hinaus und suchte die Frau, um sie zu fragen, was das

Zimmer und die Pension kosten sollten. Sie tat die Hände unter die Schürze und sah an mir vorbei.

«Zwölf Peseten.»

«Warum? Soviel haben wir ja in Pamplona bezahlt.»

Sie sagte gar nichts, nahm nur ihre Brille von der Nase und wischte sie an ihrer Schürze ab.

«Das ist zuviel», sagte ich. «Wir haben ja in einem richtigen, großen Hotel nicht mehr bezahlt.»

«Wir haben ein Badezimmer eingerichtet.»

«Haben Sie nichts Billigeres?»

«Nicht im Sommer. Jetzt ist Hauptsaison.»

Wir waren die einzigen Leute im Gasthaus. Na, dachte ich, schließlich sind's nur ein paar Tage.

«Ist der Wein inbegriffen?»

«O ja.»

«Na», sagte ich, «also schön.»

Ich ging zu Bill zurück. Er blies mir seinen Atem entgegen, um zu zeigen, wie kalt es war, und spielte weiter. Ich saß an einem der Tische und betrachtete die Bilder an der Wand. Eines mit toten Kaninchen, eines mit toten Fasanen und ein Bild mit toten Enten. Die Bilder sahen alle dunkel und verräuchert aus. An der Wand stand ein Schrank mit Likörflaschen. Ich besah sie mir alle. Bill spielte immer noch.

«Was meinst du zu einem heißen Rumpunsch?» sagte er. «Dies hier hält mich auf die Dauer nicht warm.»

Ich ging hinaus und beschrieb der alten Frau, was ein Rumpunsch sei und wie man ihn mache. Nach ein paar Minuten brachte ein Mädchen einen steinernen, dampfenden Krug ins Zimmer. Bill kam vom Klavier her, und wir tranken den heißen Punsch und horchten auf den Wind.

«Na, zuviel Rum ist da nicht darin.»

Ich ging hinüber an den Schrank, holte die Rumflasche heraus und goß ein halbes Glas voll in den Krug.

«Direkt handeln», sagte Bill, «schlägt jede Gesetzgebung.»

Das Mädchen kam herein und deckte den Tisch zum Abendbrot.

«Es weht hier oben wie verteufelt», sagte Bill.

Das Mädchen brachte eine große, dampfende Schüssel mit Gemüsesuppe und Wein. Danach gab es gebackene Forellen, eine Art Zusammengekochtes und eine große Schüssel mit Walderdbeeren. Der Wein kostete uns nichts extra, und das Mädchen war zwar ein bißchen schüchtern, aber nett in der Art, wie sie ihn uns brachte. Einmal kam die alte Frau herein und zählte die leeren Flaschen.

Nach dem Abendbrot gingen wir in unser Zimmer und rauchten und lasen im Bett, um warm zu bleiben. Einmal wachte ich nachts auf und hörte den Wind heulen. Es war angenehm, warm im Bett zu liegen.

5

Als ich am nächsten Morgen erwachte, ging ich ans Fenster und sah hinaus. Es hatte sich aufgeklärt, und es waren keine Wolken mehr auf den Bergen. Draußen unter den Fenstern waren ein paar Karren und eine alte Postkutsche, deren hölzernes Dach durch das Wetter gespalten und geborsten war. Sie war wahrscheinlich aus der Zeit, da es noch keine Omnibusse gab, übriggeblieben. Eine Ziege hopste auf einen der Karren und von da auf das Dach der Postkutsche. Sie nickte mit dem Kopf heftig den anderen Ziegen zu und sprang herunter, als ich ihr zuwinkte.

Bill schlief noch, ich kleidete mich an, zog meine Schuhe draußen auf dem Korridor über und ging hinunter. Niemand rührte sich unten; ich entriegelte die Tür und trat hinaus. Es war kühl draußen in der frühen Morgenluft, und die Sonne hatte den Tau noch nicht aufgetrocknet, der, als der Wind sich legte, gefallen war. Ich suchte in dem Verschlag hinter dem Gasthaus herum und fand eine Art Hacke und ging dem Fluß zu, um zu sehen, ob es Würmer gab, die man als Köder benutzen konnte.

Der Fluß war klar und flach, sah mir aber nicht nach Forellen aus. An dem grasigen Ufer, wo es feucht war, stieß ich die Hacke in die Erde und löste einen Grasklumpen. Darunter waren Würmer. Als ich die Sode hochhob, verschwanden sie, und ich buddelte vorsichtig und fand eine ganze Masse. Ich grub in dem feuchten Boden und füllte zwei leere Tabaksschachteln mit Würmern, und dann schüttete ich Erde darauf. Die Ziegen sahen zu, wie ich grub.

Als ich in den Gasthof zurückkam, war die Frau unten in der Küche, und ich sagte ihr, sie solle uns Frühstück machen und unser Lunch zum Mitnehmen einpacken.

Bill war wach und saß auf der Kante seines Bettes.

«Ich hab dich vom Fenster aus gesehen», sagte er. «Wollte dich nicht stören. Was hast du denn gemacht? Dein Geld eingebuddelt?»

«Fauler Hund.»

«Fürs Allgemeinwohl gearbeitet? Großartig. Das solltest du von jetzt ab jeden Morgen tun.»

«Los», sagte ich, «steh auf.»

«Was? Aufstehen? Ich stehe nie auf.»

Er kletterte wieder ins Bett und zog die Decke bis zum Kinn. «Versuch nur, mich zum Aufstehen zu bewegen.»

Ich suchte weiter unser Angelgerät zusammen und verstaute es in unseren Angelsack.

«Hast du kein Interesse daran?» fragte Bill.

«Ich geh runter frühstücken.»

«Frühstücken? Warum hast du denn nicht gleich frühstücken gesagt? Ich dachte, ich sollte nur so einfach zum Spaß aufstehen. Frühstücken? Wunderbar. Jetzt redest du vernünftig. Geh nur raus und buddel noch ein paar Würmer aus; ich komme gleich.»

«Geh zum Teufel.»

«Arbeite für die Allgemeinheit.» Bill stieg in sein Unterzeug. «Zeig Ironie und Mitleid.»

Ich wollte mit dem Angelgerät, den Netzen und dem Rutenkasten aus dem Zimmer.

«He! Komm mal her.»

Ich steckte meinen Kopf zur Tür herein.

«Willst du wirklich nicht ein bißchen Ironie und Mitleid zeigen?»

Ich faßte mich an die Stirn.

«Das ist keine Ironie.»

Als ich hinunterging, hörte ich Bill singen: «Ironie und Mitleid. Wenn ihr fühlt . . . gib ihnen Ironie, gib ihnen Mitleid. Gib ihnen Ironie. Wenn sie fühlen . . . Nur ein bißchen Ironie. Nur ein bißchen Mitleid . . .» Er sang, bis er herunterkam, nach der Melodie: «Die Glocken läuten für mich und für sie.» Ich las eine alte spanische Zeitung von voriger Woche.

«Was bedeutet denn nur Ironie und Mitleid?»

«Was? Weißt du wirklich nichts von Ironie und Mitleid?»

«Nein. Wer hat denn das aufgebracht?»

«Aber alle. In New York sind alle ganz verrückt damit. Genauso wie früher mit den Fratellinis.»

Das Mädchen kam mit unserem Kaffee und dem gebutterten Toast herein. Es war eigentlich mehr geröstetes Brot mit Butter.

«Frag sie, ob sie Marmelade hat», sagte Bill. «Sei ironisch mit ihr.»

«Haben Sie Marmelade?»

«Das ist doch nicht ironisch. Ich wünschte, ich könnte Spanisch.»

Der Kaffee war gut, und wir tranken ihn aus großen Schalen. Das Mädchen brachte einen Glasteller mit Himbeermarmelade herein.

«Danke.»

«He du, das ist nicht die richtige Art», sagte Bill. «Sag was Ironisches. Mach irgendein Wortspiel mit Primo de Rivera.»

«Ich könnte sie fragen, in was für eine Scheiße er im Rif hineingeraten ist.»

«Sehr schwach», sagte Bill. «Sehr schwach. Du kannst es nicht. Ganz einfach. Du verstehst eben nichts von Ironie. Du hast kein Mitleid. Sag etwas Bejammernswertes.»

«Robert Cohn.»

«Gar nicht schlecht. Ganz gut. Also weiter. Warum ist Cohn bejammernswert? Sei ironisch.»

Er nahm einen großen Schluck Kaffee.

«Verflucht. Es ist noch zu früh», sagte ich.

«Nichts mit dir los. Und du beanspruchst einen Ruf als Schriftsteller? Du bist nur ein Journalist. Ein heimatloser Journalist. Du müßtest schon ironisch aus dem Bett steigen. Du müßtest über und über voll Mitleid aufwachen.»

«Nur weiter», sagte ich. «Von wem hast du denn den ganzen Quatsch?»

«Aber liest du denn nichts? Sprichst du denn mit keinem Menschen? Weißt du, was du bist? Du bist ein Heimatloser. Warum lebst du nicht in New York? Dann würdest du das alles wissen. Was soll man mit dir machen? Soll ich jedes Jahr herüberkommen, um dich auf dem laufenden zu halten?»

«Trink noch ein bißchen Kaffee», sagte ich.

«Gut. Kaffee ist gut für uns. Gerade das Koffein darin. Koffein, hier sind wir. Koffein bringt einen Mann in den Sattel und eine Frau ins Grab. Weißt du, was dir fehlt? Du bist ein Heimatloser. Eine der schlimmsten Typen. Hast du das noch nicht gehört? Niemand, der sein Heimatland verlassen hat, hat je etwas Vernünftiges geschrieben. Nicht mal druckenswert für die Zeitungen.»

Er trank seinen Kaffee.

«Du bist ein Heimatloser. Du hast den Kontakt mit der Erde verloren. Du posierst. Trügerische europäische Normen haben dich ruiniert. Du trinkst dich zu Tode. Du bist vom Sex besessen. Du redest die ganze Zeit, statt zu arbeiten. Du bist ein Heimatloser, siehst du es ein? Du bummelst in Cafés herum.»

«Es klingt eigentlich ganz verlockend», sagte ich. «Und wann arbeite ich?»

«Du arbeitest ja niemals. Manche behaupten, daß du dich von Frauen aushalten läßt. Andere behaupten, du bist impotent.»

«Nein», sagte ich, «ich hatte nur einen Unfall.»

«Erwähn das nicht», sagte Bill. «Das ist was, worüber man nicht spricht. Daraus müßtest du eine Art Mysterium machen. So wie Henrys Rad.»

Er war gut aufgezogen gewesen; jetzt hielt er inne. Ich fürchtete, er würde glauben, daß er mich mit dem Witz über Impotenz gekränkt hätte. Ich wollte ihn wieder in Schwung bringen.

«War gar kein Rad», sagte ich. «Es war beim Reiten.»

«Ich hörte, es sei ein Dreirad gewesen.»

«Na», sagte ich, «ein Flugzeug ist wie eine Art Dreirad. Und der Freudenspender ebenfalls.»

«Aber man tritt doch nicht.»

«Nein», sagte ich, «man tritt nicht.»

«Na, wollen wir das nicht aus dem Spiel lassen?» sagte Bill.

«Schön. Ich stand nur für das Dreirad ein.»

«Ich halte ihn außerdem für einen guten Schriftsteller», sagte Bill. «Und du bist ein verteufelt netter Kerl. Hat dir schon mal jemand gesagt, daß du ein guter Kerl bist?»

«Ich bin kein guter Kerl.»

«Hör mal zu. Du bist ein furchtbar netter Kerl, und ich mag dich lieber als sonst irgendwen auf der Welt. Das konnte ich dir aber nicht in New York sagen. Da wäre ich mir wie ein Schwuler vorgekommen. Daraus ist der Bürgerkrieg entstanden. Abraham Lincoln war andersrum. Er liebte General Grant. Genau dieselbe Sache mit Jefferson Davis. Lincoln hat die Sklaven einfach wegen einer Wette befreit. Der Dred-Scott-Fall ist durch eine Anti-Saloon-Liga arrangiert worden. Geschlechtstrieb erklärt alles. Die Frau des Colonel und Judy O'Grady sind im Grunde Lesbierinnen.»

Er schwieg.

«Na, hast du noch nicht genug?»

«Schieß los», sagte ich.

«Ich weiß jetzt nichts weiter. Erzähle dir beim Lunch nachher mehr davon.»

«Alter Bill», sagte ich.

«Alter Schuft du.»

Wir packten den Lunch und die zwei Flaschen Wein in den Rucksack, und Bill nahm ihn über die Schulter. Ich trug den Rutenkasten und die Käscher über meinen Rücken gehängt. Wir gingen den Weg hinauf, dann über eine Wiese und fanden einen Pfad, der über die Felder und in den Wald auf dem ersten Berghang führte. Wir gingen den sandigen Weg entlang. Die Wiesen waren wellig und voll Gras, und das Gras war kurz, weil Schafe dort gegrast hatten. Das Vieh war oben im Gebirge. Wir hörten seine Glocken im Wald.

Der Weg überquerte den Fluß auf einem Balken. Der Balken war geglättet, und man hatte ein Bäumchen als Geländer darübergebogen. Der Grund der flachen Pfütze neben dem Fluß war von Kaulquappen bedeckt. Wir gingen ein steiles Ufer hinauf und über wellige Felder. Als wir zurücksahen, erblickten wir Burguete, seine weißen Häuser, roten Dächer und die weiße Straße, auf der ein Lastwagen fuhr und den Staub aufwirbelte.

Jenseits der Felder kreuzten wir noch einen rascher fließenden Strom. Eine sandige Straße ging bis zu einer Einbuchtung und jenseits in den Wald. Der Weg überquerte den Strom auf einem anderen Balken unterhalb der Einbuchtung und vereinigte sich mit der Straße und führte uns in den Wald.

Es war Buchenwald, und die Bäume waren sehr alt. Ihre Wurzeln bäumten sich über dem Boden, und ihre Äste waren verschlungen. Wir gingen auf dem Weg zwischen den dicken Stämmen der alten Buchen, und das Sonnenlicht schien durch die Blätter in hellen Flecken auf das Gras. Die Bäume waren groß, und das Laubwerk war dicht, und doch war es nicht düster. Es gab kein Unterholz, nur das glatte, sehr grüne, frische Gras und die grauen großen Bäume in regelmäßigem Abstand wie in einem Park.

«Das ist ein Ländchen», sagte Bill.

Der Weg führte einen Hügel hinauf, und wir kamen in dichte Wälder, und der Weg stieg dauernd. Manchmal senkte er sich, aber dann stieg er wieder steil an. Die ganze Zeit hörte man das Vieh im Wald. Endlich führte der Weg auf den Gipfel des Berges. Wir waren ganz oben auf dem Hochplateau. Es war das höchste bewaldete Gebirge, das man von Burguete aus sehen konnte. Walderdbeeren wuchsen in einer kleinen Lichtung zwischen den Bäumen auf der Sonnenseite des Grates.

Weiter oben kam der Weg aus dem Wald und wand sich am Grat der Berge entlang. Die Hügel vor uns waren unbewaldet und mit großen gelben Ginsterfeldern bedeckt. Weit weg sah man steile Felsenufer mit dunklen Bäumen und hervorspringendem grauem Gestein, das den Lauf des Irati bezeichnete.

«Wir müssen diesem Weg hier am Grat folgen, über diese Hügel, durch die Wälder der Berge dahinten hindurch, und dann runter ins Iratital», erklärte ich Bill.

«Das ist ja ein verdammt langer Marsch.»

«Ja, es ist zu weit, um dort zu fischen und dann am selben Tag bequem wieder zurückzulaufen.»

«Bequem. Das hör ich gern. Wir müssen verdammt laufen, um überhaupt hin und zurück zu kommen und zwischendurch ein bißchen Zeit zum Angeln zu haben.»

Es war ein weiter Weg, und das Land war schön, aber wir waren müde, als wir den steilen Weg entlanggingen, der aus den bewaldeten Hügeln ins Tal des Río de la Fábrica hinunterführte.

Der Weg führte aus dem Schatten der Wälder in die heiße Sonne. Vor uns lag ein Flußtal. Hinter dem Fluß war ein steiler Hügel. Auf dem Hügel war ein Feld mit Buchweizen. Unter ein paar Bäumen auf dem Hügelhang sahen wir ein weißes Haus. Es war sehr heiß, und wir rasteten unter einigen Bäumen neben einem Wehr, das das Wasser kreuzte.

Bill lehnte den Rucksack an einen der Bäume, und wir steckten die Ruten aneinander, setzten die Rollen auf, banden die Schwimmer an und machten uns zum Angeln fertig.

«Du bist sicher, daß es hier Forellen gibt?» fragte Bill.

«Massenhaft.»

«Ich werde mit einer Fliege fischen. Hast du McGintys?»

«Da sind welche drin.»

«Willst du mit Köder fischen?»

«Hm, ich werde hier am Wehr fischen.»

«Schön, na, dann nehme ich das Fliegenbuch.» Er befestigte eine Fliege. «Wo soll ich versuchen? Lieber flußauf- oder -abwärts?»

«Am besten abwärts. Aber aufwärts gibt's auch massenhaft.»

Bill ging das Ufer hinab.

«Nimm eine Würmerschachtel.»

«Nein, ich brauche keine. Wenn sie nicht auf Fliegen anbeißen, dann schnelle ich die Schnur nur einfach hin und her.»

Bill beobachtete unten den Fluß.

«Hör mal», rief er gegen den Lärm des Wehrs zu mir herauf. «Was meinst du dazu, wenn man den Wein in der Quelle oberhalb des Weges kalt stellen würde?»

«Schön», rief ich zurück. Bill winkte mit der Hand und ging stromabwärts. Ich fand die zwei Weinflaschen im Rucksack und trug sie den Weg hinauf, wo Quellwasser aus einer eisernen Röhre floß. Die Quelle war zugedeckt; ich hob das Brett hoch, und nachdem ich die Korken fest in die Flaschen hineingeschlagen hatte, stellte ich sie tief ins Wasser. Es war so kalt, daß meine Hand und mein Handgelenk ganz erstarrt waren. Ich tat das Holzbrett wieder zurück und hoffte, daß niemand den Wein finden würde.

Ich nahm meine Rute, die gegen einen Baum lehnte, die Würmerschachtel und den Käscher und ging hinauf ans Wehr. Man hatte es gebaut, damit das Wasser die Baumstämme nicht weitertreiben konnte. Die Schleuse war offen, und ich saß auf einem der viereckigen Baumstämme und beobachtete die glatte Wasserdecke, hinter der der Fluß in die Fälle stürzte. Am Ende des Wehrs war das Wasser weiß und tief. Als ich entlangköderte, schoß eine Forelle aus dem weißen Wasser auf in die Fälle und wurde hinabgetragen. Bevor ich zu Ende geködert hatte, sprang eine andere Forelle an dem Gefäll auf, machte denselben herrlichen Bogen und verschwand gleichfalls in dem herabdonnernden Wasser. Ich befestigte ein Gewicht von guter Größe und ließ es ins schäumende Wasser nah am Ende der Baumstämme des Wehrs gleiten.

Ich fühlte das Anbeißen der ersten Forelle überhaupt nicht. Erst als ich anzog, merkte ich, daß ich eine hatte, und brachte sie – sie kämpfte und bog die Rute beinahe entzwei – aus den kochenden Wassern am Fuß des Falls an Land und schwang sie aufs Wehr. Es war eine gute Forelle, und ich schlug sie mit dem Kopf gegen den Baumstamm, so daß sie im Todeskampf zitterte, und ließ sie dann in meinen Sack gleiten.

Während ich noch mit der ersten beschäftigt war, sprangen verschiedene Forellen am Gefäll hoch. Sobald ich neuen Köder befestigt hatte und wieder eintauchte, schnappte eine andere zu, und ich brachte sie auf die gleiche Art herein. In kurzem hatte ich sechs. Ich legte sie nebeneinander, die Köpfe alle in derselben Richtung, und besah sie. Sie hatten herrliche Färbungen und waren durch das kalte Wasser ganz fest und hart. Es war ein heißer Tag, darum schlitzte ich sie alle auf, nahm die Eingeweide heraus, Kiemen und alles, und schwenkte sie im Wasser hin und her. Ich nahm sie an Land, wusch sie in dem kalten, glatten Wasser oberhalb des Wehrs, dann pflückte ich Farnkräuter und packte sie alle in die Tasche, immer drei Forellen auf eine Lage Farn, und dann wieder eine Lage Farnkräuter, dann wieder drei Forellen, dann bedeckte ich sie mit Farn. Sie sahen hübsch zwischen den Farnen aus, und jetzt hatte die Tasche eine Ausbuchtung, und ich stellte sie in den Schatten der Bäume.

Es war sehr heiß auf dem Wehr, darum stellte ich meine Würmerschachtel neben die Tasche in den Schatten und nahm ein Buch aus dem Rucksack und machte es mir, bis Bill zum Lunch kommen würde, unter dem Baum zum Lesen bequem.

Es war etwas über Mittag, und es gab nicht viel Schatten, aber ich saß an den Stamm zweier Bäume gelehnt, die zusammengewachsen waren, und las. Das Buch war irgendwas von A. E. W. Mason, und ich las eine großartige Geschichte von einem Mann, der in den Alpen erfror, dann in eine Gletscherspalte gefallen und verschwunden war, und seine Braut sollte genau 24 Jahre warten, während ihr Geliebter auch wartete, und dann würde sein Körper auf der Moräne erscheinen, und sie warteten noch, als Bill kam.

«Hast du was?» fragte er. Er hielt seine Rute, seine Tasche und seinen Käscher alles in einer Hand und schwitzte. Ich hatte ihn nicht kommen hören, der Lärm des Wehrs war zu groß.

«Sechs, wieviel hast du?»

Bill setzte sich hin, öffnete seine Tasche und legte eine große Forelle aufs Gras. Er nahm noch drei heraus, jede ein bißchen größer als die vorhergehende, und legte sie nebeneinander in den Schatten des Baumes. Sein Gesicht hatte einen glücklichen Ausdruck und schwitzte.

«Wie sind deine?»

«Kleiner.»

«Zeig mal.»

«Sind verpackt.»

«Wie groß sind sie tatsächlich?»

«Alle ungefähr so groß wie deine kleinste.»

«Du machst dich nicht über mich lustig?»

«Leider nicht.»

«Hast sie alle mit Würmern gekriegt?»

«Ja.»

«Faules Aas.»

Bill steckte die Forellen in den Sack und schwenkte den offenen Sack um sich, als er dem Fluß zuging. Von den Hüften runter war er naß, und ich sah daran, daß er den Strom entlanggewatet war.

Ich ging den Weg hinauf und holte die beiden Flaschen Wein. Sie waren kalt. Die Feuchtigkeit perlte auf den Flaschen, als ich zu den Bäumen zurückging. Ich breitete unseren Lunch auf einer Zeitung aus und entkorkte eine der Flaschen und lehnte die andere gegen einen Baum. Bill kam heran, während er sich die Hände trocknete. Seine Tasche war durch das Farnkraut rundlich angeschwollen.

«Zeig mal die Flasche her», sagte er. Er zog den Korken heraus, setzte an und trank. «Huh, das tut den Augen weh.»

«Laß mich auch versuchen.»

Der Wein war eiskalt und schmeckte ein bißchen rostig.

«Gar kein so schlechter Wein», sagte Bill.

«Die Kälte macht ihn besser», sagte ich.

Wir packten die kleinen Lunchpakete aus.

«Huhn.»

«Hier sind hartgekochte Eier.»

«Siehst du Salz?»

«Zuerst die Eier», sagte Bill, «dann das Huhn. Selbst Bryan hätte das eingesehen.»

«Er ist tot. Ich las es gestern in der Zeitung.»

«Nein, nicht, wirklich?»

«Doch, Bryan ist tot.»

Bill legte das Ei, das er abschälte, hin.

«Meine Herren», sagte er und wickelte aus einer Zeitung ein Hühnerbein aus, «ich kehre die Reihenfolge um. Bryan zuliebe. Als Tribut an den großen Gleichmacher. Zuerst das Huhn und dann das Ei.»

«An welchem Tag wohl Gott das Huhn geschaffen haben mag?»

«Ach», sagte Bill und lutschte an dem Hühnerbein, «woher sollen wir das wissen? Wir sollen nicht fragen. Unser Bleiben auf Erden ist nur kurz. Laß uns genießen, glauben und danksagen.»

«Iß dein Ei.»

Bill gestikulierte mit dem Hühnerbein in der einen und der Weinflasche in der anderen Hand.

«Laß uns die Wohltaten genießen. Laß uns das Geflügel der Luft nutznießen. Laß uns das Produkt des Weinstockes nutznießen. Willst du ein bißchen nutznießen, Bruder?»

«Nach dir, Bruder.»

Bill nahm einen langen Schluck.

«Nieße ein bißchen nutz, Bruder.» Er reichte mir die Flasche. «Laß uns nicht zweifeln, Bruder. Laß uns nicht in die heiligen Mysterien des Hühnerstalls mit unreinen Händen eindringen. Laß uns gläubig hinnehmen und einfach sagen – ich will, daß du in meine Worte einstimmst – Was wollen wir sagen, Bruder?» Er hielt mir das Hühnerbein entgegen und fuhr fort: «Hör zu. Wir wollen sagen – und ich für mein Teil sage es mit Stolz, und ich will, Bruder, daß du es mit mir zusammen auf den Knien sagst. Hier in der freien großen Natur braucht sich kein Mensch, wenn er kniet, zu schämen. Erinnere dich daran, die Wälder waren Gottes erste Kirchen. Laß uns niederknien und sagen: ‹Iß das nicht, verehrte Dame – frei nach Mencken.›»

«Hier», sagte ich, «nutznieße ein wenig hiervon.»

Wir entkorkten die andere Flasche.

«Was ist los?» sagte ich. «Mochtest du denn Bryan nicht?»

«Ich liebte Bryan», sagte Bill. «Wir waren wie Geschwister.»

«Wo hast du ihn kennengelernt?»

«Er, Mencken und ich waren alle in Holy Cross.»

«Und Frankie Fritsch.»

«Das ist gelogen. Frankie Fritsch war in Fordham.»

«Na», sagte ich, «ich war mit Bischof Manning in Loyola.»

«Das ist gelogen», sagte Bill. «Ich selbst war mit Bischof Manning in Loyola.»

«Du bist besoffen», sagte ich.

«Vom Wein?»

«Warum nicht?»

«Es ist die Feuchtigkeit», sagte Bill. «Warum nimmt man diese verdammte Feuchtigkeit nicht weg?»

«Trink noch einen Schluck.»

«Ist das alles, was wir haben?»

«Nur die zwei Flaschen.»

«Weißt du, was du bist?» Bill sah die Flasche zärtlich an.

«Nein», sagte ich.
«Du bist im Solde der Anti-Saloon-Liga.»
«Ich war mit Wayne B. Wheeler in Notre-Dame.»
«Das ist gelogen», sagte Bill. «Ich war mit Wayne B. Wheeler im Austin Business College. Er war Klassenvorsitzender.»
«Na, dann soll's mit den Kneipen ein Ende haben.»
«Da hast du recht, alter Schulfreund», sagte Bill. «Fort mit den Kneipen, ich werde sie mitnehmen.»
«Du bist besoffen.»
«Vom Trinken?»
«Kann schon sein.»
«Willst du einen Abzug schlafen?»
«Schön.»
Wir lagen mit dem Kopf im Schatten und sahen in die Bäume hinauf.
«Schläfst du?»
«Nein», sagte Bill, «ich überlegte gerade.»
Ich schloß meine Augen. Es lag sich angenehm auf dem Boden.
«Hör mal», sagte Bill, «was ist eigentlich an dieser ganzen Brett-Geschichte?»
«Was meinst du?»
«Warst du mal in sie verliebt?»
«Natürlich.»
«Wie lange?»
«Mal ja und mal nicht, eine Ewigkeit.»
«Zum Teufel!» sagte Bill. «Tut mir leid, alter Knabe.»
«Schon gut», sagte ich. «Heut ist es mir ganz egal.»
«Wirklich?»
«Wirklich. Nur würde ich um alles in der Welt lieber nicht mehr davon reden.»
«Bist du böse, daß ich gefragt habe?»
«Warum denn?»
«Ich bin schläfrig», sagte Bill und legte eine Zeitung über sein Gesicht.
«Hör mal, Jake», sagte er. «Bist du wirklich ein Katholik?»
«Der Technik nach.»
«Was soll das heißen?»
«Ich weiß nicht.»
«Schön. Ich will jetzt schlafen», sagte er. «Halt mich nicht durch dein vieles Fragen wach.»
Ich schlief auch ein. Als ich aufwachte, packte Bill den Rucksack. Es war Spätnachmittag, der Baumschatten war jetzt lang und dehnte sich über das Wehr. Ich war vom Schlafen auf der Erde ganz steif.

«Was machst du denn? Wachst du auf?» fragte Bill. «Warum bist du nicht über Nacht geblieben?»

Ich streckte mich und rieb mir die Augen.

«Ich hab wunderbar geträumt», sagte Bill. «Ich weiß nicht mehr was, aber es war ein wunderbarer Traum.»

«Ich glaube, ich habe nichts geträumt.»

«Du solltest träumen», sagte Bill. «Alle unsere großen Geschäftsleute sind Träumer gewesen. Sieh dir Ford an. Sieh dir Präsident Coolidge an. Sieh dir Rockefeller an. Sieh dir Jo Davidson an.»

Ich nahm meine und Bills Angelruten auseinander und packte sie in den Rutenkasten. Ich steckte die Rollen in den Gerätesack. Bill hatte den Rucksack gepackt, und wir legten einen Forellensack hinein. Ich trug den andern.

«Na», sagte Bill, «haben wir alles?»

«Die Würmer.»

«Deine Würmer. Steck sie da rein.»

Er hatte den Sack auf dem Rücken, und ich steckte die Würmerschachtel in eine der Außentaschen.

«Hast du jetzt alles?»

Ich sah mich auf dem Gras unter den Ulmen um.

«Ja.»

Wir stiegen den Weg bergan, der in die Wälder führte. Es war ein langer Marsch zurück nach Burguete, und es war dunkel, als wir über die Felder hinunter auf die Landstraße kamen und auf der Landstraße zwischen den Häusern der Stadt mit ihren erleuchteten Fenstern bis zum Gasthof gingen.

Wir blieben fünf Tage lang in Burguete und waren mit unserer Angelei sehr zufrieden. Die Nächte waren kalt und die Tage heiß, und selbst in der größten Mittagsschwüle ging ein leichter Wind. Es war so heiß, daß das Entlangwaten eines kalten Flusses eine Annehmlichkeit war, und die Sonne trocknete einen, wenn man heraus kam und sich ans Ufer setzte. Wir fanden einen Fluß mit einer Ausbuchtung, die zum Schwimmen tief genug war. Abends spielten wir Bridge zu dritt mit einem Engländer, der Harris hieß, der von St. Jean Pied de Port herübergekommen und im Gasthof abgestiegen war, um hier zu angeln. Er war sehr nett und ging zweimal mit uns zum Irati. Von Robert Cohn hörten wir kein Wort, ebensowenig von Brett und Mike.

6

Eines Morgens ging ich hinunter zum Frühstück, und Harris, der Engländer, saß schon am Tisch. Er las die Zeitung durch seine Brille. Er sah auf und lächelte.

«Guten Morgen», sagte er. «Ein Brief für Sie. Ich war auf der Post, und sie gaben ihn mir mit meinem.»

Der Brief stand auf meinem Platz, gegen eine Kaffeetasse gelehnt. Harris las wieder seine Zeitung. Ich öffnete den Brief. Er war aus Pamplona nachgeschickt worden und war Sonntag, San Sebastián, datiert.

Lieber Jake,

wir sind Freitag hier angekommen, Brett ist im Zug zusammengebrochen, deshalb brachte ich sie für drei Tage hierher, damit sie sich in der Gesellschaft von ein paar guten alten Freunden ein bißchen erholt. Wir fahren Dienstag nach Pamplona, Hotel *Montoya*, und kommen dort, ich weiß nicht wann, an. Willst Du uns bitte eine Zeile mit dem Omnibus schicken, damit wir wissen, wie wir Euch am Mittwoch treffen können. Tut uns wahnsinnig leid, daß wir so spät kommen, aber Brett war wirklich erledigt und wird Dienstag wieder ganz in Ordnung sein, ist es eigentlich schon jetzt. Ich kenne sie ja so gut und gebe mir alle Mühe, auf sie aufzupassen, aber es ist nicht immer ganz leicht. Tausend Grüße Euch allen!

Michael

«Welchen Wochentag haben wir?» fragte ich Harris.

«Mittwoch, glaube ich. Ja, sicher, Mittwoch. Wunderbar, wie man hier oben in den Bergen vollkommen jedes Zeitgefühl verliert.»

«Ja. Wir sind beinahe eine Woche hier.»

«Ich hoffe, Sie denken noch nicht an die Abreise.»

«Doch. Wir müssen leider mit dem Nachmittagsbus weg.»

«Das ist ja eine Gemeinheit. Ich hatte gehofft, wir würden noch einmal alle zusammen zum Irati gehen.»

«Wir müssen nach Pamplona. Wir treffen dort Bekannte.»

«Pech für mich. Wir hatten eine so nette Zeit hier in Burguete.»

«Kommen Sie doch nach Pamplona. Wir können dort zusammen Bridge spielen, und die Fiesta wird sicher großartig.»

«Würd ich ja gern. Furchtbar nett von Ihnen, mich aufzufordern. Aber ich bleibe am besten hier. Ich habe nicht mehr so sehr viel Zeit zum Angeln.»

«Sie wollen die Großen aus dem Irati?»

«Ja, wissen Sie, und ob! Es gibt dort phantastische Forellen.»

«Ich würde es auch gern noch mal versuchen.»

«Ach ja, bleiben Sie doch noch einen Tag. Seien Sie nett.»

«Wir müssen wirklich in die Stadt zurück», sagte ich.

«Wie schade.»

Nach dem Frühstück saßen Bill und ich auf einer Bank vor dem Gasthaus, wärmten uns in der Sonne und besprachen die Angelegenheit. Ich sah ein Mädchen aus dem Innern der Stadt den Weg entlangkommen. Sie blieb vor uns stehen und nahm aus einer ledernen Tasche, die gegen ihren Rock baumelte, ein Telegramm.

«Por ustedes?»

Ich besah es. Die Adresse lautete: «Barnes, Burguete.»

«Ja. Ist für uns.»

Sie holte ein Buch heraus, in dem ich unterschrieb, dann gab ich ihr ein paar Kupfermünzen. Das Telegramm war auf spanisch.

«Vengo Jueves Cohn.»

Ich reichte es Bill.

«Was heißt Cohn?»

«Was für ein lausiges Telegramm!» sagte ich. «Für dasselbe Geld kann er auch zehn Worte depeschieren. Komme Donnerstag. Äußerst aufschlußreich, nicht?»

«Aufschlußreich genug für Cohn.»

«Na, wir fahren ja auf jeden Fall rein», sagte ich. «Es hat keinen Zweck, Brett und Mike hier raus- und dann wieder reinzuschaffen, bevor die Fiesta beginnt. Sollen wir antworten?»

«Können wir gerade so gut», sagte Bill. «Ist schließlich für uns kein Grund, uns pöbelhaft zu benehmen.»

Wir gingen zur Post und ließen uns ein Telegrammformular geben.

«Was sollen wir telegrafieren?» fragte Bill.

«‹Ankommen heute abend.› Das genügt.»

Wir bezahlten und gingen zum Wirtshaus zurück. Harris war da, und wir drei gingen nach Roncesvalles hinauf. Wir gingen durchs Kloster.

«Es ist ein außergewöhnliches Bauwerk», sagte Harris, als wir herauskamen. «Aber, wissen Sie, eigentlich liegen mir solche Sachen nicht.»

«Mir auch nicht», sagte Bill.

«Es ist außergewöhnlich», sagte Harris. «Ich bin froh, daß ich da war. Ich hatte es mir jeden Tag vorgenommen.»

«Aber doch nicht mit Angeln zu vergleichen, nicht?» fragte Bill. Er konnte Harris gut leiden.

«Das will ich meinen.»

Wir standen vor der alten Kapelle des Klosters.

«Ist da drüben nicht eine Kneipe?» fragte Harris. «Oder sollten mich meine Augen täuschen?»
«Es sieht wie eine Kneipe aus», sagte Bill.
«Mir sieht's auch nach einer Kneipe aus», sagte ich.
«Wissen Sie», sagte Harris, «lassen Sie uns nießnutzen.» Er hatte Nutznießen von Bill übernommen.
Wir tranken jeder eine Flasche Wein. Harris ließ uns nicht bezahlen. Er sprach ganz nett Spanisch, und der Wirt wollte darauf unser Geld nicht annehmen.
«Wissen Sie, Sie können sich gar nicht vorstellen, was es für mich bedeutet hat, daß Sie hier oben waren.»
«Wir hatten eine herrliche Zeit, Harris.»
Harris war ein bißchen beschwipst.
«Wirklich. Ihr könnt euch nicht denken, was es für mich war. Seit dem Krieg hab ich nicht viel Spaß gehabt.»
«Wir angeln bald wieder mal zusammen. Vergessen Sie es nicht, Harris.»
«Ja, aber wirklich, es war so nett.»
«Wie ist es mit noch einer Flasche?»
«Erstklassige Idee», sagte Harris.
«Dies ist meine Runde», sagte Bill, «oder wir trinken nicht.»
«Ich wünschte, Sie ließen mich bezahlen. Es macht mir soviel Vergnügen.»
«Dies hier wird aber mir Vergnügen machen», sagte Bill.
Der Wirt brachte die vierte Flasche herein. Wir behielten dieselben Gläser. Harris hob sein Glas.
«Wißt ihr, ich muß sagen, das nießnutzt sich gut.»
Bill schlug ihm auf den Rücken.
«Guter alter Harris.»
«Wißt ihr, eigentlich heiße ich gar nicht Harris. Eigentlich heiße ich Wilson-Harris. Alles ein Name. Mit einem Bindestrich, wißt ihr.»
«Guter alter Wilson-Harris», sagte Bill. «Wir nennen Sie aber Harris, weil wir Sie so gern mögen.»
«Wissen Sie, Barnes, Sie können sich nicht vorstellen, was das alles für mich bedeutet.»
«Los, nutznießen Sie noch ein Glas voll», sagte ich.
«Barnes, wirklich, Barnes, Sie können es sich nicht vorstellen. Das ist alles.»
«Trinken Sie aus, Harris.»
Wir gingen den Weg von Roncesvalles zurück und hatten Harris in die Mitte genommen. Wir aßen Lunch im Gasthof, und Harris begleitete uns zum Omnibus. Er gab uns seine Karte mit einer

Londoner Adresse und seiner Club- und Geschäftsadresse, und als wir einstiegen, reichte er jedem von uns einen Umschlag. Ich öffnete meinen und fand ein Dutzend Fliegen darin. Harris hatte sie selbst gebunden. Er band alle seine Fliegen selbst.

«Aber wissen Sie, Harris», fing ich an.

«Nein, nein», sagte er. Er kletterte vom Bus herunter. «Sind gar keine erstklassigen Fliegen. Ich dachte nur, wenn Sie sie mal beim Fischen benutzen, würden Sie sich gleichzeitig an die nette Zeit erinnern, die wir gemeinsam verlebt haben.»

Der Bus setzte sich in Bewegung. Harris stand vor dem Postamt. Er winkte. Als wir um die Ecke bogen, machte er kehrt und ging zum Wirtshaus zurück.

«Weißt du, dieser Harris war doch wirklich nett, nicht?» sagte Bill.

«Ich glaube, er hat es wirklich genossen.»

«Harris? Na, und ob.»

«Ich wünschte, er wäre mit nach Pamplona gekommen.»

«Er wollte aber lieber angeln.»

«Ja, und auf jeden Fall kann man auch nie vorhersagen, wie diese Engländer untereinander ausgekommen wären.»

«Wahrscheinlich nicht.»

Wir kamen spät nachmittags in Pamplona an, und der Bus hielt vor dem Hotel *Montoya*. Auf dem Platz wurden elektrische Drähte gespannt, um den Platz für die Fiesta zu beleuchten. Ein paar Kinder kamen angelaufen, als der Bus hielt, und ein Zollbeamter der Stadt ließ alle Leute vom Autobus herunterklettern und auf dem Trottoir ihre Bündel öffnen. Wir gingen ins Hotel und trafen Montoya auf der Treppe. Er schüttelte uns die Hände und lächelte auf seine verlegene Art und Weise.

«Ihre Freunde sind angekommen», sagte er.

«Mr. Campbell?»

«Ja. Mr. Cohn und Mr. Campbell und Lady Ashley.»

Er lächelte, als ob ich noch allerhand hören würde.

«Wann sind sie angekommen?»

«Gestern. Ich hab für Sie die Zimmer reserviert, die Sie vorher hatten.»

«Fein. Haben Sie Mr. Campbell das Zimmer nach der Plaza gegeben?»

«Ja, die Zimmer, die Sie gesehen hatten.»

«Und wo sind unsere Leutchen jetzt?»

«Ich glaube, sie sind zur Pelota gegangen.»

«Und was gibt's Neues über die Stiere?»

Montoya lächelte. «Heute abend», sagte er, «heute abend um

sieben Uhr bringen sie die Villarstiere, und morgen kommen die Miuras. Gehen Sie alle hin?»

«Aber natürlich. Die anderen haben noch nie eine *desencajonada* gesehen.»

Montoya legte mir die Hand auf die Schulter.

«Ich seh Sie dann da.»

Er lächelte wieder. Er lächelte, als ob Stierkampf unser beider ganz besonderes Geheimnis sei; ein tiefes und ziemlich unpassendes Geheimnis, um das wir beide wußten. Er lächelte immer, als ob unser Geheimnis ein bißchen schlüpfrig und für keinen Outsider passend sei, etwas, was wir beide aber verstanden. Es war ganz unzweckmäßig, es Fremden mitzuteilen, die es nicht verstehen würden.

«Ist Ihr Freund auch ein *aficionado*?» Montoya lächelte Bill an.

«Ja. Er ist extra aus New York gekommen, um die Kämpfe in San Firmin zu sehen.»

«So?» zweifelte Montoya höflich. «Aber er ist nicht so *aficionado* wie Sie.»

Er legte mir wieder verlegen seine Hand auf die Schulter.

«Doch», sagte ich, «er ist ein wahrer *aficionado*, wenn auch nicht so einer wie Sie.»

Afición bedeutet Leidenschaft. Ein *aficionado* ist einer, der sich leidenschaftlich für Stierkämpfe begeistert. Alle guten Stierkämpfer stiegen in Montoyas Hotel ab; das heißt, die mit *afición* stiegen dort ab. Die es als Gewerbe betrieben kamen vielleicht einmal, aber sie kamen nicht wieder. Die Guten kamen jedes Jahr. Ihre Fotografien hingen in Montoyas Zimmer. Die Fotografien waren entweder Juanito Montoya oder seiner Schwester gewidmet. Die Fotografien der Stierkämpfer, von denen Montoya wirklich etwas gehalten hatte, waren gerahmt. Die Fotografien von Stierkämpfern, die keine *afición* besessen hatten, hob Montoya in seiner Schreibtischschublade auf. Sie trugen häufig die schmeichelhaftesten Widmungen. Aber sie bedeuteten ihm nichts. Eines Tages nahm Montoya sie alle heraus und warf sie in den Papierkorb. Er wollte sie nicht um sich haben.

Wir unterhielten uns häufig über Stiere und Stierkämpfer. Ich stieg seit mehreren Jahren im *Montoya* ab. Wir unterhielten uns nie sehr lange miteinander. Es war wohl mehr das Vergnügen, zu entdecken, was jeder von uns fühlte. Es kamen Männer von weit her, und bevor sie Pamplona verließen, pflegten sie bei Montoya auf ein paar Minuten vorzusprechen und sich mit ihm über Stiere zu unterhalten.

Diese Männer waren *aficionados*. Wahre *aficionados* konnten immer Zimmer bekommen, selbst wenn das Hotel voll war. Montoya machte mich mit vielen von ihnen bekannt. Zuerst waren sie immer riesig höflich und sehr amüsiert über die Tatsache, daß ich Amerikaner war. Irgendwie nahm man als Selbstverständlichkeit an, daß ein Amerikaner keine *afición* besitzen konnte. Er konnte simulieren oder sie mit Erregung verwechseln, aber er konnte sie nicht wirklich haben. Wenn sie merkten, daß ich *afición* besaß und keine Stichworte und keine Querfragen mich entlarven konnten – eigentlich war es mehr wie ein kleines, mündliches Examen mit ein wenig defensiven und versteckten Fragestellungen –, gab es zum Schluß immer dasselbe verlegene Auf-die-Schulter-Klopfen oder ein *buen hombre.* Aber beinahe immer die gleiche Berührung. Es schien, als ob sie einen anfassen mußten, um auch wirklich sicherzugehen.

Montoya konnte einem Stierkämpfer alles verzeihen, der *afición* besaß. Er konnte Nervenkrisen, Angst, schlechte, unerklärliche Handlungen, alle Arten von Vergehen verzeihen. Einem, der *aficióon* besaß, konnte er alles vergeben. Er vergab mir sofort alle meine Freunde. Ohne daß er je etwas darüber gesagt hätte, waren sie einfach wie ein kleiner Schandfleck zwischen uns, vielleicht in der Art wie das Pferdeaufschlitzen beim Stierkampf.

Bill war hinaufgegangen, sobald wir angekommen waren, und ich fand ihn in seinem Zimmer mit Waschen und Umziehen beschäftigt.

«Na», sagte er, «viel Spanisch geredet?»

«Er hat mir erzählt, daß die Stiere heute abend eintreffen.»

«Komm, wir wollen die Bande suchen und dann hingehen.»

«Schön, wahrscheinlich sitzen sie im Café.»

«Hast du Billetts?»

«Ja. Fürs Ausladen.»

«Wie ist es denn?» Er zog seine Backe vor dem Spiegel hin und her, um zu sehen, ob noch unter dem Kinnbacken unrasierte Stellen seien.

«Recht interessant», sagte ich, «die Stiere werden einer nach dem andern ausgeladen, aus den Käfigen gelassen und in den Corrals werden sie von Ochsen in Empfang genommen, die sie vom Kämpfen abhalten, und die Stiere stürzen sich auf die Ochsen, und die Ochsen laufen rum wie die alten Jungfern und versuchen, sie zu beruhigen.»

«Schlitzen sie jemals die Ochsen auf?»

«Ja. Manchmal stürzen sie sich einfach auf sie und bringen sie um.»

«Können die Ochsen gar nichts dagegen tun?»

«Nein. Sie versuchen sich mit ihnen anzufreunden.»

«Wozu sind sie eigentlich darin?»

«Um die Stiere zu beruhigen und sie daran zu hindern, daß sie sich die Hörner an den Steinwänden abbrechen oder sich gegenseitig aufschlitzen.»

«Wie herrlich, wie herrlich, ein Ochse zu sein.»

Wir gingen die Treppe hinunter, zur Tür hinaus und über den Platz zum *Café Iruña*. Zwei einsam aussehende Billettschalter standen auf dem Platz. Die Fenster, auf denen *Sol*, *Sol y sombra* und *Sombra* stand, waren geschlossen. Sie wurden erst am Tag vor Beginn der Fiesta aufgemacht.

Jenseits des Platzes breiteten sich die weißen Korbstühle und Tische des *Iruña* unter den Arkaden bis zum Straßenrand aus. Ich sah mich nach Mike und Brett an den Tischen um. Da saßen sie. Brett und Mike und Robert Cohn. Brett trug eine Baskenmütze. Mike auch. Robert Cohn war barhaupt und trug seine Brille. Brett sah uns kommen und winkte. Um ihre Augen standen Fältchen, als wir uns dem Tisch näherten.

«Hallo, Kinder!» rief sie.

Brett war glücklich. Mike hatte eine besondere Art, eine Unmasse Gefühl in seinen Händedruck zu legen. Robert Cohn gab uns die Hand, weil wir wieder da waren.

«Wo, zum Teufel, wart ihr nur?» fragte ich.

«Ich hab sie hergebracht», sagte Cohn.

«Was für Quatsch», sagte Brett, «wir wären längst hier, wenn du nicht gekommen wärst.»

«Ihr wärt nie hier gelandet.»

«Was für Quatsch. Kinder, seid ihr braun! Sieh dir mal Bill an.»

«Wars Angeln gut?» fragte Mike. «Wir hätten euch so gern da getroffen.»

«Es war nicht schlecht. Wir haben euch vermißt.»

«Ich wollte gern nachkommen», sagte Cohn, «aber ich dachte, ich bringe sie lieber rauf.»

«Du uns bringen! Welcher Unsinn.»

«War es wirklich gut?» fragte Mike. «Habt ihr viel gekriegt?»

«An manchen Tagen jeder ein Dutzend. Wir waren oben mit einem Engländer zusammen.»

«Der Harris hieß», sagte Bill. «Kennst du ihn vielleicht, Mike? Er war auch im Krieg.»

«Glücklicher Kerl», sagte Mike. «Was waren das doch für herrliche Zeiten. Wie ich mich nach diesen schönen Tagen zurücksehne!»

«Sei nicht so dämlich.»

«Warst du im Krieg, Mike?» fragte Cohn.

«Und ob.»

«Er war ein ausgezeichneter Soldat», sagte Brett. «Erzähl ihnen doch, wie dein Pferd eines Tages Piccadilly runtergerast ist.»

«Ich denke gar nicht daran. Das hab ich schon viermal erzählt.»

«Aber mir noch nie», sagte Cohn.

«Ich erzähl die Geschichte nicht. Sie wirft ein ungünstiges Licht auf mich.»

«Erzähl ihnen doch dann von deinen Orden.»

«Kommt nicht in Frage. Diskreditiert mich auch.»

«Was ist denn das für eine Geschichte?»

«Brett kann es euch erzählen. Sie erzählt alle Geschichten, die mich diskreditieren.»

«Los. Erzähl, Brett.»

«Soll ich?»

«Ich werd's selbst erzählen.»

«Was für Orden hast du denn, Mike?»

«Ich hab gar keine Orden.»

«Du mußt doch welche haben.»

«Ich nehme an, daß ich die üblichen Orden besitze. Aber ich hab mich nie darum gekümmert. Eines Tages war ein großes, fabelhaftes Dinner, zu dem der Prince of Wales erwartet wurde, und auf den Einladungen stand: Orden anlegen. Natürlich hatte ich keine Orden, und ich ging zu meinem Schneider, und ihm imponierte die Einladung, und ich dachte, das Geschäft wird gemacht, und sprach zu ihm: ‹Sie müssen mich mit ein paar Orden dekorieren.› Er sagte: ‹Was für Orden, Sir?› Darauf ich: ‹Ganz gleich, irgendwelche, nur irgendwelche Orden.› Worauf er sagte: ‹Was haben Sie denn für Orden, Sir?› Und ich sagte: ‹Wie soll ich denn das wissen?› Hat er wirklich geglaubt, daß ich meine ganze Zeit damit vertrödle, dieses dämliche Blättchen zu lesen? ‹Geben Sie mir nur eine schöne Kollektion. Sie können sie selbst aussuchen.› Daraufhin besorgte er mir ein paar Orden, so Miniaturorden natürlich, gab mir das Etui, ich steckte es in die Tasche und vergaß es vollkommen. Na, ich ging zu dem Dinner, es war an dem Abend, als sie Henry Wilson erschossen hatten, und da kamen weder der Prinz noch der König zum Dinner, und niemand trug Orden, und all die Kerle da waren emsig damit beschäftigt, ihre Orden abzunehmen, weil kein Mensch Orden trug, und meine hatte ich die ganze Zeit über in der Tasche.»

Er hielt inne, und wir sollten lachen.

«Das ist alles?»

«Ja, alles. Vielleicht hab ich's nicht richtig erzählt.»

«Allerdings», sagte Brett, «aber das macht nichts.»

Wir lachten alle.

«Ach ja», sagte Mike, «jetzt weiß ich es wieder. Es war ein verdammt langweiliges Dinner, und ich konnte es nicht mehr aushalten und ging weg. Später fand ich dann das Etui in meiner Tasche. Was ist denn das hier? fragte ich mich. Orden? Verdammte Militärorden? Dann schnitt ich sie los – ihr wißt doch, man näht sie alle auf einen Streifen – und verschenkte sie. Gab jedem Mädchen einen. Als Andenken. Sie hielten mich für einen fabelhaft schneidigen Kerl. Seine Orden in einem Nachtlokal zu verschenken. Mordskerl.»

«Erzähl nur auch den Schluß», sagte Brett.

«Findet ihr das nicht komisch?» fragte Mike. Wir lachten alle. «Ich kann euch sagen, es war komisch. Auf jeden Fall schrieb mir mein Schneider, er brauche die Orden wieder. Schickte, um sie zu holen. Schrieb mir noch monatelang deswegen. Wahrscheinlich hatte sie irgendeiner zum Reinigen bei ihm gelassen. Und dieser blöde Militarist hatte sie wie einen Schatz gehütet.» Mike hielt inne. «Verdammtes Pech für den Schneider», sagte er.

«Ach nein, das ist nicht dein Ernst», sagte Bill. «Der Schneider muß glücklich gewesen sein.»

«Fabelhafter Schneider. Würde seinen Augen nicht trauen, wenn ich jetzt zu ihm käme», sagte Mike. «Ich bezahlte ihm jährlich 100 Pfund, nur um ihn friedlich zu stimmen und damit er mir keine Rechnungen schickte. War ein entsetzlicher Schlag für ihn, als ich Bankrott machte. Das war ziemlich bald nach der Geschichte mit den Orden. Gab seinen Briefen einen ziemlich verbitterten Unterton.»

«Wie hast du eigentlich Bankrott gemacht?» fragte Bill.

«Auf zwei Arten», sagte Mike. «Allmählich und dann plötzlich.»

«Was hat es beschleunigt?»

«Freunde», sagte Mike. «Ich hatte eine Menge Freunde. Falsche Freunde. Außerdem hatte ich Gläubiger. Vielleicht hatte ich mehr Gläubiger als irgendein Mensch in ganz England.»

«Erzähl ihnen doch die Sache vom Gericht», sagte Brett.

«Ich erinnere mich nicht mehr», sagte Mike, «war wohl ein bißchen angesäuselt.»

«Angesäuselt?» ereiferte sich Brett. «Du warst sternhagelvoll.»

«Ganz was Außergewöhnliches», sagte Mike. «Traf vor kurzem meinen früheren Partner. Lud mich zu einem Schnaps ein.»

«Erzähl ihnen doch von deinem Rechtsbeistand», sagte Brett.

«Ich denke gar nicht daran», sagte Mike. «Mein Rechtsbeistand war auch sternhagelvoll. Kinder, glaubt mir, dies ist ein mulmiges Gesprächsthema. Gehen wir jetzt zum Ausladen der Stiere oder nicht?»

Wir riefen den Kellner, bezahlten und gingen durch die Stadt. Ich ging mit Brett voran, aber Robert Cohn holte uns ein und ging auf Bretts freier Seite. Wir drei gingen am Ayuntamiento, dessen Balkons mit Fahnen geschmückt waren, bis zum Markt hinunter und die steile Straße, die auf die Brücke über die Arga führte, hinab. Viele Leute waren unterwegs, um die Stiere zu sehen. Wagen fuhren den Berg hinunter und über die Brücke, und die Kutscher, die Pferde und die Peitschen ragten über die Fußgänger auf der Straße hinaus. Jenseits der Brücke gingen wir einen Weg hinauf, der zu den Corrals führte. Wir kamen an einer Weinhandlung vorbei, die ein Schild im Fenster hatte: «Guter Wein 30 Centimos à Liter.»

«Da gehen wir hin, wenn Ebbe in der Kasse ist», sagte Brett.

Die Frau, die in der Tür der Weinhandlung stand, sah uns an, als wir vorbeigingen. Sie rief jemand im Haus, und drei Mädchen kamen ans Fenster und starrten heraus. Sie starrten Brett an.

Am Tor des Corrals nahmen zwei Männer den hineingehenden Leuten die Billetts ab. Wir gingen durch das Gitter. Drinnen standen Bäume und ein niedriges weißes Steinhaus. Am hintersten Ende sah man die Steinwand der Corrals mit Öffnungen, die wie Schießscharten um die ganzen Corrals herumliefen. Eine Leiter führte bis auf die Mauer, und die Leute kletterten die Leiter hinauf und verteilten sich auf den Mauern, die die beiden Corrals voneinander trennten. Als wir über das Gras gingen und uns der Leiter unter den Bäumen näherten, kamen wir an den großen graugestrichenen Käfigen, in denen die Stiere waren, vorbei. In jeder Reisekiste war ein Stier. Sie waren mit der Eisenbahn von einem Stiergestüt in Kastilien gekommen und waren von den flachen Wagen auf der Station abgeladen und hierhergebracht worden und sollten aus den Käfigen in die Corrals gelassen werden. Jeder Käfig trug den Namen und das Zeichen des Stierzüchters eingebrannt.

Wir kletterten hinauf und fanden einen Platz auf der Mauer, von dem aus man in den Corral sehen konnte. Die Steinwände waren geweißt, auf der Erde lag Stroh, und an den Wänden entlang standen hölzerne Futtertröge und Wassermulden.

«Seht mal dort», sagte ich.

Jenseits des Flusses erhob sich das Plateau der Stadt. Überall an den alten Mauern und Befestigungswällen entlang standen Menschen. Die drei Befestigungslinien waren drei schwarze Linien Menschen. Über den Wällen sah man viele Köpfe an den Fenstern. Am entferntesten Ende des Plateaus waren Jungen auf die Bäume geklettert.

«Die müssen sich doch viel versprechen», sagte Brett.

«Die wollen die Stiere sehen.»

Mike und Bill standen auf der anderen Mauer jenseits des Corralgrabens. Sie winkten uns zu. Leute, die spät gekommen waren, standen hinter uns und drängten gegen uns, wenn andere Leute sie stießen.

«Warum geht's denn nicht los?» fragte Robert Cohn.

Ein einzelnes Maultier wurde zu einem der Käfige gezerrt und zog ihn bis zum Tor in der Mauer des Corrals. Ein paar Männer schoben und hoben ihn dann mit Brechstangen in die richtige Lage zum Tor. Auf der Mauer des Corrals standen Männer, die darauf warteten, das Tor zum Corral und dann die Tür des Käfigs zu öffnen. Am äußersten Ende des Corrals trotteten zwei Ochsen mit schaukelnden Köpfen, ihre mageren Lenden schwingend, herein. Sie standen zusammen am äußersten Ende, die Köpfe gegen das Tor gerichtet, durch das der Stier hereinkommen mußte.

«Sehen nicht gerade glücklich aus», sagte Brett.

Die Männer auf der Mauer legten sich zurück und zogen das Tor des Corrals herauf. Dann zogen sie die Tür des Käfigs auf.

Ich beugte mich ein ganzes Stück vornüber, um in den Käfig hineinsehen zu können. Es war dunkel. Irgendwer klopfte mit einer eisernen Stange an den Käfig. Drinnen schien etwas zu explodieren. Der Stier, der mit seinen Hörnern einmal rechts und einmal links gegen das Holz stieß, machte einen Höllenlärm. Dann sah ich eine dunkle Schnauze und den Schatten eines Horns. Dann hörte man Trampeln auf dem Holz der hohlen Kiste, der Stier stürmte vor und hinaus in den Corral, rutschte mit seinen Vorderhufen im Stroh, als er stehenblieb, den Kopf in der Luft, der große Muskelberg im Nacken stark angeschwollen, alle Körpermuskeln erregt zitternd, als er zu der Menge auf den steinernen Mauern emporsah. Die zwei Ochsen zogen sich mit gesenktem Kopf an die Mauer zurück; ihre Augen beobachteten den Stier.

Der Stier sah sie und griff an. Ein Mann brüllte hinter einer Kiste hervor und schlug mit seinem Hut auf die Planken, so daß sich der Stier, bevor er die Ochsen erreichte, umwandte, zusammenriß und seinen Angriff auf die Stelle richtete, wo der Mann gewesen war, und ihn mit einem Halbdutzend schnellen, suchenden Stößen seines rechten Horns hinter den Planken zu erreichen suchte.

«Mein Gott, ist er nicht schön?» sagte Brett. Wir sahen direkt auf ihn herab.

«Sieh mal, wie der seine Hörner zu benutzen versteht», sagte ich. «Er hat einen Rechten und einen Linken wie ein Boxer.»

«Nein, wirklich?»

«Sieh nur hin.»

«Es geht zu schnell.»

«Wart nur. In einer Minute kommt ein neuer.»

Man hatte einen anderen Käfig an den Eingang gerückt. In der hintersten Ecke beschäftigte ein Mann von hinter einem Bretterschutz hervor den Stier, und während der Stier dem Tor den Rücken zukehrte, wurde das Gitter aufgezogen und ein zweiter Stier in den Corral hineingelassen.

Er griff direkt die Ochsen an, und zwei Männer rannten hinter den Planken schreiend hervor und gaben sich Mühe, seine Richtung zu ändern. Er veränderte seine Richtung nicht, und die Männer schrien: *«Hah! Hah! Toro!»* und schwenkten die Arme. Die zwei Ochsen wandten sich zur Seite, um den Stoß aufzufangen, und der Stier bohrte sich in einen der Ochsen.

«Sieh nicht hin», sagte ich zu Brett. Sie beobachtete es voller Spannung.

«Schön», sagte ich, «wenn es dir nichts ausmacht.»

«Ich hab's gesehen», sagte sie. «Ich habe gesehen, wie er vom rechten aufs linke Horn gewechselt hat.»

«Verdammt noch mal, alle Achtung.»

Der Ochse lag jetzt da, mit gestrecktem Hals und verdrehtem Kopf, so wie er hingestürzt war. Plötzlich ließ der Stier von ihm ab und machte Jagd auf den anderen Ochsen, der in der äußersten Ecke gestanden und mit pendelndem Kopf alles beobachtet hatte.

Der Ochse lief ungeschickt, und der Stier nahm ihn an, stieß ihn leicht in die Flanke, wandte sich dann ab und sah, während sein Muskelberg anschwoll, hinauf zu der Menge auf der Mauer. Der Ochse näherte sich ihm und tat so, als wolle er ihn beschnuppern. Der Stier stieß leicht zu, dann beschnupperte er den Ochsen, und dann trotteten sie gemeinsam hinüber zu dem anderen Stier.

Als der nächste Stier herauskam, standen alle drei, die beiden Stiere und der Ochse, Kopf an Kopf zusammen, die Hörner gegen den neuen gerichtet. In wenigen Minuten hatte der Ochse sich mit dem neuen Stier angefreundet, ihn beruhigt und ihn zu einem der Herde gemacht. Als die zwei letzten Stiere ausgeladen waren, war die ganze Herde beieinander.

Der Ochse, der durchbohrt worden war, war wieder auf den Beinen und lehnte sich gegen die Steinmauer. Keiner der Stiere ging in seine Nähe, und er machte keinen Versuch, sich der Herde anzuschließen.

Wir kletterten mit der Menschenmenge von der Mauer hinunter und warfen noch durch die Maueröffnungen einen letzten Blick auf die Stiere. Sie standen jetzt alle vollkommen ruhig mit gesenkten Köpfen da. Draußen nahmen wir einen Wagen und fuhren zum Café. Mike und Bill erschienen eine halbe Stunde später. Sie hatten unterwegs mehrfach feuchte Station gemacht.

Wir saßen im Café.

«Das ist ja eine außergewöhnliche Sache», sagte Brett.

«Ob die letzten ebensogut kämpfen werden wie die ersten?» fragte Robert Cohn. «Sie schienen sich sehr schnell zu beruhigen.»

«Sie kennen sich ja alle», sagte ich. «Sie sind nur gefährlich, wenn sie allein oder zu zweit oder dritt sind.»

«Wie meinst du gefährlich?» fragte Bill. «Mir sahen sie alle gefährlich aus.»

«Sie wollen nur töten, wenn sie allein sind. Natürlich, wenn du da reingehen würdest, würde sich vielleicht einer von der Herde loslösen und gefährlich werden.»

«Das ist mir zu kompliziert», sagte Bill. «Mike, lös mich nur nie von der Herde los.»

«Das muß ich sagen», sagte Mike, «das waren Stiere, nicht? Habt ihr die Hörner gesehen?»

«Und ob», sagte Brett. «Ich hatte keine Ahnung, wie sie aussehen.»

«Hast du gesehen, wie der den Ochsen aufgespießt hat?» fragte Mike. «Das war doch fabelhaft.»

«Hundeleben, ein Ochse zu sein», sagte Cohn.

«Das ist deine Meinung?» sagte Mike. «Ich hätte gedacht, das wär was für dich, Robert.»

«Was willst du damit sagen, Mike?»

«Sie haben ein so geruhsames Leben. Sie reden nie und lungern immer so herum.»

Wir waren alle verlegen. Bill lachte. Cohn ärgerte sich. Mike fuhr fort:

«Ich stelle mir vor, daß du absolut glücklich dabei wärst. Du brauchtest nie ein Wort zu reden. Los, Robert. Sag schon was. Sitz nicht nur so da.»

«Ich hab was gesagt, Mike. Besinnst du dich nicht? Über die Ochsen.»

«Ach, sprich noch ein bißchen mehr. Sag was Komisches. Merkst du denn nicht, daß wir uns alle amüsieren?»

«Nun, laß schon sein, Michael. Du bist betrunken», sagte Brett.

«Ich bin nicht betrunken. Ich mein's ganz ernsthaft. Wird Robert Cohn die ganze Zeit über wie ein Ochse Brett nachlaufen?»

«Sei still, Michael. Zeig ein bißchen von deinem guten Stall und deiner guten Erziehung.»

«Die ganze Erziehung soll der Teufel holen. Nebenbei sind eigentlich nur Stiere aus einem guten Stall. Sind die Stiere nicht herrlich? Magst du sie nicht, Bill? Warum sagst du denn nichts, Robert? Sitzt doch nicht alle da wie bei einem Begräbnis. Und wenn Brett schon mit dir geschlafen hat? Sie hat mit ganz anderen Leuten geschlafen als mit so einem wie du.»

«Halt den Mund», sagte Cohn. Er stand auf. «Halt den Mund, Mike.»

«Ach, steh nur nicht so auf und tu so, als ob du mir ein paar runterhauen wolltest. Das ist mir ganz egal. Sag mal, Robert, warum läufst du wirklich Brett wie ein armer, idiotischer Ochse nach? Merkst du denn nicht, daß du unerwünscht bist? Ich weiß, wenn man mich nicht haben will. Warum weißt du nicht, wenn man dich nicht haben will? Du bist nach San Sebastián gekommen, wo man dich nicht haben wollte, und du bist Brett wie ein dämlicher Ochse immer nachgelaufen. Hältst du das für richtig?»

«Halt den Mund, du bist betrunken.»

«Vielleicht bin ich betrunken? Warum bist du nicht betrunken? Warum betrinkst du dich nie, Robert? Du weißt ja, du hast dich in San Sebastián nicht amüsiert, weil keiner unserer Freunde dich zu irgendeiner Gesellschaft einladen wollte. Ich finde, man kann ihnen daraus kaum einen Vorwurf machen. Nicht wahr? Ich bat sie darum. Aber sie wollten nicht. Man kann ihnen daraus keinen Vorwurf machen. Nicht wahr? Antworte doch. Kannst du ihnen daraus einen Vorwurf machen?»

«Scher dich zum Teufel, Mike.»

«Ich kann ihnen daraus keinen Vorwurf machen. Kannst du ihnen daraus einen Vorwurf machen? Warum läufst du Brett die ganze Zeit über nach? Hast du denn gar keine Manieren? Hast du schon mal überlegt, wie mir dabei zumute ist?»

«Du bist gerade der Richtige, um über Manieren zu reden», sagte Brett. «Du hast ja so fabelhafte Manieren.»

«Komm, gehen wir, Robert», sagte Bill.

«Warum läufst du ihr immer nach?»

Bill stand auf und hakte Cohn unter.

«Bleibt hier», sagte Mike. «Robert Cohn wird uns eine Runde spendieren.»

Bill ging mit Cohn hinaus. Cohns Gesicht war wächsern. Mike redete weiter. Ich saß da und hörte eine Weile zu. Brett sah angeekelt aus.

«Weißt du, Michael, nun hör schon mit deinen verdammten Dämlichkeiten auf», unterbrach sie ihn. «Dabei will ich nicht sagen, daß er nicht recht hat», wandte sie sich an mich.

Mike verlor seinen erregten Ton. Wir waren jetzt unter uns: Freunde.

«Ich war gar nicht so schlimm besoffen, wie es klang», sagte er.

«Ich weiß», sagte Brett.

«Keiner von uns ist nüchtern», sagte ich.

«Ich hab kein Wort gesagt, das ich nicht gemeint hätte.»

«Aber es war so schlecht formuliert», lachte Brett.

«Aber er ist doch ein Idiot. Er kam nach San Sebastián, wo wir ihn wirklich nicht gebrauchen konnten. Er lief immer hinter Brett her und hat sie unentwegt angestiert. Das war zum Kotzen für mich.»

«Ja, er hat sich sehr schlecht aufgeführt», sagte Brett.

«Weißt du, Brett hat auch vorher Männergeschichten gehabt. Sie erzählt mir immer alles. Sie hat mir die Briefe von diesem Knaben Cohn zu lesen gegeben. Ich hab sie aber nicht gelesen.»

«Fabelhaft edel von dir.»

«Nein, Jake, hör mal zu. Brett ist schon mit allerhand Männern gereist. Aber es waren keine Juden, und sie haben einen nachher zufriedengelassen und sind ihr nicht nachgelaufen.»

«Verdammt nette Kerle», sagte Brett. «Das ist ja Quatsch, daß man darüber redet. Michael und ich, wir verstehen uns.»

«Sie hat mir Robert Cohns Briefe zum Lesen gegeben. Ich hab sie aber nicht gelesen.»

«Du liest doch überhaupt keine Briefe, mein Engel. Du liest ja nicht mal meine.»

«Ich kann keine Briefe lesen», sagte Mike. «Komisch, nicht?»

«Du liest überhaupt nichts.»

«Nein, das stimmt nicht. Ich lese schon. Ich lese, wenn ich zu Hause bin.»

«Nächstens wirst du schriftstellern», sagte Brett. «Also los, Michael. Damit mußt du dich abfinden. Die Sache mußt du jetzt durchhalten. Er ist nun mal hier. Verdirb uns nicht die Fiesta.»

«Schön, sag ihm, daß er sich benimmt.»

«Er wird sich schon benehmen, ich werd mit ihm sprechen.»

«Sag du's ihm doch, Jake. Entweder soll er sich benehmen oder machen, daß er wegkommt.»

«Ja», sagte ich, «wird höchst erfreulich für mich sein, ihm das zu sagen.»

«Weißt du, Brett, erzähl doch Jake, wie Robert dich nennt. Das ist einfach einzig, weißt du.»

«Nein, das kann ich nicht.»

«Los. Wir sind doch unter uns. Sind wir nicht gute Freunde, Jake?»

«Ich kann's ihm nicht erzählen. Es ist zu lächerlich.»

«Dann werd ich's ihm sagen.»

«Laß das, Michael, sei nicht so dumm.»

«Er nennt sie Circe», sagte Mike. «Er behauptet, daß sie Männer in Schweine verwandelt. Verdammt gut, nicht? Wünschte, ich wäre einer dieser Dichterjünglinge.»

«Weißt du, er ist ganz begabt», sagte Brett. «Er schreibt einen guten Brief.»

«Ich weiß», sagte ich. «Er hat mir aus San Sebastián geschrieben.»

«Das war noch gar nichts», sagte Brett. «Er kann höchst amüsante Briefe schreiben.»

«Sie hat von mir verlangt, daß ich schreibe. Sie schützte Krankheit vor.»

«Ging mir auch verflucht schlecht.»

«Also los», sagte ich. «Wir wollen reingehen und was essen.»

«Wie soll ich mich gegen Cohn benehmen?» fragte Mike.

«Tu so, als ob gar nichts gewesen ist.»

«Von mir aus», sagte Mike, «ich bin nicht verlegen.»

«Wenn er irgend etwas sagt, sagst du einfach, daß du besoffen warst.»

«Gut, und das Komische daran ist, ich glaube, ich war besoffen.»

«Also los», sagte Brett, «ist das Giftzeug bezahlt? Ich muß vorm Essen baden.»

Wir gingen über den Platz. Es war dunkel; rund um den Platz herum brannten die Lampen der Cafés unter den Arkaden. Wir gingen über den Kies unter den Bäumen ins Hotel.

Die anderen gingen hinauf, und ich blieb stehen, um mich mit Montoya zu unterhalten.

«Nun, wie haben Ihnen die Stiere gefallen?» fragte er.

«Gut. Schöne Stiere.»

«Sie gehen an», Montoya schüttelte seinen Kopf, «aber sie sind nicht übermäßig.»

«Was gefiel Ihnen nicht?»

«Ich weiß nicht. Ich hatte nur so das Gefühl, daß sie nicht so berühmt wären.»

«Ich weiß, was Sie meinen.»

«Sie sind schon *gut.*»

«O ja, schon.»

«Wie gefielen sie Ihren Freunden?»

«Ausgezeichnet.»

«Gut», sagte Montoya.

Ich ging hinauf. Bill war in seinem Zimmer, stand auf seinem Balkon und sah auf den Platz. Ich stand neben ihm. «Wo ist Cohn?»

«Oben in seinem Zimmer.»

«Wie geht's ihm denn?»

«Natürlich scheußlich. Mike war entsetzlich. Er ist furchtbar, wenn er besoffen ist.»

«Er war gar nicht so besoffen.»

«Verdammt noch mal, nein. Ich weiß ja, was er getrunken hat, bevor wir ins Café kamen.»

«Nachher wurde er sogar recht nüchtern.»

«Schön, aber er war schrecklich. Gott weiß, ich mag Cohn wahrhaftig nicht leiden, und ich finde, es war blödsinnig von ihm, nach San Sebastián zu fahren, aber kein Mensch hat das Recht, so zu reden wie Mike.»

«Wie findest du die Stiere?»

«Toll. Auch toll, wie sie sie rauslassen.»

«Morgen kommen die Muiras.»

«Wann geht die Fiesta los?»

«Übermorgen.»

«Wir müssen aufpassen, daß Mike sich nicht immer so betrinkt. Solche Szenen sind unerträglich.»

«Wir wollen uns mal lieber zum Essen zurechtmachen.»

«Ja. Wird eine angenehme Mahlzeit werden.»

«Wahrhaftig.»

Tatsache war, daß das Abendessen richtig nett verlief. Brett trug ein schwarzes, ärmelloses Abendkleid. Sie sah wunderschön aus. Mike tat so, als ob nichts passiert war. Ich mußte hinaufgehen und Robert Cohn holen. Er war reserviert und zurückhaltend, und sein Gesicht war noch steif und bleich, aber zum Schluß wurde er ganz vergnügt. Er konnte kein Auge von Brett wenden. Es schien ihn glücklich zu machen. Wahrscheinlich war es für ihn ein angenehmes Gefühl, daß sie so schön aussah und daß er mit ihr zusammen gewesen war und daß wir anderen es alle wußten. Das konnte ihm keiner nehmen. Bill war furchtbar komisch. Michael auch. Sie waren wahnsinnig komisch zusammen.

Es war so wie manches Essen im Krieg, an das ich mich erinnere. Viel Wein, eine ignorierte Spannung und das Gefühl von Dingen, die kommen würden und die man nicht verhindern konnte. Unter der Wirkung des Weins verlor ich mein Gefühl von Ekel und war glücklich.

Sie schienen eigentlich alle ganz reizende Menschen zu sein.

7

Ich weiß nicht mehr, um wieviel Uhr ich ins Bett kam. Ich erinnere mich, daß ich mich auskleidete, einen Bademantel überzog und auf den Balkon ging. Ich wußte, daß ich ziemlich betrunken war, und als ich ins Zimmer kam, drehte ich das Licht überm Bett an und fing an zu lesen. Ich las ein Buch von Turgenjew. Wahrscheinlich las ich dieselben zwei Seiten wieder und wieder. Es war eine Geschichte aus den *Aufzeichnungen eines Jägers.* Ich hatte sie früher schon gelesen, aber sie kam mir ganz unbekannt vor. Das Land erschien mir sehr vertraut, und der Druck in meinem Kopf schien nachzulassen. Ich war sehr betrunken und wollte meine Augen nicht zumachen, weil ich wußte, daß sich dann das Zimmer um mich drehen würde. Wenn ich weiterlas würde dieses Gefühl vorübergehen.

Ich hörte Brett und Robert Cohn die Treppe heraufkommen. Cohn sagte ihr vor der Tür gute Nacht und ging dann in sein Zimmer. Ich hörte, wie Brett ins Nebenzimmer trat. Mike war schon im Bett. Er war mit mir vor einer Stunde heraufgekommen. Er wachte auf, als sie kam, und sie unterhielten sich. Ich hörte sie lachen. Ich drehte das Licht aus und versuchte einzuschlafen. Ich brauchte nicht mehr zu lesen. Ich konnte die Augen schließen, ohne das Gefühl zu haben, daß sich alles drehe. Aber ich konnte nicht schlafen. Es gibt keinen Grund, die Dinge in der Dunkelheit anders anzusehen als bei Tageslicht. Verdammt noch mal, nein!

Ich hatte mir das einmal alles zurechtgelegt und hatte sechs Monate bei elektrischem Licht geschlafen. Das war eine Glanzidee gewesen. Zum Teufel mit den Weibern, auf jeden Fall. Zum Teufel mit dir, Brett Ashley!

Frauen konnten fabelhafte Freunde sein. Fabelhaft. Zuerst muß man mal in eine Frau verliebt sein, damit die Basis für eine Freundschaft hergestellt ist. Brett war mein Freund gewesen. Ich hatte mich nicht an ihre Stelle gedacht. Ich hatte etwas umsonst bekommen. Aber das schob nur die Unterbreitung der Rechnung hinaus. Die Rechnung kam immer. Das war eine der todsicheren Sachen, auf die man sich verlassen konnte.

Ich dachte, ich hätte für alles bezahlt. Nicht wie eine Frau zahlt und zahlt und zahlt. Ohne die Idee der Vergebung oder der Strafe. Nur Austausch der Werte. Man gab etwas auf und bekam etwas anderes dafür. Oder man arbeitete für etwas. Auf irgendeine Weise bezahlte man alles, was den geringsten Wert besaß. Ich erkaufte mir meinen Weg zu genügend Dingen, die mir Vergnügen machten, so daß ich mich nicht zu beklagen brauchte. Entweder bezahlte man mit einer Erkenntnis oder einer Erfahrung, oder indem man etwas riskierte oder mit Geld. Das Leben genießen, hieß, für alles einen Gegenwert erhalten und sich darüber klar sein, wenn man ihn besaß. Man konnte für sein Geld Entsprechendes bekommen. Die Welt war schon ein geeigneter Platz zum Einkaufen. Dies schien eine gute Philosophie zu sein. In fünf Jahren, dachte ich bei mir, wird sie mir genauso dumm vorkommen wie alle meine früheren Philosophien.

Aber vielleicht war es doch nicht wahr. Vielleicht lernte man doch zwischendurch etwas hinzu. Mir war es gleich, woraus es bestand. Ich wollte nur wissen, wie man sich das Leben in dieser Welt einrichten sollte. Schon möglich, daß, wenn man zu leben wußte, man auf den Sinn des Ganzen schließen konnte.

Ich wünschte jedoch, Mike hätte sich nicht so grauenhaft gegen Cohn benommen. Mike war ein entsetzlicher Säufer. Brett ein guter. Bill ein guter. Cohn war niemals betrunken. Mike wurde, nachdem er einen bestimmten Punkt überschritten hatte, unangenehm. Mir machte es Spaß, wenn er Cohn beleidigte. Mir wäre es aber doch lieber gewesen, wenn er es unterlassen hätte, denn nachher schämte ich mich über mich selbst. Das war Moral: Dinge, die einem nachher peinlich waren. Nein, das mußte eher Unmoral sein. Das war eine große Feststellung. Was für eine Unmenge Quatsch ich so bei Nacht zusammendenken konnte. Was für einen Unsinn, hörte ich Brett sagen. Was für einen Unsinn. Wenn man mit Engländern zusammen war, fing man an, sich im Denken englischer Ausdrücke zu bedienen. Die gesprochene englische Sprache – auf jeden Fall die der oberen Klassen – hatte anscheinend weniger Worte als die der Eskimos. Natürlich wußte ich nichts über Eskimos. Vielleicht ist Eskimo eine sehr schöne Sprache. Also sagen wir lieber cherokesisch. Ich wußte auch nichts über cherokesisch. Die Engländer gaben ihren Sätzen einen bestimmten Tonfall. So bedeutete ein Satz vielerlei. Trotzdem mochte ich sie gern. Ich mochte, wie sie sprachen. Zum Beispiel Harris. Andererseits gehörte Harris nicht zu den oberen Klassen.

Ich drehte das Licht wieder an und las. Ich las Turgenjew. Ich wußte, daß ich mich in meinem überreizten Zustand nach viel zuviel Alkohol auf das jetzt Gelesene in irgendeinem Augenblick mal besinnen und glauben würde, daß es mir alles selbst passiert sei. Das würde ich mein Lebtag nicht vergessen. Das war eine andere gute Sache, für die man bezahlte und die man dann besaß. Etwas vor Anbruch der Dämmerung schlief ich ein.

Die nächsten zwei Tage im Pamplona verliefen ruhig und ohne Krach. Die Stadt bereitete sich auf die Fiesta vor. Arbeiter errichteten Torpfosten, die die Seitenstraßen absperren sollten, wenn die Stiere aus den Umfriedungen heraus morgens auf ihrem Weg durch die Straßen in die Arena gelaufen kamen. Die Arbeiter gruben Löcher und paßten die Pfosten ein, und jeder Pfosten war für einen bestimmten Platz numeriert. Draußen auf dem Plateau jenseits der Stadt übten Angestellte der Arena Picadorpferde ein, indem sie sie steifbeinig auf dem harten, sonnengebackenen Feld hinter der Arena Galopp ritten. Das große Tor zur Arena stand offen; man machte das Amphitheater sauber. Die Arena wurde gewalzt und besprengt, und Tischler ersetzten schwache oder geborstene Planken der *barrera*. Wenn man am Rand des glattgewalzten Sandes stand, konnte man die alten Frauen beobachten, die die Logen fegten.

Der Zaun, der draußen von der letzten Straße der Stadt bis zum Eingang der Arena führte, war bereits fertig und bildete eine lange Einfriedung; die Menge würde hier am Morgen des ersten Tages der Stierkämpfe entlanglaufen und hinter ihnen die Stiere. Hinten in der Ebene, wo später der Pferde- und Viehmarkt stattfand, kampierten Zigeuner unter den Bäumen. Die Wein- und Aguardienteverkäufer stellten ihre Buden auf. Eine Bude machte für Anis del Toro Reklame. Die Stoffschilder hingen in der heißen Sonne gegen die hölzernen Balken. Auf dem großen Platz, dem Mittelpunkt der Stadt, sah man noch keine Veränderungen. Wir saßen in den weißen Korbstühlen auf der Terrasse des Cafés und beobachteten, wie die Omnibusse ankamen und die Bauern, die aus der Umgegend zum Markt kamen, ausluden, und wir beobachteten, wie die Omnibusse sich wieder füllten und mit den Bauern und ihren Satteltaschen, die mit den Dingen, die sie in der Stadt gekauft hatten, vollgestopft waren, wieder losfuhren. Die großen grauen Omnibusse waren bis auf die Tauben und den Mann mit dem Schlauch, der den kiesbestreuten Platz und die Straßen besprengte, das einzige, was den Platz belebte.

Am Abend war der *paseo*. Eine Stunde nach dem Essen gingen alle, all die gutaussehenden Mädchen, die Offiziere der Garnison und alle eleganten Leute der Stadt, in der Straße auf der einen Seite des Platzes auf und ab, während sich die Tische der Cafés mit dem Stammpublikum füllten, das immer nach Tisch dort zu sitzen pflegte.

Morgens saß ich meistens im Café und las die Madrider Zeitungen und ging dann entweder in der Stadt oder auf dem Land spazieren. Manchmal kam Bill mit. Manchmal schrieb er in seinem Zimmer. Robert Cohn verbrachte seine Vormittage mit spanischen Studien oder versuchte, sich beim Friseur rasieren zu lassen. Brett und Mike standen nie vormittags auf. Wir tranken alle einen Wermut im Café. Es war ein friedliches Leben, und keiner war betrunken. Ich ging ein paarmal zur Kirche, einmal mit Brett. Sie sagte, sie wolle meine Beichte mit anhören, ich sagte ihr aber, daß es nicht nur unmöglich, sondern auch viel weniger interessant sei, als es klänge, und außerdem wäre es in einer Sprache, die sie nicht verstände. Wir trafen Cohn, als wir aus der Kirche kamen, und obschon es klar war, daß er uns nachgekommen war, war er sehr angenehm und nett, und wir gingen zu dritt bis zum Zigeunerlager spazieren, und Brett ließ sich weissagen.

Es war ein schöner Morgen; über den Bergen standen große weiße

Wolken. In der Nacht hatte es ein bißchen geregnet, und auf dem Plateau war es frisch und kühl, und man hatte eine wunderbare Aussicht. Wir fühlten uns alle gesund und zufrieden, und ich hatte gegen Cohn freundschaftliche Gefühle. An so einem Tag konnte einen nichts aus dem Gleichgewicht bringen.

Dies war der letzte Tag vor der Fiesta.

8

Sonntag mittag, den 6. Juli, brach die Fiesta aus. Es gibt keinen anderen Ausdruck dafür. Den ganzen Tag über waren Leute vom Land in der Stadt eingetroffen, aber da sie sich in der Stadt verstreuten, bemerkte man sie nicht. Der Platz lag genauso ruhig wie an allen anderen Tagen in der heißen Sonne. Die Bauern saßen in den außerhalb liegenden Weinhandlungen. Dort tranken sie, um sich für die Fiesta vorzubereiten. Sie waren so frisch von den Ebenen und Bergen hereingekommen, daß es notwendig war, sich langsam an alle Werte zu gewöhnen. Sie konnten nicht von Anfang an die Preise in den Cafés bezahlen. Sie bekamen Entsprechendes für ihr Geld in den Weinhandlungen. Das Geld hatte für sie noch den Wert von soundso viel Arbeitsstunden oder soundsoviel Scheffeln verkauften Getreides. Am Ende der Fiesta war es ihnen dann ganz gleich, was sie bezahlten und wo sie kauften.

Heute, am ersten Tag der Fiesta von San Fermín, saßen sie in den Weinhandlungen in den engen Straßen vom frühen Morgen an. Als ich früh am Morgen die Gassen zur Messe in der Kathedrale entlangging, hörte ich sie bei offenen Türen in den Weinhandlungen singen. Sie heizten ein bißchen ein. Bei der Elf-Uhr-Messe waren viele Leute. San Fermín ist auch ein kirchlicher Festtag.

Ich ging den Berg von der Kathedrale hinunter und die Straße hinauf zum Café auf dem Platz. Es war gegen Mittag. Robert Cohn und Bill saßen an einem der Tische. Die Tische mit den Marmorplatten und die Rohrstühle waren verschwunden. Man hatte sie durch gußeiserne Tische und Klappstühle ersetzt. Das Café sah wie ein zum Gefecht bereites Kriegsschiff aus. Heute ließen einen die Kellner den ganzen Morgen über nicht in Ruhe lesen, ohne einen zu fragen, was man bestellen wollte. Kaum saß ich, kam ein Kellner heran.

«Was trinkt ihr?» fragte ich Bill und Robert.

«Sherry», sagte Cohn.

«Jerez», sagte ich zu dem Kellner.

Bevor der Kellner den Sherry gebracht hatte, stieg die Rakete, die den Beginn der Fiesta ankündigte, auf dem Platz in die Höhe. Sie zerplatzte, und ein grauer Rauchball hing hoch über dem Teatro Gayarre, drüben auf der anderen Seite des Platzes, in der Luft. Der Rauchball hing am Himmel wie ein explodiertes Schrapnell, und während ich hinaufsah, tröpfelte eine zweite Rakete Rauch in das strahlende Sonnenlicht. Ich sah das helle Aufflammen beim Zerplatzen und eine zweite kleine Rauchwolke erschien. Bis die zweite Rakete explodiert war, hatte sich in den Arkaden, die noch eine Minute vorher ganz leer gewesen waren, eine solche Menschenmenge angesammelt, daß der Kellner, der die Flasche hoch über seinem Kopf hielt, kaum durch das Gewühl zu unserem Tisch vordringen konnte. Von allen Seiten drängten die Leute auf den Platz, und man hörte die Pfeifen, Querpfeifen und Trommeln die Straße herunterkommen. Sie spielten die Riau-riau-Musik mit schrillenden Pfeifen und dröhnenden Trommeln, und hinter ihnen tanzten Männer und Jungens. Sobald die Pfeifenspieler aufhörten, hockten sich alle auf der Straße hin, und wenn die Rohrflöten und die Pfeifen gellten und die tiefen, trocken und hohl klingenden Trommeln den Takt wieder schlugen, sprangen alle tanzend in die Höhe. Man sah in dem Gewühl nur die Köpfe und Schultern der Tanzenden sich auf und ab bewegen.

Auf dem Platz spielte ein verkrüppelter Mann die Rohrpfeife, und ein Haufen Kinder lief ihm schreiend nach und zog ihn am Rock. Er kam über den Platz, die Kinder immer hinter ihm her, und pfiff sie an dem Café entlang und eine Seitenstraße hinunter. Wir sahen sein ausdrucksloses, pockennarbiges Gesicht, als er vorüberging, und dicht hinter ihm her schreiende und an seinem Rock zerrende Kinder.

«Das ist sicher der Dorftrottel», sagte Bill. «Mein Gott, sieh dir das an.»

Die Straße herunter kamen Tanzende. Die Straße war mit Tänzern angefüllt, nur Männer. Sie tanzten alle im Takt hinter ihren Pfeifenspielern und Trommlern her. Sie gehörten irgendeinem Verein an und trugen alle blaue Arbeitskittel und rote Taschentücher um den Hals und ein großes Banner zwischen zwei Stangen. Das Banner tanzte mit ihnen auf und ab, als sie, von der Menge umgeben, die Straße herunterkamen.

«Es lebe der Wein! Es leben die Fremden!» stand auf ihrem Banner.

«Wo sind die Fremden?» fragte Robert Cohn.

«Wir sind die Fremden», sagte Bill.

Die ganze Zeit über stiegen Raketen in die Luft. Die Tische der

Cafés waren jetzt alle besetzt. Der Platz leerte sich, und die Leute füllten die Cafés.

«Wo sind Brett und Mike?» fragte Bill.

«Ich geh und hol sie», sagte Cohn.

«Bring sie her.»

Die Fiesta hatte wirklich begonnen. Sie dauerte Tag und Nacht, sieben Tage lang. Man tanzte und trank unentwegt, und der Lärm nahm kein Ende. Das, was so passierte, konnte nur während einer Fiesta passieren. Schließlich wurde alles ganz unwirklich, und es schien, als ob nichts während der Fiesta irgendwelche Folgen haben könne. Es schien gänzlich unangebracht, während der Fiesta an Folgen zu denken. Die ganze Fiesta über hatte man das Gefühl, selbst wenn es ruhig war, daß man alles, was man sagen wollte, schreien müsse, damit die anderen es hörten. Und so war es mit allem, was man tat. Es war eine Fiesta, und sie dauerte sieben Tage lang.

Am Nachmittag war die große religiöse Prozession. San Fermín wurde von einer Kirche in die andere überführt. An der Prozession nahmen alle städtischen und kirchlichen Würdenträger teil. Wir konnten sie nicht sehen, weil das Gewühl zu groß war. Vor und hinter der formellen Prozession tanzten die Riau-riau-Tänzer. Eine Gruppe in gelben Hemden tanzte in der Menge auf und ab. Alles, was wir durch die dichtgedrängte Masse, die auch alle Bürgersteige und Kurven anfüllte, von der Prozession sehen konnten, waren die Riesen, die Indios aus dem Zigarrenladen, dreißig Fuß hoch, Mauren, ein König und eine Königin, die feierlich zum Riau-riau sich drehten und walzten.

Sie standen alle vor der Kapelle, in der San Fermín und die Würdenträger verschwunden waren, nachdem sie die Riesen und die Männer, die in ihnen getanzt hatten und jetzt neben den ausruhenden Rahmen standen, und die Zwerge, die mit ihren kolossalen Blasen sich in der Menge hin und her bewegten, als Schildwache zurückgelassen hatten. Wir wollten eben hineingehen, und es roch nach Weihrauch und Menschen, die in die Kirche gingen, aber Brett wurde in der Tür angehalten, weil sie keinen Hut aufhatte; also gingen wir wieder hinaus und die Straße entlang, die von der Kapelle in die Stadt zurückführte. An beiden Straßenrändern standen Leute, die sich ihren Platz hielten, um die Prozession zurückkommen zu sehen. Ein paar Tänzer bildeten einen Kreis um Brett und fingen an zu tanzen. Sie trugen große Kränze von weißem Knoblauch um den Hals. Sie packten mich und Bill an den Armen und stellten uns in den Kreis. Bill fing auch an zu tanzen. Alle sangen. Brett wollte auch tanzen, aber sie ließen es nicht zu. Sie brauchten sie als Götzenbild, um das sie herumtanzen konnten. Als die Weise mit einem schrillen Riau-riau geendet hatte, drängten sie uns in eine Kneipe.

Wir standen vor der Theke. Brett mußte sich auf ein Weinfaß setzen. In der Weinhandlung war es dunkel und voll mit singenden Männern, rauhstimmigem Gesang. Hinter der Theke wurde der Wein aus den Fässern abgezogen. Ich legte Geld für den Wein hin, aber einer der Männer nahm es auf und steckte es mir wieder in die Tasche.

«Ich möchte einen ledernen Weinbeutel haben», sagte Bill.

«Die Straße runter ist ein Laden», sagte ich. «Ich werd uns ein paar besorgen.»

Die Tänzer wollten mich nicht weglassen. Drei von ihnen saßen auf dem hohen Weinfaß neben Brett und zeigten ihr, wie man aus den Weinbeuteln trinken müsse. Sie hatten ihr einen Knoblauchkranz umgehängt. Einer bestand darauf, ihr aus einem Glas etwas zu trinken zu geben. Irgendeiner lehrte Bill einen Gassenhauer, sang ihn ihm ins Ohr und schlug den Takt auf Bills Rücken.

Ich erklärte ihnen, daß ich wiederkommen würde. Draußen sah ich mich nach dem Laden um, in dem lederne Weinbeutel gemacht wurden. Die Menge drängte sich auf den Bürgersteigen, und viele Geschäfte hatten die Läden vor, und ich konnte ihn nicht finden. Ich ging bis zur Kirche und suchte auf beiden Seiten der Straße. Dann fragte ich einen Mann, und er nahm mich beim Arm und führte mich hin. Die Läden waren zu, aber die Tür stand auf.

Drinnen roch es nach frischgegerbtem Leder und heißem Teer. Ein Mann schablonierte fertige Weinhäute. Sie hingen in Bündeln von der Decke. Er nahm eine herunter, blies sie auf, schraubte die Schnauze fest und sprang dann darauf.

«Sehen Sie. Es leckt nicht.»

«Ich möchte noch eine, eine große.»

Er nahm eine große von der Decke herunter, die wohl fünf Liter fassen konnte. Er blies sie auf; seine aufgeplusterten Backen standen über den Weinbeutel hervor; er stellte sich auf die *bota* und hielt sich an einem Stuhl fest.

«Was wollen Sie damit machen? Sie in Bayonne verkaufen?»

«Nein. Daraus trinken.»

Er klopfte mir auf die Schulter.

«Guter Mann, 8 Peseten für die zwei. Der niedrigste Preis.»

Der Mann, der die neuen schablonierte und sie auf einen Haufen warf, hielt inne.

«Stimmt», sagte er, «8 Peseten ist billig.»

Ich bezahlte, ging hinaus und die Straße zu der Weinhandlung zurück. Es war noch dunkler als vorher und sehr voll. Ich sah weder

Brett noch Bill, und jemand sagte, sie seien im Hinterzimmer. Am Schanktisch füllte das Mädchen meine beiden Weinbeutel. Einer hielt zwei Liter. Der andere faßte fünf Liter. Beide kosteten zum Füllen zusammen 3 Peseten und 60 Centimos. Jemand am Schanktisch, den ich nie vorher gesehen hatte, versuchte für meinen Wein zu bezahlen, aber schließlich bezahlte ich doch dafür. Der Mann, der durchaus bezahlten wollte, lud mich zu einem Drink ein. Er erlaubte nicht, daß ich mich revanchierte, sondern sagte, er würde sich den Mund mit einem Schluck aus dem neuen Weinbeutel ausspülen. Er kippte den großen Fünf-Liter-Beutel hoch und drückte ihn, so daß der Wein in seinen Schlund spritzte.

«Gut», sagte er und gab mir den Beutel zurück.

Im Hinterzimmer saßen Brett und Bill auf Weinfässern, von den Tänzern umringt. Alle hatten die Arme um die Schultern des Nachbarn geschlungen und alle sangen. Mike saß an einem Tisch mit einigen Männern in Hemdsärmeln und aß aus einer Schüssel Thunfisch, gehackte Zwiebeln und Essig. Sie tranken alle Wein und tunkten Essig und Öl mit Brot auf.

«Hallo, Jake. Hallo!» rief Mike. «Komm her. Du sollst meine Freunde kennenlernen. Wir essen gerade Horsd'œuvre.»

Er stellte mich den Leuten an seinem Tisch vor. Sie halfen Mike mit ihren Namen und ließen eine Gabel für mich kommen.

«Iß ihnen doch nicht ihr ganzes Essen weg, Mike», rief Brett von ihrem Weinfaß herüber.

«Ich will Ihnen nicht Ihr Essen wegessen», sagte ich, als mir jemand eine Gabel reichte.

«Essen Sie», sagte er, «wozu ist es denn da?»

Ich drehte die Schnauze des großen Weinbeutels auf und reichte ihn rum. Alle nahmen einen Schluck, indem sie den Beutel auf Armeslänge entfernt hielten.

Draußen hörte man trotz des Gesangs die Musik der vorbeiziehenden Prozession.

«Ist das nicht die Prozession?» fragte Mike.

«Nada», sagte jemand. «Ist nichts. Trinken Sie. Die Flasche hoch.»

«Wo hat man dich aufgetrieben?» fragte ich Mike.

«Irgendwer hat mich hergebracht», sagte Mike. «Sie sagten, du seist hier.»

«Wo ist Cohn?»

«Hat das Rennen aufgegeben», sagte Brett. «Sie haben ihn irgendwo hingebracht.»

«Wo ist er?»

«Ich weiß nicht.»

«Woher sollen wir's denn wissen?» sagte Bill. «Ich glaube, er ist tot.»

«Er ist nicht tot», sagte Mike. «Ich weiß, daß er nicht tot ist. Der Anis del Mono hat ihn ein bißchen außer Gefecht gesetzt.»

Als er Anis del Mono sagte, blickte einer der Männer an unserem Tisch hoch, zog eine Flasche aus seinem Kittel und reichte sie mir.

«Nein», sagte ich. «Nein, danke.»

«Doch, doch. *Arriba.* Hoch mit der Flasche.»

Ich nahm einen Schluck. Es schmeckte nach Lakritze und brannte. Ich fühlte, wie es meinen Magen wärmte.

«Zum Teufel, wo ist Cohn?»

«Ich weiß nicht», sagte Mike. «Ich werd mal fragen. Wo ist der besoffene Kamerad?» fragte er auf spanisch.

«Wollen Sie zu ihm?»

«Ja», sagte ich.

«Ich nicht», sagte Mike. «Dieser edle Herr.»

Der Anis del Mono-Mann wischte sich den Mund ab und stand auf.

«Kommen Sie.»

In einem hinteren Zimmer schlief Robert Cohn friedlich auf ein paar Weinfässern. Es war beinahe zu dunkel, um sein Gesicht zu erkennen. Man hatte ihn mit einem Mantel zugedeckt, und ein anderer Mantel lag zusammengefaltet unter seinem Kopf. Um seinen Hals und um seine Brust wand sich ein großer Knoblauchkranz.

«Lassen Sie ihn nur schlafen, es ist alles in Ordnung», flüsterte der Mann.

Zwei Stunden später erschien Cohn. Er kam ins Hinterzimmer und hatte noch den Knoblauchkranz um den Hals. Die Spanier erhoben ein Geschrei, als er hereinkam. Cohn rieb sich die Augen und grinste.

«Ich glaube, ich hab geschlafen», sagte er.

«Aber nein!» sagte Brett.

«Du warst nur gestorben», sagte Bill.

«Wollen wir nicht gehen und Abendbrot essen?» fragte Cohn.

«Willst du essen?»

«Ja, warum nicht? Ich hab Hunger.»

«Iß den Knoblauch, Robert», sagte Mike. «Wirklich, iß den Knoblauch.»

Cohn stand da. Nach dem Schlafen fühlte er sich wieder ganz wohl.

«Wir wollen wirklich essen gehen», sagte Brett. «Ich muß baden.»

«Also los», sagte Bill. «Wir wollen Brett ins Hotel überführen.»

Wir sagten einer Menge Leute adieu und schüttelten einer Menge

Leute die Hand und gingen hinaus. Draußen war es dunkel.

«Wieviel Uhr mag es sein?» fragte Cohn.

«Es ist Morgen», sagte Mike. «Du hast zwei Tage lang geschlafen.»

«Nein», sagte Cohn. «Wieviel Uhr ist es?»

«Es ist zehn.»

«Gott, haben wir getrunken.»

«Du meinst, was *wir* getrunken haben. Du hast doch geschlafen.»

Auf unserem Weg durch die dunklen Straßen zum Hotel sahen wir die Raketen auf dem Platz aufsteigen. Durch die Seitenstraßen sah man auf den mit Menschen angefüllten Platz, die in der Mitte alle tanzten.

Wir aßen eine Riesenmahlzeit im Hotel. Es war die erste Mahlzeit zu doppelten Preisen wegen der Fiesta, und es gab noch einige neue Gänge dazu. Nach dem Essen gingen wir durch die Stadt. Ich erinnere mich, daß ich beschloß, die ganze Nacht aufzubleiben, um die Stiere um sechs Uhr früh durch die Straßen kommen zu sehen, und dann war ich so müde, daß ich so gegen vier Uhr zu Bett ging. Die anderen blieben auf.

Mein eigenes Zimmer war verschlossen, und ich konnte den Schlüssel nirgends finden, darum ging ich die Treppe hinauf und schlief in einem der Betten in Cohns Zimmer. Die Fiesta nahm draußen in der Nacht ihren Fortgang, aber ich war zu schläfrig, um wach zu bleiben. Ich erwachte durch den Lärm einer explodierenden Rakete, die das Loslassen der Stiere aus den Corrals am Ende der Stadt anzeigte. Nun würden sie durch die Stadt jagen und in den Toril stürmen. Ich hatte fest geschlafen, und als ich erwachte, wußte ich, daß es zu spät war. Ich zog einen Mantel von Cohn an und ging hinaus auf den Balkon. Unten die enge Straße war leer. Alle Balkons waren mit Leuten überfüllt. Plötzlich kam ein Haufen Menschen die Straße herunter. Sie rannten alle, dicht gedrängt. Sie kamen vorbei und liefen die Straße zu nach dem Toril, und hinter ihnen kamen mehr Leute, die noch schneller liefen, und dann ein paar Nachzügler, die wirklich rannten. Hinter ihnen war ein kleiner, freier Zwischenraum, und dann galoppierten die Stiere heran, ihre Köpfe auf und ab werfend. Alles verschwand außer Sicht. Ein Mann fiel hin, rollte in den Rinnstein und lag unbeweglich da. Aber die Stiere liefen stracks weiter und bemerkten ihn nicht. Sie rannten alle zusammen.

Nachdem sie außer Sicht waren, hörte man ein großes Gebrüll aus dem Toril. Es dauerte an. Dann schließlich den Paff einer Rakete, der bedeutete, daß die Stiere durch die Menschenmenge hindurch in die Arena und die Corrals gelaufen waren. Ich ging ins Zimmer zurück und ins Bett. Ich hatte auf dem steinernen Balkon mit nackten Füßen gestanden. Ich wußte, daß die ganze Clique draußen in der Arena gewesen war. Als ich wieder im Bett lag, schlief ich sofort ein.

Cohn weckte mich, als er nach Hause kam. Er fing an sich auszuziehen und ging und machte das Fenster zu, weil die Leute von dem Balkon des gegenüberliegenden Hauses uns in die Fenster sahen.

«Hast du alles gesehen?» fragte ich.

«Ja. Wir waren alle da.»

«Jemand verletzt worden?»

«Einer der Stiere geriet ins Publikum in der Arena und hat sechs oder acht Leute in die Luft geschleudert.»

«Wie fand es Brett?»

«Es ging alles so schnell, daß es überhaupt niemand berührt hat.»

«Schade, daß ich nicht auf war.»

«Wir wußten gar nicht, wo du warst. Wir waren an deiner Tür, aber sie war verschlossen.»

«Wo wart ihr die Zeit über?»

«Wir haben getanzt.»

«Ich war zu müde», sagte ich.

«Himmel! Bin ich jetzt müde», sagte Cohn. «Hört dies denn überhaupt nicht auf?»

«Nicht vor einer Woche.»

Bill machte die Tür auf und streckte seinen Kopf herein.

«Wo warst du denn, Jake?»

«Ich habe sie vom Balkon aus vorbeikommen sehen. Wie war's?»

«Fabelhaft.»

«Wo gehst du hin?»

«Schlafen.»

Vor Mittag war keiner auf. Wir aßen an einem von den Tischen, die man unter die Arkaden gestellt hatte. Die Stadt war voller Leute. Wir mußten auf einen Tisch warten. Nach Tisch gingen wir hinüber ins *Iruña*. Es füllte sich, und als die Zeit der Stierkämpfe näher kam, wurde es voller, und die Tische waren dicht besetzt. In der Luft war ein dichtes, gedrängtes Summen, wie jeden Tag vor einem Stierkampf. Das Café machte zu keiner anderen Zeit dieses Geräusch, ganz gleich, wie überfüllt es auch sein mochte. Das Summen hielt an, und wir saßen da und waren ein Teil davon.

Ich hatte sechs Plätze für alle Kämpfe genommen. Drei davon waren *barreras*, erste Reihe, erster Ring, und drei *sobrepuertos*, Sitze mit hölzernen Lehnen auf halber Höhe des Amphitheaters. Mike fand, daß Brett das erste Mal lieber hoch oben sitzen sollte, und

Cohn wollte sich zu ihnen setzen. Bill und ich sollten auf den *barreras* sitzen, und ich gab dem Kellner das übriggebliebene Billett zum Verkaufen. Bill gab Cohn Ratschläge, wie er sich benehmen und wo er hinsehen sollte, damit ihm die Pferde nicht leid täten. Bill hatte eine ganze Saison Stierkämpfe hinter sich.

«Ich habe keine Angst, wie ich es überstehen werde», sagte Cohn, «ich habe nur Angst, daß es mich langweilen wird.»

«Glaubst du?»

«Sieh nicht die Pferde an, nachdem der Stier sie aufgeschlitzt hat», sagte ich zu Brett. «Sieh zu, wenn er angreift, und sieh zu, wie der Picador versucht, den Stier abzuwehren, aber dann sieh erst wieder hin, wenn das Pferd tot ist, falls es verwundet worden ist.»

«Mir ist ein bißchen schwummerig», sagte Brett. «Wer weiß, ob ich es aushalten kann.»

«Du wirst es schon aushalten. Dir wird nur der Teil mit den Pferden schrecklich sein, und sie sind ja bei jedem Stier nur ein paar Minuten drin. Sieh eben einfach nicht hin, wenn es schlimm wird.»

«Es wird schon gehen», sagte Mike. «Ich werd schon auf sie aufpassen.»

«Ich glaub nicht, daß du dich langweilen wirst», sagte Bill.

«Ich geh rüber zum Hotel und hol die Ferngläser und den Weinbeutel», sagte ich. «Ich treff euch gleich hier. Beschwipst euch nicht inzwischen.»

«Ich komm mit», sagte Bill. Brett lächelte uns zu.

Wir gingen unter den Arkaden entlang, um die Hitze auf dem Platz zu vermeiden.

«Dieser Cohn ist unerträglich», sagte Bill. «Seine jüdische Überlegenheit ist so stark, daß er glaubt, daß er nichts als Langeweile von dem Kampf haben wird.»

«Wir werden ihn mit den Ferngläsern beobachten», sagte ich.

«Zum Teufel mit ihm.»

«Da verbringt er eine Menge Zeit.»

«Sollte dableiben.»

Auf der Treppe im Hotel trafen wir Montoya.

«Kommen Sie», sagte Montoya. «Wollen Sie Pedro Romero kennenlernen?»

«Großartig», sagte Bill. «Wo ist er?»

Wir folgten Montoya die Treppe hinauf und einen Korridor entlang.

«Er wohnt in Zimmer acht», erklärte Montoya. «Er zieht sich zum Kampf um.»

Montoya klopfte an die Tür und öffnete sie. Es war ein düsteres Zimmer; durch das Fenster, das auf die enge Straße ging, fiel nur wenig Licht herein. Es hatte zwei Betten, die durch eine klösterliche Scheidewand getrennt waren. Das elektrische Licht brannte. Der Junge stand sehr gerade und ohne zu lächeln in seinem Stierkämpferanzug da. Seine Jacke hing über einer Stuhllehne. Sie waren gerade dabei, ihm die Schärpe umzuwinden. Sein schwarzes Haar glänzte unter dem elektrischen Licht. Er trug ein weißes Leinenhemd, und der Degenträger befestigte das Ende seiner Schärpe, stand auf und trat einen Schritt zurück. Pedro Romero nickte, er schien mit seinen Gedanken sehr weit weg und machte einen würdigen Eindruck, als er uns die Hand gab. Montoya sagte, daß wir leidenschaftliche *aficionados* seien und daß wir ihm Glück wünschen wollten. Romero hörte sehr ernst zu.

Dann wandte er sich zu mir. Er war der bestaussehende Junge, der mir je begegnet ist.

«Sie gehen zum Stierkampf», sagte er auf englisch.

«Sie können Englisch?» sagte ich und fühlte mich wie ein Idiot.

«Nein», sagte er und lächelte.

Einer der drei Männer, die bisher auf den Betten gesessen hatten, kam näher und fragte, ob wir Französisch sprächen. «Wollen Sie, daß ich es verdolmetsche? Wollen Sie Pedro Romero irgendwas fragen?»

Wir dankten ihm. Was sollte man ihn schon fragen? Der Junge war neunzehn Jahre alt, allein bis auf seinen Degenträger und die drei Anhänger, und der Stierkampf sollte in zwanzig Minuten losgehen. Wir wünschten ihm *mucha suerte*, schüttelten ihm die Hand und gingen hinaus. Er stand da, gerade und gutaussehend und ganz für sich allein, allein in dem Zimmer mit seinen Anhängern, als wir die Tür schlossen.

«Ein feiner Junge, nicht wahr?» fragte Montoya.

«Gut aussehender Kerl», sagte ich.

«Er sieht wie ein Torero aus», sagte Montoya. «Ganz der Typ.»

«Ein feiner Junge.»

«Wir wollen sehen, wie er in der Arena ist», sagte Montoya.

Wir fanden den großen, ledernen Weinbeutel an der Wand meines Zimmers gelehnt, nahmen ihn und die Feldstecher, schlossen die Tür ab und gingen hinunter.

Es war ein guter Stierkampf. Bill und ich regten uns sehr wegen Pedro Romero auf. Montoya saß ungefähr zehn Plätze von uns entfernt. Nachdem Romero den ersten Stier getötet hatte, fing ich Montoyas Blick auf, der mir zunickte. Das war einer! Schon lange hatte es keinen mehr gegeben. Von den anderen beiden Matadoren war der eine recht gut und der andere ging an. Aber mit Romero war gar kein Vergleich, obschon keiner seiner Stiere viel taugte.

Mehrere Male während des Stierkampfs sah ich mit dem Fernglas zu Mike, Brett und Cohn hinauf. Es schien alles in Ordnung. Brett sah wie sonst aus. Alle drei lehnten sich auf die Betonbrüstung vor ihnen.

«Gib mir das Fernglas», sagte Bill.

«Sieht Cohn gelangweilt aus?» fragte ich.

«Dieser Itzig.»

Außerhalb der Arena konnte man, nachdem der Stierkampf vorüber war, sich nicht bewegen. Wir konnten uns nicht durchdrängen, sondern mußten uns langsam in der Menge, die sich wie ein Gletscher der Stadt zuschob, fortbewegen. Wir fühlten unser Gleichgewicht gestört, das war immer so nach einem Stierkampf, und außerdem hatte man ein Gefühl froher Erregung, das immer auf einen guten Stierkampf folgt. Die Fiesta nahm ihren Lauf. Die Trommeln dröhnten, und die Pfeifenmusik schrillte, und überall war das Hin und Her der Menge durch Tanzende unterbrochen. Die Tänzer waren alle inmitten der Menge, so daß man nicht das komplizierte Spiel der Füße beobachten konnte. Alles, was man sehen konnte, waren die Köpfe und Schultern, die auf und ab wogten, auf und ab. Schließlich waren wir aus dem Gewühl heraus und gingen zum Café. Der Kellner reservierte Stühle für die anderen, und jeder von uns bestellte einen Absinth, und dann beobachteten wir die Menge und die Tänzer auf dem Platz.

«Was ist denn das für ein Tanz?» fragte Bill.

«Eine Art Jota.»

«Es ist nicht immer dasselbe. Sie tanzen zu jeder Melodie etwas anderes», sagte Bill.

«Sie tanzen fabelhaft.»

Direkt vor uns auf einem freien Stück Straße tanzten ein paar Jungens. Die Schritte waren sehr kompliziert, und ihre Gesichter hatten einen gesammelten und gespannten Ausdruck. Sie sahen alle zur Erde, während sie tanzten. Ihre Schuhe, deren Sohlen aus Tauen geflochten waren, klopften und spritzten auf dem Pflaster. Ihre Zehen, ihre Hacken, ihre Fußballen berührten den Boden. Plötzlich brach die Musik wild ab, die Vorführung war zu Ende, und sie tanzten alle weiter auf der Straße entlang.

«Da kommt der Adel», sagte Bill.

Sie kamen über den Damm.

«Hallo, Leute!» sagte ich.

«Hallo, Kinder!» sagte Brett. «Ihr habt uns Plätze reserviert? Wie nett von euch.»

«Wißt ihr», sagte Mike, «dieser Romero, oder wie er heißt, das ist eine Nummer. Hab ich recht?»

«Ja, ist er nicht schön?» sagte Brett. «Und seine grüne Hose.»
«Brett konnte sich an ihr gar nicht satt sehen.»
«Hör mal, morgen mußt du mir dein Fernglas borgen.»
«Wie ist es denn gewesen?»
«Glänzend. Einfach großartig. Wißt ihr, das ist ein Schauspiel.»
«Und das mit den Pferden?»
«Ich mußte die ganze Zeit über hinsehen.»
«Sie konnte die Augen nicht von ihnen losreißen», sagte Mike. «Sie ist ein außergewöhnliches Frauenzimmer.»
«Es ist schon ziemlich ekelhaft, was mit ihnen geschieht», sagte Brett. «Aber trotzdem konnte ich nicht wegsehen.»
«Nicht elend gefühlt?»
«Nein, hab mich gar nicht schlecht gefühlt.»
«Aber Robert Cohn», warf Mike ein. «Du warst ganz grün, Robert.»
«Das erste Pferd war gräßlich», sagte Cohn.
«Du hast dich also nicht gelangweilt?» fragte Bill.
Cohn lachte.
«Nein. Es war nicht langweilig. Ich hoffe, ihr nehmt's mir nicht weiter übel, daß ich das gesagt habe.»
«Alles gut und schön», sagte Bill, «solange du dich nicht gelangweilt hast.»
«Er sah nicht gelangweilt aus. Ich dachte, ihm würde schlecht werden.»
«So schlecht hab ich mich nicht gefühlt. Es war nur ein Augenblick.»
«Ich dachte, ihm würde schlecht werden. Du hast dich also nicht gelangweilt, Robert, nicht wahr?»
«Laß gut sein, Mike, ich hab doch gesagt, daß es mir leid tut, daß ich es gesagt habe.»
«Ihm war schlecht, wißt ihr. Er war absolut grün.»
«Also hör schon auf, Michael.»
«Du sollst dich nicht bei deinem ersten Stierkampf langweilen, Robert», sagte Mike. «Es kann direkt unangenehm werden.»
«Hör schon auf, Michael», sagte Brett.
«Er hat gesagt, Brett sei sadistisch», sagte Mike. «Brett ist keine Sadistin. Sie ist einfach ein herrliches, gesundes Frauenzimmer.»
«Bist du eine Sadistin, Brett?» fragte ich.
«Hoffentlich nicht.»
«Er hat gesagt, Brett sei sadistisch, einfach weil sie einen guten, gesunden Magen hat.»
«Wird nicht lange anhalten.»
Bill lenkte Mike von Cohn ab. Der Kellner brachte die Absinth-

gläser.

«Mochtest du es wirklich?» fragte Bill Cohn.

«Nein, ich kann nicht behaupten, daß es mir gefallen hat. Aber es ist ein wunderbares Schauspiel.»

«Herrje, was für ein Schauspiel!» sagte Brett.

«Mir wär's lieber, die Geschichte mit den Pferden fiele weg», sagte Cohn.

«Es ist ja unwichtig», sagte Bill. «Nach einer kurzen Zeit merkt man gar nicht mehr, daß es widerwärtig ist.»

«So im Anfang ist es ein bißchen toll», sagte Brett. «Das ist ein schrecklicher Augenblick, wenn sich der Stier direkt auf das Pferd stürzt.»

«Die Stiere waren gut», sagte Cohn.

«Sie waren ausgezeichnet», sagte Mike.

«Nächstes Mal will ich unten sitzen.» Brett trank aus ihrem Absinthglas.

«Sie will die Stierkämpfer in der Nähe sehen», sagte Mike.

«Sie sind schon was», sagte Brett. «Dieser Romerojunge ist ein richtiges Kind.»

«Er sieht verdammt gut aus», sagte ich. «Als wir bei ihm auf seinem Zimmer waren, ich muß sagen – ich habe nie einen besser aussehenden Burschen gesehen.»

«Für wie alt hältst du ihn?»

«Neunzehn oder zwanzig.»

«Sieh mal an.»

Der Stierkampf am zweiten Tag war viel besser als der am ersten. Brett saß zwischen Mike und mir an der *barrera*, und Bill und Cohn gingen nach oben. Romero machte das Ganze. Ich glaube, Brett sah überhaupt nur ihn. Den anderen, bis auf die ganz hartgesottenen Sachverständigen, ging es ebenso. Romero war alles. Es fochten außer ihm noch zwei Matadore, aber sie zählten nicht. Ich saß neben Brett und erklärte ihr, worum es sich handelte. Ich sagte ihr, sie solle den Stier und nicht das Pferd beobachten, wenn die Stiere die Picadores angriffen, und sah zu, daß sie beobachtete, wie der Picador die Spitze seiner Lanze placierte, damit das Ganze eine Sache mit einem Ziel wurde und nicht nur ein Schauspiel mit unerklärlichen Grausamkeiten blieb. Ich machte sie darauf aufmerksam, wie Romero mit seiner *capa* den Stier von einem gefallenen Pferd abzog und wie er ihn mit der *capa* hielt und ihn geschmeidig und anmutig herumdrehte, ohne dem Stier etwas zu tun. Sie sah, wie Romero jede schroffe Bewegung vermied und seine Stiere für das Ende aufsparte, wenn er sie nicht fertig und abgekämpft, sondern ermüdet haben wollte. Sie sah, wie nah Romero immer an dem Stier arbeitete, und ich zeigte ihr die Tricks, die die anderen Stierkämpfer benutzten, damit es aussah, als ob sie nah daran arbeiteten. Ihr wurde klar, warum sie die *capa*-Arbeit von Romero mochte und die der anderen nicht.

Bei Romero gab es keine Verzerrungen, es war immer alles gerade, rein und natürlich in der Linie. Die anderen wanden sich wie Korkenzieher, mit hochgehobenen Ellbogen, und lehnten sich an die Flanke des Stiers, wenn seine Hörner vorbei waren, damit es gefährlich aussehen sollte. Nachher merkte man schon, was Schwindel gewesen war, es gab einem ein unangenehmes Gefühl. Romeros Stierkampf gab allem innere Spannung, weil er die absolute Reinheit der Linie seiner Bewegungen bewahrte und immer ruhig und glatt die Hörner ganz dicht an sich vorbeiließ. Er brauchte die Nähe nicht zu betonen. Brett sah, daß das, was schön war, wenn es nahe am Stier geschah, weiter ab lächerlich wurde. Ich erzählte ihr, daß seit dem Tod von Joselito alle Stierkämpfer die Technik entwickelt hatten, Gefahr vorzutäuschen, um eine falsche Erregung zu verursachen, während der Stierkämpfer sich in Wirklichkeit in Sicherheit befand. Romero war alte Schule, er hielt seine reine Linie dadurch, daß er sich im höchsten Maß der Gefahr aussetzte, während er den Stier dadurch beherrschte, daß er ihm zu verstehen gab, daß er unerreichbar sei, während er ihn auf den Tod vorbereitete.

«Ich habe keine ungeschickte Bewegung an ihm gesehen», sagte Brett.

«Wirst du auch nicht, so lange er keine Angst hat», sagte ich.

«Der wird keine Angst haben», sagte Mike. «Er weiß zu verdammt viel.»

«Er wußte alles, als er anfing. Das kann keiner lernen, das ist bei ihm angeboren.»

«Und wie er aussieht», sagte Brett.

«Ich nehme an, du weißt, daß sie sich in diesen Stierkämpferburschen verliebt hat», sagte Mike.

«Würde mich gar nicht wundern.»

«Sei ein guter Kerl, Jake, und erzähl ihr nichts über ihn. Erzähl ihr, daß Stierkämpfer gewöhnlich ihre alten Mütter verprügeln.»

«Erzähl mir, daß sie Trunkenbolde sind.»

«Einfach schrecklich», sagte Mike. «Den ganzen Tag betrunken und verprügeln unentwegt ihre alten Mütter.»

«So sieht er aus», sagte Brett.

«Nicht wahr?» sagte ich.

Sie hatten die Maultiere an den toten Stier gebunden, und dann pfiff die Peitsche durch die Luft, die Männer liefen, und die Esel galoppierten mit gestreckten Beinen, und der Stier, dessen eines

Horn hochstand, den Kopf auf der Seite, fegte glatt über den Sand und durch das rote Tor hinaus.

«Der nächste ist der letzte.»

«Ach nein», sagte Brett. Sie lehnte sich über die *barrera.* Romero winkte seine Picadores auf ihre Plätze, dann stand er, seine *capa* gegen die Brust haltend, und sah durch die Arena dorthin, wo der Stier herauskommen mußte.

Nachdem es vorbei war, gingen wir hinaus und wurden in dem Gewühl eingequetscht.

«Diese Stierkämpfer haben's in sich», sagte Brett. «Ich fühl mich wie eine ausgepreßte Zitrone.»

«Kriegst gleich was zu trinken», sagte Mike.

Am nächsten Tag kämpfte Pedro Romero nicht. Es waren Miura-Stiere und ein sehr schlechter Stierkampf. Am Tag darauf war kein Stierkampf angesetzt. Aber Tag und Nacht nahm die Fiesta ihren Lauf.

9

Am Morgen regnete es. Von der See her stieg der Nebel über die Berge. Die Spitzen der Berge waren unsichtbar. Das Plateau war leblos und trübe, und die Bäume und Häuser sahen ganz anders aus als vorher. Ich ging vor die Stadt hinaus, um mir das Wetter anzusehen. Das schlechte Wetter kam vom Meer über das Gebirge.

Die Fahnen auf dem Platz hingen triefend von den weißen Pfosten, und die Banner waren durchnäßt und hingen feucht gegen die Fassaden der Häuser, und zwischen einem feinen Sprühregen fiel schwerer Regen herab und jagte alle unter die Arkaden und machte Wasserpfützen auf dem Platz und die Straßen naß und dunkel und verlassen; doch die Fiesta nahm ohne Pause ihren Fortgang. Nur unter Dach und Fach.

Die gedeckten Plätze der Arena waren von Leuten überfüllt, die vom Regen geschützt den Wettkampf der baskischen und navarresischen Tänzer und Sänger mitmachen wollten. Nachher tanzten die Val Carlos-Tänzer in ihren Kostümen im Regen die Straße hinunter, und die Trommeln klangen hohl und feucht, und die Anführer der Gruppen ritten auf ihren großen, schwerhufigen Gäulen vorneweg, und ihre Kostüme und die Satteldecken der Pferde troffen vom Regen. Die Menge war in den Cafés, und auch die Tänzer kamen herein und setzten sich hin, streckten ihre festgewickelten weißen Beine unter die Tische, schüttelten das Wasser von ihren mit Schellen geschmückten Kappen und breiteten ihre roten und lila Jacken zum Trocknen über ihre Stühle aus. Draußen goß es in Strömen.

Ich verließ die Menge und ging hinüber ins Hotel, um mich zum Essen zu rasieren. Ich rasierte mich gerade, als jemand an meine Tür klopfte. Ich rief: «Herein.»

Montoya kam herein.

«Wie geht es Ihnen?» fragte er.

«Glänzend», sagte ich.

«Heute gibt's keine Stiere.»

«Nein», sagte ich. «Nichts als Regen.»

«Wo sind denn Ihre Freunde?»

«Drüben im *Iruña.*»

Montoya lächelte sein befangenes Lächeln.

«Sagen Sie», fing er an, «kennen Sie eigentlich den amerikanischen Botschafter?»

«Ja», sagte ich. «Den amerikanischen Botschafter kennt doch jedes Kind.»

«Er ist in der Stadt.»

«Ja», sagte ich. «Wir sahen ihn.»

«Ich hab ihn auch gesehen», sagte Montoya. Er schwieg, und ich rasierte mich weiter.

«Setzen Sie sich doch. Ich laß was zu trinken kommen.»

«Nein, ich muß gehen.»

Ich rasierte mich zu Ende, steckte mein Gesicht dann in die Waschschüssel und wusch es mit kaltem Wasser. Montoya stand verlegen da und sah noch verlegener als sonst aus. Er wollte mir irgend etwas sagen.

«Sehen Sie», sagte er. «Ich hab eben eine Botschaft aus dem *Grand Hôtel* bekommen, daß sie Pedro Romero und Marcial Lalanda heute abend zum Mokka nach dem Diner erwarten.»

«Na», sagte ich. «Das kann ja Marcial nicht schaden.»

«Marcial ist den ganzen Tag über in San Sebastián. Er ist mit Marquez heute früh im Auto hingefahren. Ich glaube nicht, daß sie heute abend zurück sind.»

Montoya stand verlegen da. Er wollte, daß ich etwas sagte.

«Bestellen Sie es Romero nicht», sagte ich.

«Glauben Sie, daß das geht?»

«Aber natürlich.»

Montoya war sehr befriedigt.

«Ich wollte Sie fragen, weil Sie Amerikaner sind», sagte er.

«Das würde ich an Ihrer Stelle tun.»

«Sehen Sie», sagte Montoya, «die Leute nehmen so einen Jungen und wissen nicht, wie wertvoll er ist. Sie wissen nicht, was in ihm steckt. Jeder Fremde kann ihm schmeicheln. Sie fangen solche Sachen wie die im *Grand Hôtel* an, und in einem Jahr ist er erledigt.»

«Wie Algabeno», sagte ich.

«Ja, wie Algabeno.»

«Es ist eine feine Gesellschaft», sagte ich. «Jetzt ist eine Amerikanerin hier, die Stierkämpfer sammelt.»

«Ich weiß. Sie mögen nur die jungen.»

«Ja», sagte ich, «die alten werden dick.»

«Oder verrückt, wie Gallo.»

«Na», sagte ich, «es ist ja sehr einfach. Sie bestellen ihm die Einladung einfach nicht.»

«Er ist so ein feiner Junge», sagte Montoya. «Er sollte bei seinen Leuten bleiben. Er sollte sich nicht auf all das einlassen.»

«Wollen Sie nichts trinken?» fragte ich.

«Nein», sagte Montoya, «ich muß jetzt gehen.» Er ging.

Ich ging hinunter ins Freie und machte einen Spaziergang durch die Arkaden um den Platz herum. Es regnete immer noch. Ich sah ins *Iruña* hinein, aber meine Leutchen waren nicht da; dann ging ich weiter um den Platz herum und zum Hotel zurück. Sie aßen unten im Speisesaal zu Abend.

Sie hatten einen großen Vorsprung, und es war unmöglich, sie noch einzuholen. Bill kaufte Schuhglanz für Mike. Ein Stiefelputzer nach dem andern öffnete die Tür, die von der Straße hereinführte, und Bill ließ jeden hereinkommen und Mike bearbeiten.

«Dies ist das elfte Mal, daß meine Schuhe geputzt werden», sagte Mike. «Wahrhaftig, Bill ist ein Esel.»

Die Stiefelputzer hatten anscheinend die Kunde verbreitet. Schon wieder kam einer.

«Limpia botas?» sagte er zu Bill.

«Nein», sagte Bill. «Für diesen Señor hier.»

Der Stiefelputzer kniete neben dem, der gerade bei der Arbeit war, hin und fing mit Mikes freiem Schuh an, der in dem elektrischen Licht bereits strahlte und glänzte.

«Bill ist zum Brüllen», sagte Mike.

Ich trank Rotwein und war so weit hinter den anderen zurück, daß mir all dieser Schuhglanz ein bißchen unbehaglich war. Ich sah mich im Zimmer um. Am Nebentisch saß Pedro Romero. Er stand auf, als ich ihm zunickte, und bat mich an seinen Tisch, um mir einen seiner Freunde vorzustellen. Sein Tisch stand neben unserem, berührte ihn beinahe. Ich lernte den Freund kennen, einen Madrider Stierkampfkritiker, einen kleinen Mann mit einem verzerrten Gesicht. Ich sagte Romero, wie gut mir seine Arbeit gefallen habe, und er freute sich sehr darüber. Wir sprachen Spanisch, der Kritiker konnte auch ein bißchen Französisch. Ich langte auf unseren Tisch hinüber nach meiner Weinflasche, aber der Kritiker ergriff mich am Arm. Romero lachte.

«Sie müssen bei uns trinken», sagte er auf englisch.

Er war sehr schüchtern mit seinem Englisch, aber in Wirklichkeit war er stolz darauf, und als wir weitersprachen, benutzte er Worte, deren Bedeutung er nicht genau kannte, und befragte mich danach. Er wollte zu gern die genaue Übersetzung für *corrida de toros* wissen. Stierkampf erschien ihm verdächtig. Ich erklärte ihm, daß Stierkampf auf spanisch *lidia de toros* sei. Das spanische Wort *corrida* ist auf englisch das *running of bulls*, die französische Übersetzung lautet *course de taureaux*. Das flocht der Kritiker ein. Im Spanischen gibt es kein Wort für Stierkampf.

Pedro Romero erzählte, daß er ein wenig Englisch in Gibraltar erlernt habe. Er war in Ronda geboren. Das liegt nicht weit oberhalb von Gibraltar. Er hatte in Málaga in der Stierkämpferschule gelernt. Er war drei Jahre dort gewesen. Der Stierkampfkritiker zog ihn wegen seiner vielen Malageser Ausdrücke auf, die er ständig benutzte. Er sagte, er sei neunzehn Jahre alt. Sein älterer Bruder begleitete ihn als Banderillero, aber er wohnte nicht im selben Hotel. Er wohnte mit den anderen Leuten, die im Dienst von Romero standen, in einem kleineren Hotel. Er fragte mich, wie oft ich ihn in der Arena gesehen hatte. Ich sagte ihm, erst dreimal. Eigentlich nur zweimal, aber ich wollte keine langen Auseinandersetzungen, nachdem ich einmal den Irrtum begangen hatte.

«Wo haben Sie mich das andere Mal gesehen? In Madrid?»

«Ja», log ich . . . Ich hatte die Berichte über sein zweimaliges Auftreten in den Stierkampfzeitungen gelesen, also konnte mir nicht viel mit Madrid passieren.

«Das erste oder das zweite Mal?»

«Das erste.»

«Ich war sehr schlecht», sagte er. «Das zweite Mal war ich besser. Erinnern Sie sich noch?» Er wandte sich an den Kritiker.

Er war gar nicht verlegen. Er sprach von seiner Arbeit wie von etwas, was ganz gesondert von seiner Person existierte. Es war nichts Eingebildetes oder Prahlerisches in seiner Art.

«Ich freue mich sehr, daß Ihnen meine Arbeit gefällt», sagte er. «Aber Sie haben noch nichts gesehen. Morgen will ich versuchen, Ihnen etwas zu zeigen, falls ich einen guten Stier bekomme.»

Als er dies sagte, lächelte er besorgt, daß ich oder der Stierkampfkritiker ihn für einen Aufschneider halten mochten.

«Ich bin sehr begierig darauf», sagte der Kritiker. «Ich würde mich gern überzeugen lassen.»

«Er macht sich nicht viel aus meiner Arbeit.» Romero wandte sich an mich. Er meinte es ernst.

Der Kritiker erklärte, daß er alles sehr gut gefunden hätte, es aber bisher unvollständig sei.

«Warten Sie nur bis morgen. Wenn ein Guter rauskommt!»

«Haben Sie die Stiere für morgen gesehen?» fragte mich der Kritiker.

«Ja, ich sah, wie sie ausgeladen wurden.»

Pedro Romero beugte sich vornüber.

«Was halten Sie von ihnen?»

«Sie sind gut», sagte ich. «Ungefähr 26 Arrobas. Sehr kurze Hörner. Haben Sie sie denn nicht gesehen?»

«O doch», sagte Romero.

«Werden nicht 26 Arrobas sehr schwer sein?» fragte der Kritiker.

«Nein», sagte Romero.

«Sie haben Bananen an Stelle von Hörnern», sagte der Kritiker.

«Sie nennen das Bananen?» fragte Romero. Er wandte sich an mich und lächelte. «Sie würden das doch nicht Bananen nennen?»

«Nein, sagte ich. «Sind schon ganz richtige Hörner.»

«Sie sind sehr kurz», sagte Pedro Romero. «Sehr, sehr kurz. Aber doch keine Bananen.»

«Hör mal, Jake», rief Brett vom Nebentisch, «du läßt uns ja schön im Stich.»

«Nur zeitweilig. Wir sprechen über Stiere», sagte ich.

«Hab dich man nicht so.»

«Sag ihm, daß die Stiere keine Hoden haben», schrie Mike. Er war betrunken.

Romero sah ihn fragend an.

«Besoffen», sagte ich. *«Borracho! Muy borracho!»*

«Du könntest uns mit deinen Freunden bekannt machen», sagte Brett. Sie hatte Pedro Romero keinen Moment aus den Augen gelassen. Ich fragte sie, ob sie ihren Kaffee mit uns trinken wollten. Sie standen beide auf. Romeros Gesicht war sehr braun. Er hatte sehr gute Manieren.

Ich stellte sie allen vor, und sie wollten sich hinsetzen, aber es war nicht genug Platz, darum zogen wir alle an den großen Tisch an der Wand hinüber, um unseren Kaffee dort zu trinken. Mike bestellte eine Flasche Fundador und Gläser für alle. Es wurde viel besoffenes Zeug geredet.

«Sag ihm, daß ich Schreiben verächtlich finde», sagte Bill. «Los, sag's ihm. Sag ihm, daß ich mich schäme, daß ich Schriftsteller bin.»

Pedro Romero saß neben Brett und hörte ihr zu.

«Los, sag's ihm schon», sagte Bill.

Romero sah lächelnd auf.

«Dieser Herr», sagte ich, «ist ein Schriftsteller.»

Romero schien das zu imponieren. «Der auch», sagte ich und zeigte auf Cohn.

«Er sieht wie Villalta aus», sagte Romero, indem er Bill ansah. «Raffael, sieht er nicht wie Villalta aus?»

«Ich seh's nicht», sagte der Kritiker.

«Aber wirklich», sagte Romero auf spanisch. «Er sieht Villalta sehr ähnlich. Und was macht der Betrunkene?»

«Nichts.»

«Trinkt er darum?»

«Nein. Er will diese Dame hier heiraten.»

«Sag ihm, daß die Stiere keine Hoden haben», brüllte Mike sehr betrunken vom anderen Ende des Tischs.

«Was sagt er?»

«Er ist betrunken.»

«Jake», rief Mike, «sag ihm, daß die Stiere keine Hoden haben.»

«Verstehen Sie?» fragte ich.

«Ja.»

Ich war überzeugt davon, daß er nichts verstanden hatte, also war alles in Ordnung.

«Sag ihm, daß Brett zusehen will, wenn er seine grüne Hose anzieht.»

«Halt den Mund, Mike.»

«Sag ihm, daß Brett wahnsinnig neugierig ist, wie er in diese grüne Hose reinkommt.»

«Halt den Mund.»

Währenddessen hatte Romero mit seinem Glas gespielt und sich mit Brett unterhalten. Brett sprach Französisch, und er sprach Spanisch und ein bißchen Englisch und lachte.

Bill füllte die Gläser.

«Sag ihm, daß Brett gerne –»

«Um Gottes willen, Mike, halt den Mund.»

Romero sah lächelnd auf. «Halt den Mund, das verstehe ich», sagte er.

In dem Moment kam Montoya ins Zimmer. Er wollte mir gerade zulächeln, aber da sah er Pedro Romero, mit einem großen Glas Cognac in der Hand, lachend zwischen mir und einer Frau mit nackten Schultern an einem Tisch mit lauter Betrunkenen sitzen. Er nickte nicht einmal.

Montoya ging aus dem Zimmer. Mike war aufgestanden und brachte einen Toast aus. «Laßt uns alle auf –» fing er gerade an. «Pedro Romero trinken», sagte ich. Alle standen auf. Romero nahm es sehr feierlich, und wir stießen an und tranken aus, und ich beschleunigte die ganze Sache, weil Mike sich Mühe gab, allen klarzumachen, daß das gar nicht das gewesen war, worauf er hatte trinken wollen. Aber auch dies ging gut vorüber, und Pedro Romero schüttelte jedem einzelnen die Hand, und er und der Kritiker gingen zusammen hinaus.

«Mein Gott, ist das ein Prachtkerl», sagte Brett. «Und wie gern ich zusehen würde, wenn er in seine Kleidung steigt. Er muß einen Schuhanzieher dazu benutzen.»

«Ich wollte es ihm gerade sagen», sagte Mike. «Aber Jake hat mich die ganze Zeit über unterbrochen. Warum unterbrichst du mich in einem fort? Glaubst du, daß du besser Spanisch sprichst als ich?»

«Hör schon auf, Mike! Kein Mensch hat dich unterbrochen.»

«Nein? Das möchte ich doch gern klargestellt haben.» Er wandte sich von mir ab. «Glaubst du, daß du das geringste taugst, Cohn? Glaubst du, daß du hier zu uns gehörst? Zu Leuten, die sich amüsieren wollen? Um Himmels willen, Cohn, mach nicht solchen Lärm.»

«Ach, Mike, laß es gut sein», sagte Cohn.

«Glaubst du, daß Brett dich hier gern sieht? Glaubst du, daß du was zum Vergnügen bei – Warum sagst du denn nichts?»

«Alles, was ich zu sagen habe, habe ich neulich gesagt, Mike.»

«Ich bin keiner von euch Literaturpinseln», sagte Mike, stand unsicher auf und lehnte sich gegen den Tisch. «Ich bin nicht gescheit. Aber ich weiß, wenn man mich nicht haben will. Warum merkst du nie, wenn man dich nicht will, Cohn? Geh weg, geh schon weg, um alles in der Welt – geh weg. Laß dein trauriges jüdisches Gesicht verschwinden. Hab ich nicht recht?»

Er sah uns an.

«Gewiß», sagte ich. «Kommt, wir wollen rüber ins *Iruña* gehen.»

«Nein. Findet ihr nicht, daß ich recht habe? Ich liebe diese Frau.»

«Ach, fang nicht wieder damit an. Laß schon gut sein, Michael», sagte Brett.

«Jake, findest du nicht, daß ich recht habe?»

Cohn saß noch immer am Tisch. Sein Gesicht hatte den gelben, bleichen Ausdruck angenommen wie immer, wenn er beleidigt wurde, aber irgendwie schien es ihm angenehm zu sein. Das Kindische, Trunken-Heroische daran. Er hatte eine Affäre mit einer adligen Dame gehabt.

«Jake», sagte Mike. Er weinte beinahe. «Du weißt, daß ich recht habe. Paß mal auf.» Er wandte sich wieder an Cohn. «Mach, daß du fortkommst. Mach, daß du fortkommst.»

«Aber ich denke gar nicht daran, Mike», sagte Cohn.

«Ich werde dir schon helfen.» Mike ging um den Tisch herum auf ihn los. Cohn stand auf und nahm seine Brille ab. Er stand abwartend da, mit bleichem Gesicht, seine Hände ziemlich tief haltend, stolz und aufrecht auf den Angriff wartend, bereit, sich für seine Herzensdame zu schlagen.

Ich packte Mike. «Komm rüber ins Café», sagte ich. «Du kannst ihn doch nicht hier im Hotel verprügeln.»

«Stimmt», sagte Mike. «Gute Idee.»

Wir gingen los. Ich sah zurück, sah, wie Mike die Stufen raufstolperte und wie Cohn sich seine Brille wieder aufsetzte. Bill saß am Tisch und schenkte sich noch ein Glas Fundador ein. Brett saß da und sah starr vor sich hin, ohne etwas zu sehen.

Draußen auf dem Platz regnete es nicht mehr und der Mond versuchte durch die Wolken zu dringen. Der Wind blies. Die Militärmusik spielte, und die Menge drängte sich auf dem entfernt liegenden Teil des Platzes, wo der Feuerwerksspezialist und sein Sohn sich mühten, feurige Ballons in die Luft steigen zu lassen. Einzelne Ballons stiegen schließlich ruckweise ganz schräg auf, wurden dann aber vom Wind erfaßt oder gegen die Häuser auf dem Platz getrieben. Manche fielen auch in die Menge. Das Magnesium flammte auf, und die Feuerwerkskörper explodierten und jagten in dem Gewühl hin und her. Jetzt tanzte niemand mehr auf dem Platz. Der Kies war zu naß.

Brett kam mit Bill heraus und auf uns zu. Wir standen in der Menge und sahen zu, wie Don Manuel Orquito, der Feuerwerkskönig, der auf einer kleinen Plattform hoch über den Köpfen der Menge stand, die Ballons sorgsam mit einem Stock in Bewegung setzte, um sie gut vom Stapel laufen zu lassen. Der Wind wehte sie alle herunter, und Don Manuel Orquitos Gesicht schwitzte im Licht seiner komplizierten Feuerwerkskörper, die in die Menge fielen und sprühend und krachend zwischen den Beinen der Leute losgingen und herumsprangen. Die Leute schrien bei jeder neuen Papierblase, die kenterte, Feuer fing und herabfiel.

«Die machen Don Manuel die Hölle heiß», sagte Bill.

«Woher weißt du, daß er Don Manuel heißt?» fragte Brett.

«Sein Name steht auf dem Programm: ‹Don Manuel Orquito, der *pirotecnico* von *esta ciudad*.›»

«Globos illuminados», sagte Mike. «Eine Sammlung von *globos illuminados*, laut Reklame.»

Der Wind wehte die Militärmusik hinweg.

«Wißt ihr, ich wünschte, einer würde richtig aufsteigen», sagte Brett. «Dieser Don Manuel-Mann kriegt die helle Wut.»

«Vielleicht hat er wochenlang gearbeitet, damit sie ‹Heil San Fermín› an den Himmel schreiben», sagte Bill.

«*Globos illuminados*», sagte Mike. «Ein ganzes Bündel verflixter *globos illuminados.*»

«Kommt weiter», sagte Brett. «Wir können hier nicht stehenbleiben.»

«Ihre Hoheit wünscht was zu trinken», sagte Mike.

«Du bist ein ganz Schlauer», sagte Brett.

Drinnen im Café war es sehr überfüllt und laut. Niemand bemerkte unser Erscheinen. Wir konnten keinen Tisch finden. Es war ein Höllenlärm.

«Wollen wir nicht lieber gehen?» sagte Bill.

Draußen unter den Arkaden war *paseo.* Ein paar Engländer und Amerikaner aus Biarritz saßen in ihren Sportanzügen verstreut an den Tischen. Ein paar Frauen starrten die Vorübergehenden durch ihre Lorgnons an. Wir hatten irgendwann eine Bekannte von Bill aus Biarritz aufgegabelt. Sie wohnte mit einer Freundin im *Grand Hôtel.* Die Freundin hatte Kopfweh und war zu Bett gegangen.

«Hier ist die Kneipe», sagte Mike. Es war die *Bar Milano*, eine kleine, wilde Bar, wo man auch essen konnte und wo in einem Hinterzimmer getanzt wurde. Wir setzten uns alle an einen Tisch und bestellten eine Flasche Fundador. Die Bar war nicht voll. Es war nichts los.

«Dies ist ein ödes Loch», sagte Bill.

«Es ist noch zu früh.»

«Wir wollen unsere Flasche mitnehmen und später wiederkommen», sagte Bill. «In einer solchen Nacht will ich meine Zeit nicht hier vertrödeln.»

«Ja, wir wollen gehen und die Engländer ansehen», sagte Mike. «Macht mir einen Heidenspaß, Engländer anzusehen.»

«Sie sind furchtbar», sagte Bill. «Wo sie nur alle herkommen?»

«Die kommen aus Biarritz», sagte Mike. «Sie kommen, um sich den letzten Tag der seltsamen kleinen spanischen Fiesta anzusehen.»

«Ich werd ihnen Feste zeigen», sagte Bill.

«Du bist ein außergewöhnlich hübsches Mädchen», wandte sich Mike an Bills Freundin. «Wann bist du angekommen?»

«Laß doch, Michael.»

«Ich finde aber, daß sie ein Prachtmädchen ist. Wo war ich nur? Wo hab ich die ganze Zeit meine Augen gehabt? Du bist ein reizendes Kind. Kennen wir uns schon von früher? Komm mit mir und Bill mit. Wir werden den Engländern feste Feste geben.»

«Ich werd's ihnen feste geben», sagte Bill. «Was, zum Teufel, suchen sie auf dieser Fiesta?»

«Gehen wir», sagte Mike. «Wir drei. Wir werden den Sauengländern feste Feste geben. Hoffentlich sind Sie keine Engländerin. Ich bin Schotte. Ich hasse die Engländer. Ich werd ihnen feste Feste zeigen. Los, Bill.»

Durch das Fenster sahen wir, wie sie alle drei Arm in Arm auf das Café zugingen. Auf dem Platz stiegen Raketen auf.

«Ich bleib hier», sagte Brett.

«Ich bleib bei dir», sagte Cohn.

«Nein», sagte Brett. «Um Gottes willen, geh weg. Siehst du denn nicht, daß Jake und ich etwas besprechen wollen?»

«Ich wußte es nicht», sagte Cohn. «Ich wollte gern hier sitzen bleiben, weil ich mich ein bißchen beschwipst fühle.»

«Schöner Grund, um mit anderen zusammensitzen zu wollen. Wenn du dich so fühlst, geh doch zu Bett. Geh doch zu Bett.»

«War ich grob genug zu ihm?» fragte Brett. Cohn war hinausgegangen. «Mein Gott, er ist mir so über.»

«Er trägt nicht viel zur Unterhaltung bei.»

«Er deprimiert mich.»

«Er hat sich sehr schlecht benommen.»

«Furchtbar schlecht. Er hatte die Möglichkeit, sich so gut zu benehmen.»

«Wahrscheinlich wartet er jetzt draußen vor der Tür.»

«Ja, das sähe ihm ähnlich. Weißt du, ich weiß, wie er sich fühlt. Er kann sich nicht denken, daß es nichts bedeutet.»

«Ich weiß.»

«Niemand sonst würde sich so schlecht benehmen. Ach, mir hängt die ganze Sache so zum Halse raus. Und Michael! Michael war auch entzückend.»

«Aber das war auch hart für Mike.»

«Ja, aber darum braucht er sich noch lange nicht wie ein Schwein aufzuführen.»

«Alle benehmen sich schlecht», sagte ich. «Man muß ihnen nur die Gelegenheit bieten.»

«Du würdest dich nicht schlecht benehmen.» Brett sah mich an.

«Ich würde genauso eselhaft sein wie Cohn», sagte ich.

«Liebling, wir wollen nicht so viel dummes Zeug reden.»

«Schön, reden wir, worüber du willst.»

«Sei doch nicht so. Du bist der einzige Mensch, den ich habe, und ich fühl mich heut abend so schrecklich.»

«Du hast doch Mike.»

«Ja, Mike, war er nicht reizend?»

«Na, es ist nicht zum Totlachen für Mike, immer Cohn dabeizuhaben und ihn mit dir zusammen zu sehen.»

«Aber ich weiß doch, Liebling. Bitte, mach mich nicht noch elender, als ich ohnehin schon bin.»

Brett war so nervös, wie ich sie noch nie gesehen hatte. Sie vermied mich anzusehen und stierte immer auf die Wand.

«Willst du spazierengehen?»

«Ja, komm.»

Ich korkte die Fundadorflasche zu und gab sie dem Barkellner zurück.

«Noch einen Schluck», sagte Brett. «Meine Nerven sind kaputt.»

Wir tranken beide noch ein Glas von dem sanften Amontillado-schnaps.

«Komm», sagte Brett.

Als wir aus der Tür traten, sah ich Cohn unter den Arkaden hervorkommen.

«Also da wär er wieder», sagte Brett.

«Er muß in deiner Nähe sein.»

«Armer Teufel.»

«Mir tut er nicht leid. Ich für meine Person hasse ihn.»

«Ich hasse ihn auch», bebte sie. «Ich hasse seine verdammte Leidensmiene.»

Wir gingen Arm in Arm durch die Seitenstraße, die von der Masse und den Lichtern des Platzes wegführte. Die Straße war naß und dunkel, und wir folgten ihr bis zu den Befestigungen am Rande der Stadt. Wir kamen an einigen Weinhandlungen vorbei, aus deren Türen Licht auf die schwarze, nasse Straße fiel und hin und wieder plötzliches Musikgetöse drang.

«Willst du reingehen?»

«Nein.»

Wir gingen durch das nasse Gras auf die steinernen Festungswälle. Ich breitete eine Zeitung auf dem Stein aus, und Brett setzte sich hin. Unten in der Ebene war es dunkel, und wir konnten die Berge sehen. Der Wind wehte hoch und fegte die Wolken über den Mond. Unter uns waren die dunklen Gräben der Befestigung. Hinter uns waren die Bäume und der Schatten der Kathedrale und die Silhouette der Stadt gegen den Mond.

«Fühl dich doch nicht so gräßlich», sagte ich.

«Ich fühle mich maßlos», sagte Brett. «Wir wollen nicht reden.»

Wir sahen über die Ebene. Die langen Baumreihen standen dunkel im Mondlicht. Auf dem Weg, der in die Berge hinaufführte, sah man die Lichter eines Wagens. Oben auf dem Berggipfel sahen wir die Lichter des Forts. Unter uns links war der Fluß. Er war durch den Regen angeschwollen und schwarz und glatt. Die Bäume am Ufer sahen dunkel aus.

Wir saßen und blickten hinab. Brett starrte gerade vor sich hin. Plötzlich zitterte sie.

«Es ist kalt.»

«Willst du zurückgehen?»

«Ja, durch den Park.»

Wir kletterten hinunter. Es bedeckte sich wieder. Im Park unter den Bäumen war es dunkel.

«Jake, liebst du mich noch?»

«Ja», sagte ich.

«Ich bin erledigt, ich kann nicht mehr», sagte Brett.

«Wieso?»

«Ich bin erledigt, ich kann nicht mehr. Ich bin verrückt nach diesem Romero. Ich glaube, ich bin in ihn verliebt.»

«Ich wär's nicht an deiner Stelle.»

«Ich kann's doch nicht ändern. Ich kann nicht mehr. Es zerbrennt mir alles innerlich.»

«Tu's nicht.»

«Ich kann nicht anders. Ich kann nicht dagegen an.»

«Du müßtest aber mal aufhören.»

«Wie kann ich denn? Ich kann die Dinge nicht anhalten. Fühl mal.» Ihre Hand zitterte. «So bin ich durch und durch.»

«Du solltest es nicht.»

«Ich kann nicht anders. Mit mir ist es sowieso aus und vorbei. Siehst du nicht den Unterschied?»

«Nein.»

«Ich muß was anstellen. Ich muß was tun, etwas, was ich wirklich gern möchte. Ich hab mein ganzes Selbstgefühl verloren.»

«Das brauchst du aber nicht zu machen.»

«Ach, Liebling, mach keine Schwierigkeiten. Was glaubst du denn, was es für mich heißt, diesen verdammten Juden ständig auszuhalten und dann noch das Benehmen von Mike?»

«Gewiß.»

«Ich kann mich nicht die ganze Zeit über betrinken.»

«Nein.»

«O Liebling, hilf mir doch. Bitte, steh mir bei und hilf mir.»

«Gewiß.»

«Ich sag ja nicht, daß es richtig ist. Aber es ist richtig für mich. Weiß Gott, ich hab mich nie so hurenhaft gefühlt wie heute.»

«Was soll ich denn tun?»

«Komm», sagte Brett, «wir wollen ihn suchen.»

Wir gingen zusammen den Kiesweg in dem dunklen Park unter den Bäumen entlang und dann unter den Bäumen hervor und durch das Tor auf die Straße, die in die Stadt führte.

Pedro Romero war im Café. Er saß mit den anderen Stierkämpfern und Stierkampfkritikern an einem Tisch. Sie rauchten Zigarren. Als wir eintraten, sahen sie auf. Romero lächelte und verbeugte sich. Wir setzten uns an einen Tisch in der halben Tiefe des Zimmers.

«Fordere ihn doch auf, sich zu uns zu setzen und was zu trinken.»

«Jetzt nicht. Er wird schon kommen.»

«Ich kann ihn nicht ansehen.»

«Er ist ein erfreulicher Anblick», sagte ich.

«Ich hab immer das gemacht, was ich gewollt habe.»

«Ich weiß.»

«Ich fühl mich so hurenhaft.»

«Na», sagte ich.

«Mein Gott», sagte Brett. «Was man als Frau alles durchmachen muß.»

«Ja?»

«Ach, ich fühl mich so hurenhaft.»

Ich sah hinüber zu dem anderen Tisch. Pedro Romero lächelte. Er sagte etwas zu den Leuten an seinem Tisch, stand auf und kam zu uns herüber. Ich stand auf, und wir schüttelten einander die Hand.

«Was wollen Sie trinken?»

«Sie müssen was mit mir trinken», sagte er. Er setzte sich, Brett um Erlaubnis fragend, ohne etwas zu sagen. Er hatte sehr gute Manieren. Aber er rauchte seine Zigarre weiter. Sie stand ihm gut.

«Rauchen Sie gern Zigarren?» fragte ich.

«O ja. Ich rauche immer Zigarren.»

Er tat es seinem Ansehen zuliebe. Es ließ ihn älter erscheinen. Mir fiel seine Haut auf. Sie war rein und glatt und sehr braun. Auf dem Backenknochen hatte er eine dreieckige Narbe. Ich sah, wie er Brett beobachtete. Er fühlte, daß etwas zwischen ihnen beiden war. Er hatte es wohl gefühlt, als Brett ihm die Hand gab. Er war sehr vorsichtig. Ich glaube, er war seiner Sache sicher, aber er wollte keinen Fehler begehen.

«Kämpfen Sie morgen?» sagte ich.

«Ja», sagte er. «Algabeno ist heute in Madrid verwundet worden. Haben Sie schon gehört?»

«Nein», sagte ich, «schlimm?»

Er schüttelte den Kopf.

«Nichts weiter. Hier», er zeigte seine Hand. Brett ergriff sie und spreizte seine Finger auseinander.

«Ach», sagte er auf englisch. «Sie können wahrsagen?»

«Manchmal. Ist es Ihnen unangenehm?»

«Nein, ich mag's gern.» Er spreizte die Hand flach auf den Tisch. «Sagen Sie mir, daß ich tausend Jahre alt werde und ein Millionär dazu.»

Er war immer noch sehr höflich, aber er war jetzt selbstsicherer. «Sehen Sie viele Stiere in meiner Hand?»

Er lachte. Seine Hand war sehr fein und sein Handgelenk schmal.

«Tausende von Stieren», sagte Brett. Sie war jetzt nicht mehr nervös. Sie sah wunderschön aus.

«Gut», lachte Romero. «Jeder à 1000 Duros», sagte er zu mir auf spanisch. «Sagen Sie mir mehr.»

«Eine gute Hand», sagte Brett. «Ich glaube, er wird lange leben.»

«Sagen Sie es mir und nicht Ihrem Freund.»

«Ich sagte, Sie hätten ein langes Leben vor sich.»

«Ich weiß», sagte Romero, «ich werde überhaupt nicht sterben.»

«Unberufen», sagte ich und klopfte mit den Fingern gegen den Tisch. Romero sah es. Er schüttelte den Kopf.

«Nein. Lassen Sie das. Die Stiere sind meine besten Freunde.»

Ich übersetzte es Brett.

«Sie töten Ihre Freunde?» fragte sie.

«Immer», sagte er auf englisch und lachte. «Damit sie mich nicht töten.» Er sah sie über den Tisch hinweg an.

«Sie sprechen ja großartig Englisch.»

«Ja», sagte er, «manchmal ganz gut. Aber es darf niemand wissen. Das wäre entsetzlich, ein Englisch sprechender Torero.»

«Wieso?» fragte Brett.

«Es wäre furchtbar. Die Leute würden es nicht gern sehen. Noch nicht.»

«Aber warum nicht?»

«Sie würden es ungern sehen. Stierkämpfer sprechen nicht Englisch und sind nicht so.»

«Wie sind denn Stierkämpfer?»

Er lachte und zog seinen Hut über die Augen und änderte die Haltung seiner Zigarre und den Ausdruck seines Gesichts.

«So wie drüben am Tisch», sagte er. Ich warf einen Blick hinüber. Er hatte den Ausdruck von Nacional aufs Haar getroffen. Er lächelte, sein Gesicht war wieder wie sonst. «Nein, mein Englisch muß ich vergessen.»

«Noch nicht», sagte Brett.

«Nein?»

«Nein.»

«Also schön.»

Er lachte wieder.

«Ich möchte solch einen Hut haben», sagte Brett.

«Gut, ich besorg Ihnen einen.»

«Ja, tun Sie das.»

«Sicher, ich besorg Ihnen einen heute abend.»

Ich stand auf. Romero erhob sich auch.

«Bleiben Sie doch sitzen», sagte ich. «Ich will nur gehen und unsere Freunde suchen; ich bring sie dann her.»

Er sah mich an. Mit einem Blick, ob er richtig verstanden hätte. Er hatte richtig verstanden.

«Setzen Sie sich», sagte Brett zu ihm. «Sie müssen mir Spanisch beibringen.»

Er setzte sich und sah sie über den Tisch hinweg an. Ich ging hinaus. Die Leute mit den harten, durchdringenden Augen am Stierkämpfertisch beobachteten, wie ich ging. Es war nicht angenehm. Als ich zwanzig Minuten später ins Café zurückkam, waren Brett und Pedro verschwunden. Die Kaffeegläser und unsere drei leeren Cognacgläser standen noch auf dem Tisch. Ein Kellner kam mit einer Serviette, nahm die Gläser weg und wischte den Tisch ab.

10

Ich fand Bill und Mike und Edna vor der *Bar Milano*. Edna, so hieß das Mädchen.

«Man hat uns rausgeworfen», sagte Edna.

«Die Polizei», sagte Mike. «Sind ein paar Leute drin, die mich nicht leiden können.»

«Ich hab Sie vor vier Schlägereien bewahrt», sagte Edna. «Jetzt müssen Sie mir helfen.»

Bills Gesicht war rot.

«Komm wieder rein, Edna», sagte er. «Komm und tanz noch mal mit Mike.»

«Das ist doch dumm», sagte Edna, «es gibt nur wieder Skandal.»

«Verdammtes Schwein aus Biarritz», sagte Bill.

«Komm nur», sagte Mike, «schließlich ist es eine Kneipe. Sie können doch nicht die ganze Kneipe beschlagnahmen.»

«Guter alter Mike», sagte Bill, «diese verdammten englischen Schweine kommen her, beleidigen Mike und versuchen einem die ganze Fiesta zu verderben.»

«Sie sind zu beschissen», sagte Mike. «Ich hasse die Engländer.»

«Sie können Mike nicht beleidigen», sagte Bill. «Mike ist ein feiner Kerl. Sie sollen Mike nicht beleidigen. Das dulde ich nicht. Wer fragt danach, ob er ein gottverfluchter Bankrotteur ist?» Seine Stimme brach.

«Wer fragt danach?» sagte Mike. «Ich frage nicht danach. Jake fragt nicht danach. Fragen Sie danach?»

«Nein», sagte Edna. «Sind Sie denn ein Bankrotteur?»

«Natürlich bin ich das», sagte Mike. «Nicht wahr, Jake, du fragst doch nicht danach?»

Bill legte seinen Arm um Mikes Schulter.

«Himmel, ich wünschte, ich wäre ein Bankrotteur, dann würde ich's diesen Schweinehunden schon zeigen.»

«Es sind eben Engländer», sagte Mike. «Es ist ganz schnuppe, was Engländer sagen.»

«Die Drecksau», sagte Bill. «Ich werd sie rausschmeißen.»

«Bill», Edna sah mich an, «bitte, Bill, geh nicht noch mal rein, sie sind doch zu dämlich.»

«Das stimmt», sagte Mike. «Sie sind dämlich. Ich konnte nur nicht auf das Wort kommen.»

«Sie dürfen aber nicht solche Sachen über Mike sagen», sagte Bill.

«Kennst du sie?» fragte ich Mike.

«Nein. Hab sie nie gesehen. Sie sagen aber, daß sie mich kennen.»

«Ich laß es mir nicht gefallen», sagte Bill.

«Kommt. Wir wollen rüber ins *Suizo*», sagte ich.

«Es ist eine Horde von Ednas Freunden aus Biarritz», sagte Bill.

«Sie sind einfach dämlich», sagte Edna.

«Einer von ihnen ist Charley Blackman aus Chicago», sagte Bill.

«Ich war nie in Chicago», sagte Mike.

Edna fing an zu lachen und konnte einfach nicht wieder aufhören.

«Bringt mich von hier fort», sagte sie. «Ihr Bankrotteure.»

«Worum ging denn der ganze Skandal?» fragte ich Edna. Wir gingen über den Platz zum *Suizo*. Bill war weg.

«Ich weiß nicht, was passiert ist, aber einer ließ die Polizei kommen, damit Mike nicht in das hintere Zimmer ginge. Es waren ein paar Leute dabei, die Mike aus Cannes kannten. Was ist denn mit Mike los?»

«Vielleicht schuldet er ihnen Geld», sagte ich. «Das verbittert die Leute meistens.»

Vor den Billettschaltern auf dem Platz standen zwei Reihen Leute und warteten. Sie saßen auf Stühlen oder hockten in Decken und Zeitungen gewickelt auf der Erde. Sie warteten auf das Öffnen der Schalter am Morgen, um Billetts für den Stierkampf zu kaufen. Die Nacht klärte sich auf und der Mond schien. Einige Leute in den Reihen schliefen.

Wir hatten uns gerade im *Café Suizo* hingesetzt und Fundador bestellt, als Robert Cohn eintrat.

«Wo ist Brett?» fragte er.

«Ich weiß nicht.»

«Sie war doch mit dir zusammen.»
«Sie wird zu Bett gegangen sein.»
«Ist sie nicht.»
«Ich weiß nicht, wo sie ist.»
Sein Gesicht sah bei der Beleuchtung bleich aus. Er reckte sich.
«Sag mir, wo sie ist.»
«Setz dich», sagte ich. «Ich weiß nicht, wo sie ist.»
«Du weißt es verdammt wohl.»
«Halt die Fresse.»
«Sag mir, wo Brett ist.»
«*Dir* sag ich auch nicht so viel.»
«Du weißt, wo sie ist.»
«Wenn ich's wüßte, würde ich dir's nicht sagen.»
«Geh zum Teufel, Cohn», rief Mike vom Tisch her. «Brett ist mit dem Stierkämpferjungen abgezogen. Sie verbringen gerade ihre Flitterwochen.»
«Halt den Mund.»
«Ach, scher dich zum Teufel», sagte Mike schwach.
«Ist das wahr?» wandte sich Cohn an mich.
«Geh zum Teufel.»
«Sie war mit dir zusammen. Ist sie wirklich dort?»
«Geh zum Teufel.»
«Ich werd dich lehren –» er kam einen Schritt näher – «du verdammter Zuhälter.»

Ich schlug nach ihm, und er duckte sich. Ich sah sein gedecktes Gesicht seitlich im Licht. Er schlug nach mir, und ich saß auf der Erde. Als ich wieder auf die Füße wollte, versetzte er mir zwei Schläge. Ich flog rückwärts unter den Tisch. Ich versuchte aufzustehen und hatte das Gefühl, daß ich keine Beine mehr besaß. Ich dachte, ich müßte aufstehen und versuchen, ihm eine runterzuhauen. Mike half mir hoch.

Irgendwer goß mir eine Karaffe Wasser über den Kopf. Mike stützte mich, und ich saß plötzlich auf einem Stuhl. Mike zog an meinen Ohren.

«Weißt du, du warst einfach weg», sagte Mike.
«Und wo, zum Teufel, warst du?»
«Na, ich war hier.»
«Wolltest dich nicht einmischen?»
«Er hat Mike auch niedergeboxt», sagte Edna.
«Er hat mich nicht k. o. geschlagen», sagte Mike, «ich hab nur so dagelegen.»
«Passiert das jeden Abend bei euern Fiestas?» fragte Edna. «War das nicht Mr. Cohn?»

«Mir ist wieder ganz gut», sagte ich, «nur mein Kopf ist noch ein bißchen benommen.»
Mehrere Kellner und eine Masse Leute standen umher.
«Vaya», sagte Mike. «Macht, daß ihr fortkommt, los, los.»
Die Kellner drängten die Leute hinaus.
«Es war fabelhaft anzusehen», sagte Edna. «Er ist wohl ein Boxer?»
«Ja.»
«Schade, daß Bill nicht hier war», sagte Edna. «Ich hätte so gern auch Bill am Boden gesehen. Ich wollte Bill immer mal am Boden sehen. Er ist so groß.»
«Ich hoffte, daß er einen Kellner niederschlagen würde», sagte Mike, «und dann festgenommen würde. Ich sähe Mr. Robert Cohn gern im Gefängnis.»
«Nein», sagte ich.
«Aber nein», sagte Edna. «Das ist nicht Ihr Ernst.»
«Ich kann mir nicht helfen, ich würde es gern sehen», sagte Mike. «Ich bin keiner von den Kerlen, die sich gern k. o. schlagen lassen. Ich treib deshalb auch keinen Sport.»
Mike nahm einen Schluck.
«Ich bin niemals gern auf Jagd gegangen, wißt ihr. Es besteht ständig die Gefahr, daß so ein Pferd auf einen rauffällt. Wie geht's dir denn jetzt, Jake?»
«Gut.»
«Sie gefallen mir», sagte Edna zu Mike. «Sind Sie wirklich ein Bankrotteur?»
«Ich bin ein Riesenbankrotteur», sagte Mike. «Ich schulde allen Leuten Geld. Schulden Sie niemandem Geld?»
«Doch, tonnenweise.»
«Ich schulde allen Leuten Geld», sagte Mike. «Ich hab heut abend 100 Peseten von Montoya geborgt.»
«Zum Teufel, was fällt dir ein?» sagte ich.
«Ich werd's zurückzahlen», sagte Mike. «Ich zahl immer alles zurück.»
«Deswegen sind Sie wohl bankrott, ja?» sagte Edna.
Ich stand auf. Ich hörte sie nur wie aus weiter Ferne sprechen. Es schien alles wie ein schlechtes Theaterstück.
«Ich geh rüber ins Hotel», sagte ich. Dann hörte ich, wie sie über mich sprachen.
«Ist er denn wieder in Ordnung?» fragte Edna.
«Wir gehen lieber mit ihm mit.»
«Ich bin wieder ganz in Ordnung», sagte ich. «Bleibt nur. Ich treff euch später.»

Ich ging aus dem Café weg. Sie saßen am Tisch. Ich drehte mich nach ihnen und den leeren Tischen um. An einem Tisch saß ein Kellner, der sein Gesicht in die Hand stützte.

Als ich so über den Platz zum Hotel ging, sah alles neu und verändert aus. Ich hatte die Bäume nie vorher gesehen. Ich hatte auch die Fahnenpfosten und die Fassade des Theaters nie vorher gesehen. Es war alles verändert. Ich fühlte mich wie damals, als ich von einem Footballspiel auf dem Lande nach Hause kam. Ich trug eine Handtasche mit meinen Footballsachen und ging die Straße zum Bahnhof in die Stadt hinein, in der ich doch mein ganzes Leben gelebt hatte, und alles war neu. Der Rasen wurde geharkt, und man verbrannte Laub auf dem Weg, und ich blieb lange stehen und sah zu. Alles war seltsam. Dann ging ich weiter, und meine Füße schienen ewig weit weg von mir zu sein, und alles schien wie aus weiter Ferne zu kommen, und ich konnte meine Füße ganz weit weg von mir gehen hören. Ich hatte ziemlich zu Anfang des Spiels etwas gegen den Kopf bekommen. Es war genauso wie jetzt, als ich den Platz überquerte. Genauso war es auch, als ich die Stufen im Hotel hinaufging. Um die Treppe hinaufzugehen, brauchte ich eine Ewigkeit, und ich hatte das Gefühl, als ob ich meine Reisetasche schleppte. Im Zimmer war Licht. Bill kam mir auf dem Korridor entgegen.

«Hör mal», sagte er, «geh rauf und sieh dich mal nach Cohn um. Es scheint ihm sehr dreckig zu gehen, hat immerfort nach dir gefragt.»

«Zum Teufel mit ihm.»

«Na, geh mal und sieh dich nach ihm um.»

Ich hatte keine Lust, noch eine Treppe hinaufzuklettern.

«Warum siehst du mich denn so an?»

«Ich seh dich gar nicht an. Geh mal rauf und kümmere dich um Cohn. Er ist in einer schrecklichen Verfassung.»

«Du warst vor kurzer Zeit noch betrunken», sagte ich.

«Ich bin auch jetzt noch betrunken», sagte Bill. «Geh aber trotzdem rauf zu Cohn. Er braucht dich.»

«Gut», sagte ich. Es handelte sich eben nur um noch mehr Treppen. Ich ging die Treppe hinauf und trug immer noch meine eingebildete Reisetasche. Ich ging den Gang entlang bis zu Cohns Zimmer. Die Tür war zu und ich klopfte.

«Wer ist da?»

«Barnes.»

«Komm rein, Jake.»

Ich öffnete die Tür, ging hinein und stellte meine Reisetasche ab. Im Zimmer war kein Licht. Cohn lag in der Dunkelheit mit dem Gesicht nach unten auf dem Bett.

«Hallo, Jake.»
«Sag nicht Jake zu mir.»
Ich stand an der Tür. Genauso war ich auch damals nach Hause gekommen. Was ich jetzt brauchte war ein heißes Bad. Ein tiefes, heißes Bad, in dem man sich ausstrecken konnte.
«Wo ist das Badezimmer?» fragte ich.
Cohn weinte. Da lag er mit dem Gesicht im Bett vergraben und weinte. Er hatte ein weißes Polohemd an von der Sorte, die er in Princeton getragen hatte.
«Es tut mir leid, Jake. Bitte, verzeih mir.»
«Einen Dreck werd ich dir verzeihen.»
«Bitte, verzeih mir, Jake.»
Ich sagte nichts. Ich stand an der Tür.
«Ich war wahnsinnig. Du weißt doch, wie es war.»
«Ach, laß schon gut sein.»
«Ich konnte das mit Brett nicht mehr aushalten.»
«Du hast mich einen Zuhälter genannt.»
Es war mir alles egal. Ich brauchte ein heißes Bad, ich brauchte ein heißes Bad mit viel, viel Wasser.
«Ich weiß. Bitte, vergiß es. Ich war verrückt.»
«Also gut.»
Er weinte. Seine Stimme klang seltsam. Er lag in seinem weißen Hemd auf dem Bett in der Dunkelheit. Seinem Polohemd.
«Ich fahre morgen früh weg.»
Er weinte, ohne Geräusch.
«Ich konnte es einfach mit Brett nicht mehr ertragen. Es war die Hölle selbst, Jake. Einfach die Hölle. Als ich Brett hier traf, behandelte sie mich wie einen absolut Fremden. Ich konnte es einfach nicht aushalten. Wir lebten in San Sebastián zusammen. Du weißt es ja. Ich kann's nicht mehr aushalten.»
Er lag da auf seinem Bett.
«Na», sagte ich. «Ich will jetzt baden.»
«Du warst mein einziger Freund, und ich liebte Brett so.»
«Also», sagte ich. «Bis nachher.»
«Ich glaube, es hat alles keinen Zweck», sagte er. «Es hat nicht den geringsten Zweck.»
«Was?»
«Alles. Bitte, Jake, sag, daß du mir verzeihst.»
«Natürlich», sagte ich. «Es ist alles wieder in Ordnung.»
«Ich fühlte mich so grauenhaft. Ich bin durch eine solche Hölle gegangen, Jake. Jetzt ist alles weg und kaputt. Alles.»
«Also», sagte ich. «Bis nachher. Ich muß jetzt gehen.»
Er rollte herum, saß auf dem Bettrand und stand dann auf.

«Bis nachher, Jake», sagte er. «Gib mir die Hand, ja?»
«Natürlich. Warum nicht?»
Wir gaben einander die Hand. In der Dunkelheit konnte ich sein Gesicht nicht deutlich sehen.
«Also», sagte ich, «dann seh ich dich morgen.»
«Ich fahr morgen weg.»
«Ach ja», sagte ich.
Ich ging hinaus. Cohn stand in der Tür seines Zimmers.
«Wie fühlst du dich denn, Jake?» fragte er.
«Ach», sagte ich, «ganz gut.»
Ich konnte das Badezimmer nicht gleich finden. Ich fand es erst nach einer Weile. Es hatte eine tiefe, steinerne Badewanne. Ich drehte die Hähne auf, aber das Wasser lief nicht. Ich setzte mich auf den Rand der Badewanne. Als ich wieder aufstand, bemerkte ich, daß ich meine Schuhe ausgezogen hatte. Ich suchte sie, fand sie und trug sie nach unten. Ich fand mein Zimmer, ging hinein, zog mich aus und ging zu Bett.

Ich erwachte mit Kopfweh und hörte den Krach der Musikkapellen, die unten auf der Straße vorbeizogen. Ich erinnerte mich, daß ich Bills Freundin Edna versprochen hatte, sie mitzunehmen und ihr die Stiere in den Straßen auf dem Weg in den Toril zu zeigen. Ich zog mich an, ging hinunter und in den kalten, frühen Morgen hinaus. Viele Leute überquerten den Platz und eilten dem Toril zu. Drüben jenseits des Platzes standen die zwei Reihen Menschen vor den Billettschaltern immer noch an. Sie warteten immer noch auf die Billetts, die um sieben Uhr verkauft werden sollten. Ich eilte über die Straße ins Café. Der Kellner sagte mir, daß meine Freunde hiergewesen, aber schon wieder fort seien.
«Wieviel waren es?»
«Zwei Herren und eine Dame.»
Das war also in Ordnung. Bill und Mike waren mit Edna. Sie hatte gestern abend Angst gehabt, daß sie sie im Stich lassen könnten. Deshalb sollte ich sie auf jeden Fall mitnehmen. Ich trank meinen Kaffee und eilte mit den anderen Leuten zum Toril. Ich war jetzt nicht mehr benommen, hatte nur starkes Kopfweh. Alles sah scharf und klar aus, und die Stadt roch nach frühem Morgen.
Die Strecke zwischen der Stadt und dem Toril war schlammig. Den ganzen Zaun entlang, der zum Toril führte, stand eine dichte Menschenmasse, und die nach außen liegenden Balkons und der obere Teil des Torils, alles war schwarz von Leuten. Ich hörte die Rakete losgehen und wußte, daß ich nicht mehr zur Zeit in den Toril kommen konnte, um die Stiere kommen zu sehen, darum schob ich

mich durch die Menge an den Zaun. Man stieß mich dicht an die Bretter. Zwischen den beiden Zäunen drängte die Polizei die Leute, die in den Toril trotteten, zurück. Dann rannten plötzlich Leute vorbei. Ein Betrunkener glitt aus und fiel hin. Zwei Polizisten ergriffen ihn und zerrten ihn schnell an den Zaun. Die Menge lief jetzt schnell. Die Menge stieß einen Schrei aus, und als ich meinen Kopf durch die Bretter zwängte, sah ich gerade, wie die Stiere aus der Straße herauskamen und in die lange Renngasse einbogen. Sie liefen schnell und holten Raum zwischen sich und der Menge auf. In dem Moment setzte sich ein anderer Betrunkener vom Zaun aus mit einer Bluse in der Hand in Bewegung. Er wollte *capa*-Arbeit an den Stieren vorführen. Die zwei Polizisten stürzten sich auf ihn, ergriffen ihn am Kragen, einer schlug ihn mit einem Knüppel, dann zogen sie ihn gegen den Zaun und standen platt gegen den Zaun gepreßt in dem Augenblick, als der letzte aus der Menge vorbeigelaufen war und die Stiere heranschossen. Vor den Stieren liefen so viele Leute her, daß die Masse sich staute und nur langsam durch das Tor in den Toril gelangen konnte, und als die Stiere alle zusammen schwer galoppierend, die Flanken mit Kot bespritzt, mit geschwungenen Hörnern vorbeikamen, schoß einer vor, faßte einen Mann aus der laufenden Menge im Rücken und hob ihn in die Luft. Beide Arme des Mannes hingen seitwärts herunter, sein Kopf fiel nach hinten, als das Horn sich in ihn bohrte und der Stier ihn hochhob und dann fallen ließ. Der Stier ergriff einen anderen Mann, der vor ihm lief, aber der Mann verschwand in der Menge, und die Menge drängte durch das Tor und in den Toril, immer die Stiere im Rücken. Die rote Tür des Torils schloß sich, die Menge auf den äußeren Balkonen des Torils drängte sich hinein, dann ertönte ein Schrei und noch ein Schrei.

Der durchbohrte Mann lag mit dem Gesicht in dem zertrampelten Schlamm. Leute kletterten über den Zaun, und ich konnte den Mann nicht mehr sehen, weil das Gewühl um ihn herum zu groß war. Aus dem Innern des Torils kamen die Schreie. Jeder Schrei bedeutete, daß ein Stier die Menge angegriffen hatte. Man konnte nach der Intensität des Schreis urteilen, wie schlimm das war, was drinnen passierte. Dann ging eine Rakete in die Höhe; die Ochsen hatten also die Stiere aus dem Toril in die Umfriedungen gebracht. Ich verließ den Zaun und begann meinen Heimweg zur Stadt.

Als ich wieder in der Stadt war, ging ich zurück ins Café, um noch einmal zu frühstücken, Kaffee und gebutterten Toast. Die Kellner fegten das Café aus und wischten die Tische ab. Einer kam herüber und nahm meine Bestellung entgegen.

«Ist etwas bei dem *encierro* passiert?»

«Ich habe nicht alles gesehen. Ein Mann ist schlimm *cogida.*»

«Wo?»

«Hier.» Ich legte meine Hand aufs Kreuz und die andere auf die Brust, wo das Horn durchgekommen sein mußte. Der Kellner nickte und fegte mit seinem Tuch die Brotkrümel vom Tisch.

«Schlimm *cogida*», sagte er. «Alles aus Sport. Alles aus Spaßvergnügen.»

Er ging weg und kam mit den langstieligen Kaffee- und Milchkannen zurück. Er schenkte mir Milch und Kaffee ein. Aus den langen Schnauzen flossen zwei Ströme in die große Tasse. Der Kellner nickte mit dem Kopf.

«Schlimm durch den Rücken *cogida*», sagte er. Er stellte die Kannen auf den Tisch und setzte sich auf einen Stuhl. «Eine große Hornwunde. Nur zum Vergnügen. Aus reiner Vergnügungssucht. Wie finden Sie das?»

«Ich weiß nicht.»

«Das ist es ja gerade. Nur zum Spaß. Spaß, verstehen Sie?»

«Sind Sie kein *aficionado*?»

«Ich? Was sind denn Stiere groß? Tiere. Brutale Tiere.» Er stand auf und legte die Hand auf sein Kreuz. «Grade ins Kreuz . . . eine *cornada* glatt durch den Rücken. Rein zum Spaß, verstehen Sie?»

Er schüttelte den Kopf und trug die Kannen weg. Zwei Männer kamen auf der Straße vorbei. Der Kellner rief sie an. Sie sahen ernst aus. Einer schüttelte den Kopf und rief: *«Muerto!»*

Der Kellner nickte. Die beiden Männer gingen weiter. Sie waren auf einem Botengang. Der Kellner kam herüber an meinen Tisch.

«Haben Sie gehört? *Muerto.* Tot. Er ist tot. Mit einem Horn mittendurch. Alles für einen Vormittagsspaß. *Es muy flamenco.*»

«Ja, schlimm.»

«Das ist nichts für mich», sagte der Kellner. «Das ist kein Spaß für mich.»

Im Laufe des Tages erfuhren wir, daß der getötete Mann Vicente Girones hieß und aus der Nähe von Tafalla stammte. Am nächsten Tag lasen wir in der Zeitung, daß er 28 Jahre alt war, ein Stück Land, eine Frau und zwei Kinder besaß. Auch nach seiner Verheiratung war er noch jedes Jahr zur Fiesta gekommen. Am nächsten Tag kam seine Frau aus Tafalla, um bei der Leiche zu wachen, und einen Tag darauf wurde in der Kapelle von San Fermín ein Trauergottesdienst abgehalten, und der Sarg wurde von einigen Mitgliedern des Tanz- und Trinkvereins von Tafalla zum Bahnhof getragen. Die Trommler marschierten an der Spitze, dann kamen die Pfeifenbläser mit Musik, und hinter den Männern, die den Sarg trugen, ging die Frau mit den zwei Kindern . . . Hinter ihnen marschierten alle Mitglieder der

Tanz- und Trinkvereine von Pamplona, Estella, Tafalla und Sanguesa, die über die Zeit des Begräbnisses hatten dableiben können. Der Sarg wurde in den Gepäckwagen des Zugs geladen, und die Witwe fuhr mit ihren zwei Kindern zusammen in einem offenen Wagen dritter Klasse. Der Zug setzte sich mit einem Ruck in Bewegung und lief dann glatt hinunter, um das Plateau herum, zwischen den Getreidefeldern hindurch, die im Winde hin und her schwankten, durch die Ebene, auf dem Weg nach Tafalla.

Der Stier, der Vicente Girones getötet hatte, hieß Bocanegra und war Nummer 118 aus dem Stiergestüt von Sanchez Taberno, und Pedro Romero tötete ihn am gleichen Nachmittag als dritten Stier. Man schnitt ihm nach dem Willen des Volkes ein Ohr ab und gab es Pedro Romero, der es wiederum Brett schenkte, die es in ein mir gehöriges Taschentuch einwickelte und beides, Ohr sowohl wie Taschentuch, mit einer Anzahl Muratti-Zigarettenstummel im hintersten Winkel des Nachttischs, der neben ihrem Bett im Hotel *Montoya* in Pamplona stand, liegenließ.

Im Hotel saß der Nachtportier drinnen auf einer Bank neben der Tür. Er hatte die ganze Nacht dort zugebracht und war sehr verschlafen. Er stand auf, als ich kam. Drei Kellnerinnen kamen zu gleicher Zeit mit mir. Sie hatten sich das morgendliche Schauspiel im Toril angesehen. Sie gingen lachend die Treppe hinauf. Ich folgte ihnen nach oben und ging in mein Zimmer. Ich zog meine Schuhe aus und legte mich auf mein Bett. Das Fenster nach dem Balkon war offen, und die Sonne fiel hell ins Zimmer. Ich fühlte mich gar nicht schläfrig. Es mußte ungefähr halb vier gewesen sein, als ich zu Bett gegangen war, und die Musik hatte mich um sechs geweckt. Mein Kinn tat mir auf beiden Seiten weh. Ich befühlte ihn mit Daumen und Zeigefinger. Dieser verdammte Cohn. Er sollte doch lieber losschlagen, wenn man ihn zum erstenmal beleidigte, und dann abziehen. Er war so sicher, daß Brett ihn liebte. Nein, er würde ausharren, und wahre Liebe würde alles besiegen. Jemand klopfte an meine Tür.

«Herein.»

Es waren Bill und Mike. Sie setzten sich auf mein Bett.

«Ein schöner *encierro*», sagte Bill. «Ein schöner *encierro.*»

«Hör mal, warst du denn nicht da?» fragte Mike. «Klingle doch nach Bier, Bill.»

«Was für ein Morgen!» sagte Bill. Er wischte sich sein Gesicht ab. «Mein Gott, was für ein Morgen. Und hier ist der gute alte Jake! Der alte Jake, der lebende *punching-ball.*»

«Was ist denn drinnen losgewesen?»

«Großer Gott», sagte Bill, «was ist denn eigentlich passiert, Mike?»

«Die Stiere kamen rein», sagte Mike. «Dicht vor ihnen war die Menge, und irgendein Kerl stolperte und riß ein paar mit sich.»

«Und die Stiere stürmten direkt über sie weg», sagte Bill.

«Ich hörte sie schreien.»

«Das war Edna», sagte Bill.

«Ein paar Kerle kamen und schwenkten ihre Hemden.»

«Ein Stier stürmte an der *barrera* entlang und riß alle zu Boden.»

«Man hat ungefähr zwanzig Leute ins Krankenhaus gebracht», sagte Mike.

«Was für ein Morgen», sagte Bill. «Die verdammte Polizei nahm unentwegt Leute fest, die mit Hilfe der Stiere Selbstmord begehen wollten.»

«Zum Schluß nahmen die Ochsen sie mit rein», sagte Mike.

«Es dauerte ungefähr eine Stunde.»

«In Wirklichkeit dauerte es eine Viertelstunde», widersprach Mike.

«Geh zum Teufel», sagte Bill. «Du warst doch im Krieg. Mir kam es wie zwei und eine halbe Stunde vor.»

«Wo bleibt denn unser Bier?» fragte Mike.

«Was habt ihr denn mit der reizenden Edna gemacht?»

«Wir haben sie eben nach Hause gebracht. Sie ist zu Bett gegangen.»

«Wie hat es ihr gefallen?»

«Glänzend. Wir haben ihr erzählt, daß es jeden Morgen so sei.»

«Hat ihr sehr imponiert», sagte Mike.

«Sie wollte, daß wir auch in die Arena runtergehen sollten», sagte Bill. «Sie ist für Bewegung und Leben.»

«Ich sagte ihr, das sei nicht fair gegen meine Gläubiger», sagte Mike.

«Was für ein Morgen», sagte Bill. «Und was für eine Nacht!»

«Was macht dein Kinnladen, Jake?» fragte Mike.

«Wund», sagte ich.

Bill lachte.

«Warum hast du ihm nicht eins mit einem Stuhl versetzt?»

«Du hast gut reden», sagte Mike. «Er hätte dich auch k. o. geschlagen. Ich hab überhaupt gar nicht gesehen, wie er mich geboxt hat. Ich sah ihn ganz ruhig dastehen, und dann saß ich ganz plötzlich auf der Straße und Jake lag unterm Tisch.»

«Wo ist er denn dann hingegangen?» fragte ich.

«Da ist sie», sagte Mike, «hier ist die schöne Dame mit dem Bier.»

Das Zimmermädchen stellte das Tablett mit den Bierflaschen und

Gläsern auf den Tisch.

«Bringen Sie noch drei Flaschen», sagte Mike.

«Wo ging Cohn hin, nachdem er mich vermöbelt hatte?» fragte ich Bill.

«Weißt du denn nichts davon?» Mike öffnete eine Bierflasche. Er goß das Bier in eines der Gläser und hielt dabei das Glas nahe an die Flasche.

«Wirklich nicht?» fragte Bill.

«Na, er ging rein und fand Brett und den kleinen Stierkämpfer im Zimmer des Stierkämpfers, und dann massakrierte er den armen dämlichen Stierkämpfer.»

«Nein.»

«Doch.»

«Was für eine Nacht!» sagte Bill.

«Er hat den armen, guten Stierkämpfer beinahe getötet. Dann wollte Cohn Brett dort rausbringen. Ich nehme an, daß er eine anständige Frau aus ihr machen wollte. Verdammt rührende Szene.»

Er nahm einen langen Schluck Bier.

«Er ist ein Esel.»

«Was passierte dann?»

«Brett hat's ihm gegeben. Sie hat ihm ihre Meinung gegeigt. Ich fand sie fabelhaft.»

«Na und ob», sagte Bill.

«Daraufhin brach Cohn zusammen und weinte und wollte dem Stierkämpferknaben die Hand schütteln. Er wollte auch Brett die Hand schütteln.»

«Ich weiß. Mir auch.»

«So? Na, sie haben sich auf nichts eingelassen. Der Stierkampfjüngling hat sich anscheinend sehr gut benommen. Er hat nicht viel gesagt, aber er ist immer wieder aufgestanden und immer wieder zu Boden geschlagen worden. Cohn konnte ihn nicht k. o. schlagen. Es muß furchtbar komisch gewesen sein.»

«Wo hast du denn das alles her?»

«Von Brett. Ich sah sie heute früh.»

«Was passierte denn zum Schluß?»

«Ich glaube, der Stierkampfjüngling saß auf dem Bett. Er war ungefähr fünfzehnmal am Boden gewesen, aber er wollte weiterkämpfen. Brett hielt ihn fest und wollte ihn nicht aufstehen lassen. Er war schwach, aber Brett konnte ihn nicht halten, und er stand doch auf. Dann sagte Cohn, daß er ihn nicht noch mal schlagen würde. Sagte, daß er das nicht tun könnte. Sagte, das wäre niederträchtig. Anscheinend ist dann der Stierkampfjüngling auf ihn zugestolpert. Cohn hat sich gegen die Wand zurückgezogen.

‹Also Sie wollen mich nicht schlagen?›

‹Nein›, sagte Cohn. ‹Ich würde mich schämen.›

Darauf schlug ihm der Stierkampfjüngling, so hart er konnte, mit der Faust ins Gesicht und fiel dann zu Boden. Brett sagte, er konnte nicht aufstehen. Cohn wollte ihn aufheben und aufs Bett legen. Er sagte, wenn ihm Cohn helfen würde, würde er ihn totschlagen, und er würde ihn auf jeden Fall heute früh töten, wenn Cohn nicht inzwischen die Stadt verlassen hätte. Cohn weinte, und Brett hat ihn schön abfahren lassen, und er wollte ihnen die Hand schütteln. Das hab ich dir aber schon vorher erzählt.»

«Erzähl ihm den Rest», sagte Bill.

«Ich glaube, der Stierkampfjüngling saß auf der Erde. Er wartete auf neue Kräfte, um Cohn noch eine runterzuhauen. Brett wollte nichts vom Händeschütteln wissen und Cohn weinte und sagte ihr, wie sehr er sie liebe, und sie sagte ihm, er solle nicht so ein blödsinniger Esel sein. Dann beugte sich Cohn über den Stierkampfjüngling, um ihm die Hand zu reichen. Schwamm drüber, nichts nachtragen, weißt du? Alles vergeben. Und der Stierkampfjüngling schlug ihm nochmals ins Gesicht.»

«Der Junge hat's in sich», sagte Bill.

«Er hat Cohn ruiniert», sagte Mike. «Weißt du, ich glaube, Cohn wird nie wieder in seinem Leben die geringste Lust haben, sich mit Leuten herumzuschlagen.»

«Wann hast du Brett gesehen?»

«Heute früh. Sie kam herein, um was zu holen. Sie pflegt diesen Romerojungen.»

Er goß sich eine zweite Flasche Bier ein.

«Brett ist ziemlich erledigt, aber sie pflegt Leute leidenschaftlich gern. Auf diese Art sind wir auch zusammen auf und davon. Sie pflegte mich.»

«Ich weiß», sagte ich.

«Ich bin ziemlich betrunken», sagte Mike. «Ich werde ziemlich betrunken bleiben. Das ist alles furchtbar komisch, aber nicht besonders erfreulich. Jedenfalls nicht für mich.»

Er trank sein Bier aus.

«Wißt ihr, ich hab's Brett gegeben. Ich hab ihr gesagt, daß wenn sie sich mit Juden und Stierkämpfern und solcher Sorte Leute einläßt, sie nichts anderes als Unannehmlichkeiten erwarten könne.» Er beugte sich vornüber. «Hör mal, Jake, bist du böse, wenn ich dir da deine Flasche wegtrinke? Sie kann dir ja eine neue bringen.»

«Bitte», sagte ich. «Ich trink sie sowieso nicht.»

Mike begann die Flasche zu öffnen. «Würdest du sie mir wohl

aufmachen?»

Ich preßte den Metallverschluß in die Höhe und goß ihm ein.

«Weißt du», fuhr Mike fort, «Brett war großartig. Sie ist immer großartig. Ich hab ihr über Juden und Stierkämpfer ganz gehörig meine Meinung gesagt, und über all solche Leute, und wißt ihr, was sie geantwortet hat? ‹Ja, ich hab in der englischen Aristokratie ein so verdammt glückliches Leben geführt.›»

Er trank einen Schluck.

«Das war doch großartig. Weißt du, dieser Ashley, von dem sie den Titel hat, war bei der Marine. Der neunte Baron. Wenn er nach Hause kam, wollte er unter keiner Bedingung in einem richtigen Bett schlafen. Brett mußte immer mit ihm auf der Erde schlafen. Zum Schluß, wie er wirklich verdreht wurde, hat er ihr immer mit Erschießen gedroht. Schlief ständig mit einem geladenen Dienstrevolver. Brett nahm immer die Patronen heraus, wenn er eingeschlafen war. Sie hat kein absolut glückliches Leben geführt, Brett. Eine verdammte Schande, wo sie alles so genießt.»

Er stand auf. Seine Hand zitterte.

«Ich geh in mein Zimmer . . . Will versuchen, ob ich ein bißchen schlafen kann.»

Er lächelte.

«Man ist viel zu lange ohne Schlaf bei den Fiestas. Ich werde aber jetzt anfangen und mich ordentlich ausschlafen. Verdammt ungesunde Sache, zu wenig zu schlafen. Macht einen schrecklich nervös.»

«Also dann sieht man dich mittags im *Iruña*», sagte Bill.

Mike ging zur Tür hinaus. Wir hörten ihn nebenan.

Er klingelte, und das Zimmermädchen kam und klopfte an die Tür.

«Bringen Sie mir ein halbes Dutzend Flaschen Bier und eine Flasche Fundador», sagte Mike zu ihr.

«Sí, Señorito.»

«Ich geh zu Bett», sagte Bill. «Armer alter Mike. Ich hatte gestern abend seinetwegen einen Heidenkrach.»

«Wo? In dieser Milanospelunke?»

«Ja. Da saß ein Kerl, der Brett und Mike mal in Cannes ausgelöst hatte und der verdammt ekelhaft war.»

«Ich kenne die Geschichte.»

«Ich nicht. Niemand sollte das Recht haben, irgendwas über Mike zu sagen.»

«Das macht es ja gerade so schlimm.»

«Niemand sollte ein Recht dazu haben. Ich wünschte so, daß sie kein Recht dazu hätten. Ja, ich geh zu Bett.»

«Ist in der Arena jemand getötet worden?»
«Ich glaube nicht. Nur schwer verletzt.»
«Draußen auf der Rennstrecke ist ein Mann getötet worden.»
«So?» sagte Bill.

11

Mittags waren wir alle im Café. Es war überfüllt. Wir aßen Garnelen und tranken Bier. Die Stadt war überfüllt. Jede Straße war voll. Unausgesetzt kamen riesige Autobusse aus San Sebastián und Biarritz an und parkten um den Platz herum. Sie brachten Leute, die die Stierkämpfe sehen wollten. Wir sahen auch Gesellschafts-Tourenbusse ankommen. Einer war da mit 25 Engländerinnen. Sie saßen in dem großen weißen Wagen und sahen sich durch ihre Brillen die Fiesta an. Die Tänzer waren alle betrunken. Es war der letzte Tag der Fiesta.

Die Fiesta nahm ungestört und ohne Unterbrechung ihren Lauf. Die Autos und Busse bildeten kleine Inseln von Zuschauern. Wenn sich die Wagen entleert hatten, verschwanden die Zuschauer in der Menge. Man sah sie nicht wieder, außer etwa als seltsam aussehende Sportanzüge zwischen eng aneinandergedrängten Bauern in schwarzen Kitteln an irgendeinem Tisch. Die Fiesta verschluckte selbst die Engländer aus Biarritz, so daß man sie nur sah, wenn man dicht an ihrem Tisch vorbeikam. Die ganze Zeit über spielte die Musik auf der Straße. Die Trommeln dröhnten, und die Pfeifen gellten. In den Cafés sangen Männer, die sich entweder mit den Händen am Tisch festklammerten oder ihre Nachbarn umfaßt hielten, ihre rauhstimmigen Lieder.

«Da kommt Brett», sagte Bill.

Ich sah auf und sah, wie sie durch die Menge auf dem Platz mit hocherhobenem Kopf ging, ganz so, als ob die Fiesta ihr zu Ehren veranstaltet worden sei und sie sie hübsch und amüsant fände.

«Hallo, Jungs», sagte sie. «Donnerwetter, hab ich einen Durst.»

«Noch ein großes Bier», sagte Bill zum Kellner.

«Garnelen?»

«Ist Cohn fort?» fragte Brett.

«Ja», sagte Bill. «Er hat sich einen Wagen gemietet.»

Das Bier kam. Brett wollte den Bierkrug heben, aber ihre Hand zitterte. Sie sah es und lächelte. Sie beugte sich vornüber und nahm einen großen Schluck.

«Ausgezeichnetes Bier.»

«Sehr gut», sagte ich. Ich war wegen Mike nervös, ich glaubte nicht, daß er geschlafen hatte. Er mußte die ganze Zeit getrunken haben, aber er schien sich in der Gewalt zu haben.

«Ich hab gehört, daß Cohn dir weh getan hat, Jake», sagte Brett.

«Nein. Er hat mich k. o. geschlagen, das war alles.»

«Aber Pedro Romero hat er schlimm mitgespielt», sagte Brett. «Er hat ihm furchtbar weh getan.»

«Wie geht's ihm denn jetzt?»

«Nachmittags wird er wieder in Ordnung sein. Er will bis dahin in seinem Zimmer bleiben.»

«Sieht er böse aus?»

«Sehr. Er hat wirklich was abbekommen. Ich hab ihm gesagt, ich wollte nur mal rausgehen und euch Jungens einen Augenblick sprechen.»

«Wird er kämpfen können?»

«Aber wie. Wenn es euch recht ist, gehn wir zusammen.»

«Wie geht's denn deinem Freund?» fragte Mike. Er hatte all das, was Brett gesagt hatte, nicht gehört.

«Brett hat jetzt einen Stierkämpfer», sagte er. «Sie hatte einen Juden, der Cohn hieß, aber er erwies sich als zu unerfreulich.»

Brett stand auf.

«Ich werd mir nicht deinen Quatsch mit anhören, Michael», sagte sie.

«Wie geht's denn deinem Freund?»

«Glänzend», sagte Brett. «Beobachte ihn nur heute nachmittag.»

«Brett hat einen Stierkämpfer», sagte Mike. «Einen wunderschönen, beschissenen Stierkämpfer.»

«Würdest du wohl mit mir rübergehen, Jake? Ich möchte dich gern sprechen.»

«Erzähl ihm nur alles über deinen Stierkämpfer», sagte Mike. «Zum Teufel mit deinem Stierkämpfer!» Er kippte den Tisch um, so daß alle Biergläser und die Schüsseln mit den Garnelen mit großem Krach zu Boden fielen.

«Komm», sagte Brett. «Komm hier weg.»

Als wir über den gedrängt vollen Platz gingen, sagte ich zu ihr: «Wie ist es?»

«Ich werde ihn nach dem Mittagessen bis zum Kampf nicht sehen. Seine Leute kommen dann und ziehen ihn an. Er sagt, sie wären sehr böse auf mich.»

Brett strahlte. Sie war glücklich. Die Sonne schien; es war ein heller Tag.

«Ich fühl mich wie neugeboren», sagte Brett. «Du hast keine

Ahnung, Jake!»

«Irgendwas, was ich für dich tun kann?»

«Nein, geh nur mit mir nachher zum Kampf.»

«Sieht man dich zum Lunch?»

«Nein. Ich esse mit ihm.»

Wir standen unter den Arkaden am Eingang des Hotels. Tische wurden hinausgetragen und unter den Arkaden gedeckt.

«Wollen wir einen Spaziergang durch den Park machen?» fragte Brett. «Ich will jetzt noch nicht raufgehen. Ich denke, er wird schlafen.»

Wir gingen am Theater vorüber, an den Marktständen vorbei, verließen den Platz und bewegten uns mit der Menge zwischen den Buden. Wir kamen in eine Straße, die zum Paseo de Sarasate führte. Wir konnten dort die Menge auf und ab gehen sehen, lauter elegant angezogene Leute. Sie machten einen Rundgang im oberen Teil des Parks und kamen wieder zurück.

«Wir wollen nicht da hingehen», sagte Brett. «Gerade jetzt mag ich mich nicht anstieren lassen.»

Wir standen im Sonnenlicht. Es war heiß und angenehm nach all dem Regen und den Wolken, die vom Meer herübergekommen waren.

«Hoffentlich legt sich der Wind», sagte Brett. «Er ist sehr ungünstig für ihn.»

«Hoffentlich.»

«Er sagt, die Stiere wären gut.»

«Ja, sehr.»

«Ist das San Fermín?»

Brett sah nach der gelben Mauer der Kapelle.

«Ja, wo die Sache am Sonntag losging.»

«Wollen wir reingehen? Es ist dir doch recht. Ich möchte gern ein bißchen für ihn beten, oder so ähnlich.»

Wir gingen durch eine schwere, lederne Tür, die sich ganz leicht bewegte. Innen war es sehr dunkel. Viele Leute beteten. Man sah sie, sobald sich die Augen an das Zwielicht gewöhnt hatten. Wir knieten auf einer langen, hölzernen Bank. Nach einer Weile spürte ich, wie Brett neben mir steif wurde und sah, daß sie starr geradeaus blickte.

«Komm», flüsterte sie wie erstickt. «Wir wollen hier raus. Macht mich verdammt nervös.»

Draußen in der heißen Helligkeit der Straße sah Brett zu den Wipfeln der Bäume hinauf, die sich im Wind bewegten. Das Beten war nicht sehr erfolgreich gewesen.

«Ich weiß nicht, warum ich in der Kirche immer so nervös werde», sagte Brett. «Tut mir nicht gut.»

Wir gingen weiter.

«Ich eigne mich verdammt schlecht für jede religiöse Atmosphäre», sagte Brett. «Muß an meinem Gesicht liegen . . . Weißt du», sagte sie, «ich habe gar keine Angst um ihn. Ich bin einfach glücklich über ihn.»

«Gut.»

«Aber ich möchte doch, daß der Wind sich legt.»

«Wahrscheinlich legt er sich gegen fünf Uhr.»

«Wollen hoffen.»

«Du kannst ja beten.» Ich lachte.

«Hilft mir nie. Ich habe nie irgendwas bekommen, um das ich gebetet habe. Du?»

«O doch.»

«Ach Unsinn», sagte Brett. «Aber es kann schon sein, daß es bei manchen Leuten funktioniert. Du siehst eigentlich nicht furchtbar fromm aus, Jake.»

«Ich bin es aber.»

«Ach Unsinn», sagte Brett. «Fang nicht heute mit Bekehren an. Es wird sowieso schon schlimm genug werden.»

Es war das erste Mal, nachdem sie damals mit Cohn fortgefahren war, daß ich sie wieder in ihrer alten glücklichen, sorglosen Art sah. Wir standen wieder vor dem Hotel. Alle Tische waren jetzt gedeckt, und an manchen wurde sogar schon gegessen.

«Kümmere dich doch, bitte, um Mike», sagte Brett, «damit er sich nicht zu schlimm fühlt.»

«Ihre Freunde sind raufgegangen», sagte der deutsche Oberkellner in sehr schlechtem Englisch. Er horchte ständig herum. Brett wandte sich an ihn:

«Danke bestens. Haben Sie sonst noch was zu sagen?»

«Nein, gnä' Frau.»

«Schön», sagte Brett.

«Reservieren Sie einen Tisch für drei», sagte ich zu dem Deutschen. Er lächelte sein dreckiges kleines rosaweißes Lächeln.

«Ißt die Dame hier?»

«Nein», sagte Brett.

«Dann wird wohl ein Tisch für zwei genügen.»

«Sprich doch nicht mit ihm», sagte Brett. «Mike muß in einem schönen Zustand gewesen sein», sagte sie auf der Treppe. Wir kamen auf der Treppe an Montoya vorbei. Er verbeugte sich, lächelte aber nicht.

«Ich seh dich nachher im Café», sagte Brett. «Noch tausend Dank, Jake.»

Wir waren auf der Etage, in der unsere Zimmer lagen.

Sie ging den Korridor entlang und in Romeros Zimmer. Sie klopfte nicht an. Sie öffnete einfach die Tür, ging hinein und schloß sie hinter sich.

Ich stand vor Mikes Zimmertür und klopfte an. Es kam keine Antwort. Ich drückte auf die Klinke, die Tür ging auf. Drinnen im Zimmer war eine wilde Unordnung. Alle Handtaschen waren geöffnet und überall lagen Kleidungsstücke verstreut. Neben dem Tisch standen leere Flaschen. Mike lag auf dem Bett und sah wie seine eigene Totenmaske aus. Er öffnete die Augen und sah mich an.

«Hallo, Jake», sagte er langsam. «Ich schlafe gerade ein bißchen. Ich hab schon lange ein bißchen Schlaf gebraucht.»

«Ich werd dich zudecken.»

«Nein. Ich bin ganz warm . . . Geh noch nicht weg. Ich bin noch nicht eingeschlafen.»

«Wirst schon bald schlafen, Mike. Sorg dich nicht, alter Kerl.»

«Brett hat einen Stierkämpfer», sagte Mike. «Aber ihr Jude ist weg.»

Er wandte den Kopf und sah mich an.

«Verdammt angenehm, was?»

«Ja. Und jetzt schlaf, Mike, jetzt mußt du schlafen.»

«Ich will gerade, ich werde ein bißchen schlafen.»

Er schloß die Augen. Ich ging aus dem Zimmer und machte die Tür leise zu.

Bill war in meinem Zimmer und las die Zeitung.

«Warst du bei Mike?»

«Ja.»

«Komm, wir wollen essen gehen.»

«Ich esse nicht unten bei dem deutschen Oberkellner. Er war verdammt rotznäsig, als ich Mike die Treppe raufbrachte.»

«Zu uns war er auch pöbelhaft.»

«Wir wollen irgendwo in der Stadt essen.»

Wir gingen die Treppe hinunter. Auf der Treppe kamen wir an einem Mädchen mit einem zugedeckten Tablett vorbei.

«Das ist Bretts Lunch», sagte Bill.

«Und das von dem Jungen», sagte ich.

Draußen auf der Terrasse unter den Arkaden kam der deutsche Oberkellner auf uns zu. Seine roten Backen glänzten. Er tat höflich.

«Ich habe für die Herren einen Tisch reserviert», sagte er.

«Setz dich selbst dran», sagte Bill. Wir gingen hinaus und überquerten die Straße.

Wir aßen in einem Restaurant in einer Seitenstraße des Platzes. Dort aßen nur Männer. Es war voller Rauch und Trinken und Gesang. Das Essen und der Wein waren gut. Wir sprachen nicht viel.

Später gingen wir ins Café und sahen zu, wie die Fiesta ihren Höhepunkt erreichte. Brett kam bald nach dem Lunch. Sie sagte, sie hätte ins Zimmer hineingesehen, und Mike hätte geschlafen.

Als die Fiesta überkochte und alle sich nach der Arena aufmachten, gingen wir mit der Menge mit. Brett saß in der ersten Reihe zwischen Bill und mir. Direkt unter uns war der *callejón*, der Durchgang zwischen den Tribünen und dem roten Geländer, der *barrera*. Hinter uns füllten sich langsam die Tribünen aus Beton. Vor uns, jenseits des roten Geländers, dehnte sich der glattgerollte gelbe Sand. Er sah ein bißchen schwer aus vom Regen, aber in der Sonne war er trocken und glatt und fest. Die Degenträger und Arenadiener kamen den *callejón* herunter und trugen die strohgeflochtenen Körbe mit Kampf-*capas* und *muletas* auf ihren Schultern. Sie waren, blutbefleckt und fest zusammengefaltet, in den Körben verpackt. Die Degenträger öffneten die schweren, ledernen Degenbehälter, so daß man die rotumwickelten Gefäße des Degenbündels sehen konnte, als die ledernen Behälter gegen das Geländer lehnten. Sie entfalteten die dunkelgefleckten roten Flanells der *muletas* und befestigten Stäbe an ihnen, um den Stoff zu spannen und dem Matador eine Handhabe zu geben. Brett beobachtete alles. Sie ging vollkommen in den technischen Einzelheiten auf.

«Er hat auf allen *capas* und *muletas* seinen Namen», sagte sie. «Warum nennt man sie *muletas*?»

«Ich weiß nicht.»

«Ob sie je gewaschen werden?»

«Ich glaube nicht. Vielleicht würde es die Farbe verderben.»

«Das Blut muß sie ganz steif machen», sagte Bill.

«Komisch», sagte Brett. «Daß einem das Blut nichts ausmacht.»

Unten in dem engen Durchgang des *callejón* bereiteten die Degenträger alles vor. Alle Plätze waren besetzt. Oben waren alle Logen voll. Außer in der Loge des Präsidenten war kein einziger freier Platz. Wenn er kam begann der Kampf. Jenseits des Sandes, in dem hohen Torweg, der in die Corrals führte, standen die Stierkämpfer, ihre Arme in die *capas* eingerollt. Sie sprachen miteinander und warteten auf das Signal, um durch die Arena zu marschieren. Brett beobachtete sie durch den Fernstecher.

«Hier, willst du mal sehen?»

Ich sah durch das Glas und sah die drei Matadore. Romero stand in der Mitte, Belmonte links und Marcial rechts von ihm. Hinter ihnen standen ihre Leute in dem Torweg, und auf dem freien Stück des Corrals sah ich die Picadores. Romero trug einen schwarzen Anzug. Sein Dreispitz saß ihm tief im Gesicht. Ich konnte sein Gesicht unter seinem Hut nicht deutlich erkennen, aber es schien schlimm zugerichtet. Er sah geradeaus. Marcial rauchte behutsam eine Zigarette, die er in der Hand hielt. Belmonte sah geradeaus mit kränklichem gelbem Gesicht, seinen langen Wolfskiefer vorgestreckt. Er sah gar nichts. Weder er noch Romero schienen mit all den Leuten um sie herum das geringste zu tun zu haben. Sie waren ganz allein. Der Präsident kam herein; über uns auf der großen Tribüne klatschte man, und ich gab Brett den Fernstecher. Es gab Applaus. Die Musik setzte ein. Brett sah durch das Glas.

«Hier, nimm es», sagte sie.

Durch das Glas sah ich, wie Belmonte sich mit Romero unterhielt. Marcial reckte sich und ließ seine Zigarette fallen, und gerade vor sich hin sehend, die Köpfe zurückgeworfen, ihre freien Arme schwingend, kamen die drei Matadore herein. Hinter ihnen kam die ganze Prozession, sich weit auseinanderfaltend, alle im Schritt gehend, mit umgerollten *capas*, die freien Arme schwingend, und dahinter ritten die Picadores, die ihre Piken wie Lanzen hielten. Hinter dem allen kamen zwei Züge mit Maultieren und die Arenadiener. Die Matadore verneigten sich vor der Präsidentenloge, wobei sie ihre Hüte festhielten, und kamen dann hinüber an die *barrera*, wo wir saßen. Pedro Romero nahm seine schwere *capa* aus Goldbrokat ab und reichte sie seinem Degenträger über das Geländer. Er sagte etwas zu dem Degenträger. Dicht unter uns sahen wir Romeros geschwollene Lippen und blutunterlaufene Augen. Der Degenträger nahm die *capa*, sah zu Brett empor, kam zu uns heran und reichte uns die *capa*.

«Breite sie vor dir aus», sagte ich.

Brett beugte sich vornüber. Die *capa* war schwer und ganz glatt und steif, mit Gold durchwirkt. Der Degenträger sah zurück, schüttelte den Kopf und sagte etwas. Ein Mann neben mir beugte sich zu Brett hinüber und sagte:

«Er will nicht, daß Sie sie ausbreiten. Sie sollen sie zusammenfalten und auf Ihrem Schoß halten.»

Brett faltete die schwere *capa* zusammen.

Romero sah nicht zu uns empor. Er unterhielt sich mit Belmonte. Belmonte hatte seine Staats-*capa* zu irgendwelchen Freunden gesandt. Er sah zu ihnen hinüber und lächelte sein Wolfslächeln, das er nur mit dem Munde lächelte. Romero lehnte sich über die *barrera* und bat um den Wasserkrug. Der Degenträger brachte einen, und Romero goß Wasser über den Perkal seiner Kampf-*capa* und scharrte dann die untersten Falten mit seinen Schuhen im Sand hin und her.

«Wozu macht man das?» fragte Brett.

«Damit sie im Wind ein gewisses Gewicht besitzt.»

«Sein Gesicht sieht böse aus», sagte Bill.

«Er fühlt sich sehr schlecht», sagte Brett. «Er sollte im Bett sein.»

Der erste Stier war für Belmonte. Belmonte machte seine Sache sehr gut. Aber da er 30000 Peseten bekam und die Leute die ganze Nacht über angestanden hatten, um Billetts zu kaufen, um ihn zu sehen, verlangte die Menge von ihm, daß er besser als sehr gut sei. Belmontes Anziehungskraft beruhte auf seiner Naharbeit. Im Stierkampf spricht man von dem Gebiet des Stiers und dem Gebiet des Stierkämpfers. Solange ein Stierkämpfer auf seinem Gebiet bleibt, kann ihm verhältnismäßig wenig passieren. Jedesmal, wenn er das Gebiet des Stiers betritt, begibt er sich in große Gefahr. Belmonte arbeitete in seinen besten Tagen nur im Gebiet des Stiers. Auf diese Weise rief er das Gefühl einer kommenden Tragödie hervor. Die Leute gingen zur Corrida, um Belmonte zu sehen, um tragische Sensationen, ja vielleicht seinen Tod zu erleben. Vor fünfzehn Jahren schon sagte man, wenn man Belmonte sehen wolle, solle man sich beeilen; jetzt sei er noch am Leben. Seitdem hatte er mehr als tausend Stiere getötet. Als er sich zurückzog, wuchs eine Legende um seinen Kampfstil, und als er wieder in die Öffentlichkeit trat, war das Publikum enttäuscht, weil kein Sterblicher so nah am Stier arbeiten konnte, wie es Belmonte getan haben sollte, und er selbst natürlich auch nicht.

Außerdem stellte Belmonte Bedingungen und bestand darauf, daß seine Stiere weder zu groß waren noch zu gefährliche Hörner besaßen, also fiel das Element weg, das notwendig war, um die Sensation einer Tragödie hervorzurufen, und das Publikum, das dreimal soviel von Belmonte, der sich durch eine Fistel nicht auf der Höhe fühlte, erwartet hatte, als er je hatte geben können, fühlte sich bemogelt und betrogen, und Belmontes Kiefer trat vor Verachtung noch weiter hervor, und sein Gesicht wurde noch gelber, und er bewegte sich schwerfälliger, als seine Schmerzen zunahmen, und schließlich war die Menge aktiv gegen ihn, und er war vollkommen gleichgültig und voller Verachtung. Er hatte einen großen Nachmittag erwartet, und statt dessen war es ein Nachmittag voll Hohn und lauten Beleidigungen. Schließlich warf man ihm von allen Seiten Kissen und Brotstücke und Gemüse in die Arena, wo er seine größten Triumphe gefeiert hatte. Nur sein Kiefer trat weiter hervor. Manchmal lächelte er sein langkiefriges, lippenloses Lächeln, das seine Zähne entblößte, wenn man ihm ein besonders beleidigendes Schimpfwort zurief, und der Schmerz, den jede Bewegung hervorrief, wurde schlimmer und schlimmer, bis schließlich sein Gesicht wie Pergament aussah. Nachdem sein zweiter Stier tot war und man nicht mehr Brot und Kissen hinabwarf, nachdem er mit demselben

Wolfskieferlächeln und dem gleichen verächtlichen Ausdruck sich vor dem Präsidenten verneigt hatte, nachdem er seinen Degen über die *barrera* zum Abwischen gereicht hatte, damit man ihn wieder in das Futteral stecken konnte, ging er in den *callejón* und lehnte an der *barrera* unter uns, den Kopf in den Armen, ohne etwas zu hören oder zu sehen, ganz seinen Schmerzen ausgeliefert. Als er schließlich aufsah, bat er um einen Schluck Wasser. Er trank ein wenig, spülte seinen Mund aus, spuckte das Wasser aus, nahm seine *capa* und ging in die Arena zurück.

Weil das Publikum gegen Belmonte gewesen war, war es für Romero. Von dem Augenblick an, da er die *barrera* verließ und sich dem Stier näherte, applaudierte man ihm. Belmonte beobachtete Romero, beobachtete ihn, ohne sich den Anschein zu geben; Marcial beachtete er nicht. Von ihm wußte er alles. Er war noch einmal vor die Öffentlichkeit getreten, um sich mit Marcial zu messen, und hatte vorher gewußt, daß es ein gewonnenes Spiel sei. Er hatte erwartet, sich mit Marcial und all den anderen Größen der Décadence zu messen, und er hatte gewußt, daß die Aufrichtigkeit seiner Kampfesweise so von der falschen Ästhetik der Stierkämpfer dieser dekadenten Periode abstach, daß seine Gegenwart in der Arena allein schon genügen würde. Sein Wiederauftreten war durch Romero verdorben worden. Romero tat all das weich, ruhig und schön und ständig, was er sich nur noch in seltenen Augenblicken abringen konnte. Die Menge fühlte das; selbst die Leute aus Biarritz, selbst der amerikanische Botschafter sahen es endlich. Dies war ein Wettkampf, in dem Belmonte nicht mitmachen würde; das konnte für ihn nur mit einer schlimmen Hornverwundung oder mit dem Tod enden. Belmonte fühlte sich nicht mehr wohl genug dazu. Seine größten Augenblicke in der Arena waren vorbei. Er war seiner großen Augenblicke nicht mehr sicher. Es war nicht mehr dasselbe wie früher, und das Leben glühte nur noch manchmal lodernd auf. Er hatte noch ganz große Momente mit den Stieren, aber sie waren wertlos, da er sie bereits vorher dadurch entwertet hatte, daß er sich die Stiere nach ihrer Ungefährlichkeit aussuchte, wenn er aus seinem Auto stieg, sich über den Zaun beugte, sich die Herde auf der Ranch seines Freundes, des Stierzüchters, besah. So hatte er sich zwei leicht zu handhabende kleine Stiere mit kleinen Hörnern ausgesucht, und gerade als er durch die Schmerzen, die er stets hatte, die alte Größe wiederkommen fühlte, war sie bereits entwertet und vorverkauft und machte ihn nicht stolz und glücklich. Es war die Größe, aber der Kampf war für ihn nichts Großes, Wunderbares mehr.

Pedro Romero hatte die Größe. Er focht leidenschaftlich gern, und ich glaube, er liebte die Stiere, und ich glaube, er liebte Brett.

Sobald er die Lage bestimmen konnte, kämpfte er genau unter ihren Augen den ganzen Nachmittag und es gab ihm Kraft. Aber nicht einmal sah er zu ihr empor. Dadurch verstärkte er das Gefühl und tat es nicht nur für sie, sondern auch für sich. Dadurch, daß er nicht hinaufsah, um zu sehen, ob es ihr gefiel, tat er es innerlich ganz für sich, und trotzdem tat er es auch für sie. Aber er tat es für sie ganz ohne eigene Schwächung. Er wurde den ganzen Nachmittag hindurch besser und besser.

Sein erstes *quite* war direkt unter uns. Die drei Matadore nehmen den Stier einer nach dem andern, nach jedem Angriff, den er auf einen Picador macht. Belmonte kam zuerst daran. Marcial als zweiter. Dann kam Romero. Alle drei standen links vom Pferd. Der Picador, den Hut über die Augen gezogen, seine Pike scharf gegen den Stier richtend, gab dem Pferd die Sporen, und mit den Zügeln in der linken Hand drängte er das Pferd vorwärts dem Stier entgegen. Der Stier beobachtete. Es schien, als ob er das weiße Pferd beobachtete, aber in Wirklichkeit beobachtete er die dreieckige stählerne Spitze der Pike. Romero, der hinsah, bemerkte, wie der Stier den Kopf wandte. Er wollte nicht angreifen. Romero schwang seine *capa* so, daß die Augen des Stiers die Farbe sahen. Der Stier griff an, fand statt des Farbflecks ein weißes Pferd, und ein Mann beugte sich weit über das Pferd, stieß die Stahlspitze seiner langen Lanze aus Walnußholz in den Muskelberg der Schulter des Stiers und riß sein Pferd zur Seite, als er sich um die Pike drehte, verwundete ihn, indem er das Eisen tiefer in die Schulter des Stiers hineinstieß, und ließ ihn für Belmonte bluten.

Der Stier bestand unter dem Eisen nicht weiter auf seinem Plan. Er wollte gar nicht wirklich an das Pferd heran. Er drehte, und die Gruppe fiel auseinander, und Romero nahm ihn mit seiner *capa* hinweg. Er nahm ihn sanft und behutsam hinweg und hielt dann inne, stand unmittelbar vor dem Stier und bot ihm die *capa*. Der Schwanz des Stiers ging in die Höhe, und er griff an. Romero bewegte seine Arme kreisförmig über dem Stier mit geschlossenen Füßen. Die feuchte, sandbeschwerte *capa* öffnete sich weit und voll, wie ein Segel sich füllt, und Romero drehte sich damit genau vor dem Kopf des Stiers. Zum Schluß standen sie sich wieder gegenüber. Romero lächelte. Der Stier verlangte es noch einmal, und der Wind blies Romeros *capa* wieder auf, diesmal auf der anderen Seite. Jedesmal ließ er den Stier so dicht vorbeikommen, daß der Stier, der Mann und die *capa*, die sich mit Wind füllte und vor dem Stier drehte, eine scharfumrissene Gruppe bildeten. Alles war ganz langsam und kontrolliert. Es schien, als ob er den Stier in den Schlaf wiegen wollte. Er machte vier solche *veronicas* und endete mit einer halben *veronica*, mit dem Rücken gegen den Stier, und löste sich, als der Applaus einsetzte, von dem Stier, der seinen Rücken sich entfernen sah, eine Hand auf der Hüfte, die *capa* über dem Arm.

Bei seinen eigenen Stieren war er einfach vollkommen. Sein erster Stier sah nicht gut. Nach den ersten zwei Gängen mit der *capa* wußte Romero ganz genau, wie stark seine Sehkraft beeinträchtigt war. Er arbeitete dementsprechend. Es war kein glänzender Stierkampf. Es war nur vollkommener Stierkampf. Die Menge verlangte einen neuen Stier. Man machte einen Heidenkrach. Mit einem Stier, der den Köder nicht sehen konnte, war nichts Großartiges zu erwarten, aber der Präsident gab keinen Befehl zum Austausch.

«Warum tauscht man ihn nicht aus?» fragte Brett.

«Er ist bezahlt. Sie wollen ihr Geld nicht verlieren.»

«Es ist aber unfair gegen Romero.»

«Sieh mal, wie er einen Stier behandelt, der die Farbe nicht sehen kann.»

«So was seh ich ungern.»

Es war kein Vergnügen, zuzusehen, wenn man an der Person, die es machte, das geringste Interesse besaß. Da der Stier weder die Farben der *capa* noch den roten Stoff der *muleta* sehen konnte, mußte Romero ihn mit seinem eigenen Körper locken. Er mußte so nah kommen, daß der Stier seinen Körper sah und auf ihn losging, und dann mußte er den Angriff des Stiers mit der *muleta* abfangen und den Gang in der klassischen Manier beenden. Die Leute aus Biarritz mochten es nicht. Sie glaubten, Romero hätte Angst und machte aus diesem Grund jedesmal, wenn er den Stier von seinem Körper auf die *muleta* übernahm, einen kleinen Schritt zur Seite. Sie zogen Belmontes Nachahmung seiner selbst vor oder auch Marcials Nachahmung von Belmonte. Drei von ihnen saßen in der Reihe hinter uns.

«Wovor hat er eigentlich Angst? Der Stier ist so blind, daß er ja nur hinter dem Tuch her ist.»

«Er ist noch sehr jung. Er wird es schon noch lernen.»

«Aber ich fand ihn vorhin doch sehr gut bei der *capa*-Arbeit.»

«Vielleicht ist er jetzt einfach nervös.»

Mitten in der Arena führte Romero ganz allein immer dasselbe wieder durch. Er näherte sich dem Stier, bis dieser ihn ganz deutlich sah, bot ihm seinen Körper, bot ihn ihm noch ein bißchen näher. Der Stier beobachtete dumpf; dann kam er ihm so nahe, daß der Stier schon glaubte, ihn zu haben, bot sich ihm noch mal und dann, als er schließlich angriff, bot er ihm im Moment, bevor die Hörner des Stiers kamen, das rote Tuch mit dem kleinen, beinahe unsichtbaren Ruck, der das kritische Gefühl der Stierkampfsachverständigen aus Biarritz so beleidigt hatte.

«Jetzt wird er ihn töten», sagte ich zu Brett. «Der Stier ist noch bei Kräften; er ließ sich nicht ermüden.»

In der Mitte der Arena profilierte Romero vor dem Stier, zog den Degen aus den Falten der *muleta*, erhob sich auf den Zehen und visierte mit der Klinge. Der Stier griff gleichzeitig mit Romero an. Romeros linke Hand ließ die *muleta* über die Schnauze des Stiers fallen, um ihn zu blenden, seine linke Schulter trat zwischen die beiden Hörner, als der Degen hineinging, und für einen Augenblick waren er und der Stier eins, Romero ragte weit über den Stier hinweg, den rechten Arm hoch erhoben bis dort, wo der Griff des Degens dem Stier zwischen den Schultern steckte. Dann fiel die Figur auseinander. Es gab einen kleinen Stoß, als Romero sich loslöste, und dann stand er dem Stier gegenüber, eine Hand erhoben, das Hemd am Ärmel zerfetzt, das Weiße im Winde wehend, und am Boden der Stier, die rote Degenklinge fest zwischen den Schultern, den Kopf senkend, die Beine von sich gestreckt.

«Das ist das Ende», sagte Bill.

Romero war so nah, daß der Stier ihn sah. Er sprach zu ihm mit erhobener Hand. Der Stier riß sich zusammen, dann fiel sein Kopf nach vorn, und er rollte langsam zur Seite, dann ganz herum, und plötzlich streckte er alle viere in die Luft.

Man reichte Romero den Degen, und er ging, ihn mit der Schneide nach unten haltend, die *muleta* in der anderen Hand, hinüber zur Präsidentenloge, verbeugte sich, richtete sich auf und kam zur *barrera* und reichte seinen Degen und seine *muleta* hinüber.

«Ein schlechter Stier», sagte der Degenträger.

«Hat mich allerhand Schweiß gekostet», sagte Romero. Er wischte sich das Gesicht ab. Der Degenträger reichte ihm den Wasserkrug. Romero wischte sich den Mund ab. Es tat ihm weh, aus dem Wasserkrug zu trinken. Er sah nicht zu uns hinauf.

Marcial hatte seinen großen Tag. Man beklatschte ihn noch, als Romeros letzter Stier hereinkam. Es war der Stier, der morgens ausgebrochen und den Mann getötet hatte.

Bei seinem ersten Stier hatte man Romeros verletztem Gesicht alles angesehen. Alles, was er machte, spiegelte deutlich seine Schmerzen wider. Die Konzentration der ganzen schwierigen Arbeit mit dem schlecht sehenden Stier kam zum Ausdruck. Der Kampf mit Cohn hatte seinem Geist nichts angehabt, aber sein Gesicht war entstellt und sein Körper verletzt. All das war jetzt wie weggeblasen. Alles, was er mit diesem Stier machte, löschte es mehr und mehr aus. Es war ein großer Stier, ein guter Stier, und er hatte Hörner, und er war wendig und griff leicht und sicher an. Solche

Stiere hatte Romero gern.

Als er die Arbeit mit der *muleta* beendet hatte und zum Töten bereit war, verlangte die Menge, daß er damit fortfahre. Sie wollten noch nicht, daß der Stier getötet und das Ganze damit vorbei sei. Romero arbeitete weiter. Es war wie eine Unterrichtsstunde im Stierkampf. Er reihte einen Gang an den anderen, alle vollkommen, alle langsam, besonnen und abgerundet. Ohne Tricks und Vortäuschungen. Es gab keine plötzlichen Härten. Jeder einzelne Gang gab einem innerlich einen Stich, wenn er seinen Höhepunkt erreichte. Die Menge wollte überhaupt kein Ende.

Der Stier stand, um getötet zu werden, auf seinen vier Beinen im Quadrat, und Romero tötete ihn genau unter uns. Er tötete ihn nicht gezwungenerweise wie den letzten Stier, sondern nach freiem Gutdünken. Er profilierte vor dem Stier, zog den Degen aus den Falten der *muleta* und visierte mit der Klinge. Der Stier beobachtete ihn. Romero sprach mit dem Stier und berührte seinen Huf. Der Stier griff an, und Romero wartete mit tiefgehaltener *muleta* auf den Angriff, visierte mit der Klinge, die Füße fest zusammen. Dann, ohne einen Schritt vorwärts zu tun, war er plötzlich eins mit dem Stier; der Degen ging hoch zwischen den Schultern hinein, der Stier war der tiefgeschwungenen *muleta* gefolgt, die, als Romero nach links auswich, verschwand, und es war vorbei. Der Stier versuchte vorwärts zu gehen, seine Beine begannen sich zu strecken, er torkelte von einer Seite auf die andere, zögerte, ging dann in die Knie, und Romeros älterer Bruder lehnte sich hinter ihm vornüber und stieß ein kurzes Messer zwischen den Hörnern in den Nacken des Stiers. Das erste Mal verfehlte er die Stelle. Er stieß das Messer ein zweites Mal hinein, und der Stier fiel zuckend dann starr um. Romeros Bruder hielt in der einen Hand ein Horn des Stiers, in der anderen das Messer. Er sah zur Präsidentenloge hinauf. Überall schwenkte man Taschentücher. Der Präsident sah hinab aus seiner Loge und schwenkte sein Taschentuch. Der Bruder schnitt das eingekerbte schwarze Ohr des toten Stiers ab und kam damit hinüber zu Romero. Der Stier lag schwer und schwarz mit heraushängender Zunge im Sand. Von allen Seiten der Arena liefen Jungen hinzu und bildeten einen kleinen Kreis um ihn. Sie begannen um den Stier herumzutanzen.

Romero nahm das Ohr seinem Bruder ab und hielt es hoch gegen die Präsidentenloge. Der Präsident verbeugte sich, und Romero kam rennend, um der Menge zu entgehen, auf uns zu. Er lehnte sich an die *barrera* und gab Brett das Ohr. Er nickte und lächelte. Die Menge umtoste ihn. Brett reichte ihm die *capa*.

«Gefiel's dir?» rief Romero hinauf.

Brett sagte nichts. Sie sahen sich an und lächelten. Brett hielt das Ohr in der Hand.

«Mach dich nicht blutig», sagte Romero und grinste. Die Menge verlangte nach ihm. Mehrere Jungen schrien etwas zu Brett empor. Die Menge bestand aus den Jungen, den Tänzern und den Betrunkenen. Romero machte kehrt und versuchte, durch die Menge hindurchzukommen. Er war eingekeilt, und man versuchte, ihn hoch zu heben und auf die Schultern zu nehmen. Er kämpfte und wand sich und fing mitten zwischen ihnen an, dem Ausgang zuzurennen. Er wollte nicht von den Menschen auf den Schultern getragen werden. Aber sie hielten ihn und hoben ihn hoch. Es war unbequem, und seine Beine waren auseinandergespreizt, und sein Körper tat ihm sehr weh. Man hob ihn hoch, und alles strebte dem Ausgangstor zu. Er hielt die Hand auf der Schulter von irgend jemand. Er drehte sich nach uns, um Entschuldigung bittend, um. Die rennende Menge trug ihn aus dem Tor.

Wir gingen alle drei ins Hotel zurück. Brett ging hinauf. Bill und ich saßen in dem Eßzimmer im Erdgeschoß und aßen ein paar hartgekochte Eier und tranken mehrere Flaschen Bier. Belmonte kam im Straßenanzug mit seinem Manager und zwei anderen Männern herunter. Sie setzten sich an den Nebentisch und aßen. Belmonte aß sehr wenig. Sie fuhren mit dem Sieben-Uhr-Zug nach Barcelona. Belmonte trug ein blaugestreiftes Hemd und einen dunklen Anzug und aß weichgekochte Eier. Die anderen aßen eine große Mahlzeit. Belmonte sprach nicht. Er beantwortete nur die an ihn gerichteten Fragen.

Bill war von dem Stierkampf ermüdet. Ich auch. Für uns beide war ein Stierkampf eine ernsthafte, anstrengende Sache. Wir saßen und aßen unsere Eier, und ich beobachtete Belmonte und die Leute an seinem Tisch. Die Männer machten einen gerissenen, geschäftstüchtigen Eindruck.

«Komm rüber ins Café», sagte Bill. «Ich will einen Absinth trinken.»

Es war der letzte Tag der Fiesta. Draußen bewölkte es sich wieder. Der Platz war voller Menschen, und die Feuerwerker machten ihre Raketen für den Abend zurecht und bedeckten alles mit Buchenzweigen. Eine Menge Jungens guckten zu.

Wir kamen an Raketenständen mit langen Bambusstöcken vorbei. Außerhalb des Cafés war ein großer Menschenauflauf. Die Musik und der Tanz nahmen ihren Fortgang. Die Zwerge und Riesen kamen gerade vorbei.

«Wo ist Edna?» fragte Bill.

«Ich weiß nicht.»

Wir beobachteten den Anfang der letzten Fiestanacht. Der Absinth ließ alles schöner erscheinen. Ich trank ihn ohne Zucker aus dem tropfenden Glas, er schmeckte angenehm bitter.

«Mir tut die Sache mit Cohn leid», sagte Bill. «Es war furchtbar für ihn.»

«Zum Teufel mit Cohn!» sagte ich.

«Wo, glaubst du, daß er hin ist?»

«Nach Paris.»

«Was, glaubst du, daß er da anfängt?»

«Zum Teufel gehen.»

«Was wird er da machen?»

«Wahrscheinlich sich wieder mit seiner früheren Freundin aussöhnen.»

«Wer war seine frühere Freundin?»

«Sie hieß Frances.»

Wir tranken noch einen Absinth.

«Wann fährst du zurück?» fragte ich.

«Morgen.»

Nach kurzer Zeit sagte Bill: «Na, es war eine großartige Fiesta.»

«Ja», sagte ich. «Die ganze Zeit Hochbetrieb.»

«Man würde es nicht glauben. Es ist wie ein wunderbarer Alpdruck.»

«Wahrhaftig», sagte ich. «Ich würde alles für möglich halten, Alpdruck inbegriffen.»

«Was ist los? Fühlst du dich deprimiert?»

«Deprimiert bis dorthinaus.»

«Trink noch einen Absinth. Kellner! Noch einen Absinth für diesen Señor.»

«Ich fühl mich saumäßig», sagte ich.

«Trink dies», sagte Bill. «Aber trink langsam.»

Es begann dunkel zu werden. Die Fiesta ging immer weiter. Ich fühlte mich betrunken, aber ich fühlte mich nicht besser.

«Wie fühlst du dich?»

«Saumäßig.»

«Noch einen?»

«Es wird nichts helfen.»

«Versuch's. Man kann's nicht wissen. Vielleicht tut dir gerade dieser not. Kellner! Noch einen Absinth für diesen Señor.»

Ich goß das Wasser direkt hinein und rührte es um, anstatt es hineintropfen zu lassen. Bill tat ein Stückchen Eis hinein. Ich rührte das Eis in der braunen, unklaren Mischung mit einem Löffel um.

«Wie schmeckt's?»

«Glänzend.»

«Trink es nicht auf einmal runter. Dir wird sonst schlecht.»

Ich setzte das Glas hin. Ich hatte eigentlich gar nicht schnell hinuntertrinken wollen.

«Ich bin betrunken.»

«Sollst du auch sein.»

«Das hast du gewollt, ja?»

«Natürlich. Betrink dich. Du mußt über deine verdammte Niedergeschlagenheit wegkommen.»

«Na, betrunken wäre ich. Wenn du das beabsichtigt hast.»

«Setz dich.»

«Ich will aber nicht sitzen bleiben», sagte ich. «Ich will rüber ins Hotel.»

Ich war sehr betrunken. Ich war betrunkener, glaube ich, als ich je gewesen war. Im Hotel ging ich die Treppe hinauf. Bretts Tür stand offen. Ich streckte den Kopf hinein. Mike saß auf dem Bett. Er schwenkte eine Flasche.

«Jake», sagte er. «Komm rein, Jake.»

Ich trat ein und setzte mich. Das Zimmer drehte sich um mich, wenn ich nicht einen festen Punkt im Auge behielt.

«Weißt du, Brett ist mit dem Stierkampfjungen auf und davon.»

«Nein.»

«Doch. Sie hat dich gesucht, um dir adieu zu sagen. Sie haben den Sieben-Uhr-Zug genommen.»

«So?»

«Das war nicht klug von ihr», sagte Mike. «Hätte sie nicht tun sollen.»

«Nein.»

«Trinkst du was? Warte, ich klingle nach Bier.»

«Ich bin betrunken», sagte ich. «Ich geh rein und will mich hinlegen.»

«Bist du blau? Ich war selbst blau.»

«Ja», sagte ich. «Ich bin blau.»

«Na, dann Prost», sagte Mike. «Schlaf dich aus, alter Junge.»

Ich ging zur Tür hinaus in mein eigenes Zimmer und legte mich aufs Bett. Das Bett segelte hin und her; ich setzte mich aufrecht; damit es aufhörte, sah ich die Wand an. Draußen auf dem Platz nahm die Fiesta ihren Lauf. Es war mir völlig egal. Später kamen Bill und Mike in mein Zimmer und wollten mich zum Essen holen. Ich tat so, als ob ich schliefe.

«Er schläft. Wir wollen ihn in Ruhe lassen.»

«Er ist so blau wie ein Veilchen», sagte Mike. Sie gingen hinaus.

Ich stand auf und ging auf den Balkon und sah dem Tanz auf dem Platz zu. Die Welt drehte sich nicht mehr. Es war nur alles sehr klar und hell und neigte dazu, an den Rändern zu verschwimmen. Ich wusch mich und bürstete mein Haar. Ich erschien mir im Spiegel wie ein Fremder und ging hinunter ins Eßzimmer.

«Na, da ist er ja», sagte Bill. «Guter alter Jake! Ich wußte, du würdest uns nicht im Stich lassen.»

«Hallo, alter Trunkenbold», sagte Mike.

«Ich hatte Hunger und bin davon aufgewacht.»

«Hier, iß Suppe», sagte Bill.

Wir drei saßen um den Tisch herum, und es war so, als ob ungefähr sechs Leute fehlten.

Drittes Buch

I

Am nächsten Morgen war alles vorüber. Die Fiesta war zu Ende. Ich wachte gegen neun Uhr auf, nahm ein Bad, zog mich an und ging hinunter. Der Platz war leer, und man sah auch keinen Menschen auf der Straße. Ein paar Kinder sammelten die Raketenreste auf dem Platz auf. Die Cafés machten gerade auf, und die Kellner trugen die bequemen weißen Rohrstühle heraus und stellten sie im Schatten der Arkaden um die Tische mit den Marmorplatten. Die Straßen wurden gekehrt und mit einem Schlauch besprengt.

Ich setzte mich in einen der Rohrsessel und legte mich bequem zurück. Der Kellner nahm sich Zeit. Die weiße Papierreklame von dem Entladen der Stiere und die großen Fahrpläne von Sonderzügen klebten noch an den Säulen der Arkaden. Ein Kellner in einer blauen Schürze kam mit einem Eimer voll Wasser und einem Tuch heraus und fing an, die Anzeigen abzureißen, indem er das Papier in Streifen herunterriß und das Papier, das am Stein festklebte, abwusch und abrieb. Die Fiesta war vorbei.

Ich trank meinen Kaffee, und nach einer Weile erschien Bill. Ich beobachtete, wie er über den Platz ging. Er setzte sich hin und bestellte einen Kaffee.

«Na», sagte er, «das wäre nun alles vorbei.»

«Ja», sagte ich. «Wann fährst du?»

«Ich weiß nicht. Ich glaube, man sollte einen Wagen bestellen. Fährst du nicht auch nach Paris?»

«Nein. Ich kann noch eine Woche bleiben. Ich glaube, ich gehe nach San Sebastián.»

«Ich will zurück.»

«Was plant Mike?»

«Er will nach Saint-Jean de Luz.»

«Wir wollen einen Wagen bestellen und bis Bayonne alle zusammen fahren. Du kannst dann deinen Zug heute nacht da erreichen.»

«Schön. Dann wollen wir nach dem Lunch fahren.»

«Gut. Ich werde den Wagen bestellen.»

Wir aßen unser Lunch und bezahlten die Rechnung. Montoya ließ sich nicht blicken. Eines der Mädchen brachte die Rechnung. Der Wagen wartete draußen. Der Chauffeur türmte die Koffer auf dem Verdeck auf, band sie fest und stellte einige neben sich auf den Sitz. Wir stiegen ein. Der Wagen fuhr über den Platz, durch die

Seitenstraßen, draußen unter den Bäumen und den Berg hinunter und ließ Pamplona hinter sich. Die Fahrt erschien uns nicht sehr lang. Mike hatte eine Flasche Fundador mit. Ich trank nur ein paar Schluck. Wir kamen über die Berge und verließen Spanien und fuhren die weißen Landstraßen durch das üppig belaubte, feuchte grüne Baskenland und kamen schließlich nach Bayonne. Wir ließen Bills Gepäck an der Bahn, und er kaufte sich ein Billett nach Paris. Sein Zug fuhr 19 Uhr 10. Als wir aus der Station kamen, stand der Wagen davor.

«Was sollen wir mit dem Wagen machen?» fragte Bill.

«Zu dumm mit dem Wagen», sagte Mike. «Ach, wir wollen ihn behalten.»

«Schön», sagte Bill. «Wo wollen wir hinfahren?»

«Nach Biarritz, da was trinken.»

«Mike, der Verschwender», sagte Bill.

Wir fuhren nach Biarritz und ließen den Wagen vor einem sehr nach *Ritz* aussehenden Hotel halten. Wir gingen in die Bar, saßen auf hohen Schemeln und tranken Whisky-Soda.

«Dies bezahle ich», sagte Mike.

«Wir wollen würfeln.»

Wir würfelten mit Pokerwürfeln aus einem tiefen, ledernen Würfelbecher. Bill schied gleich aus. Mike verlor an mich und reichte dem Mixer eine Hundert-Francs-Note. Jeder Whisky kostete 12 Francs. Wir würfelten nochmals, und Mike verlor wieder. Jedesmal gab er dem Mixer ein gutes Trinkgeld. Im Zimmer neben der Bar spielte eine gute Jazzkapelle. Es war eine hübsche Bar. Wir würfelten wieder. Ich schied gleich mit vier Königen aus. Bill und Mike würfelten. Mike gewann mit vier Buben den ersten Schlag, Bill den zweiten. Beim Endschlag hatte Mike drei Könige und ließ sie stehen. Er reichte Bill den Würfelbecher. Bill schüttelte und ließ die Würfel rollen. Er warf drei Könige, ein As und eine Dame.

«Du hast verloren, Mike», sagte Bill. «Mike, alter Spieler.»

«Tut mir leid», sagte Mike. «Ich schaff's nicht.»

«Was ist denn los?»

«Ich hab kein Geld», sagte Mike. «Ich bin blank. Hab gerade noch 20 Francs. Hier nimm die 20 Francs.»

Bills Gesicht schien sich zu verändern.

«Ich hatte gerade genug, um Montoya zu bezahlen. Großes Glück, daß ich das konnte.»

«Ich werde dir auf einen Scheck Bargeld geben», sagte Bill.

«Das ist wahnsinnig nett von dir, aber ich kann keinen Scheck ausschreiben.»

«Woher willst du das Geld bekommen?»

«Ach, ich werde schon etwas bekommen. Ich habe noch Geld von zwei Wochen gut. In Saint-Jean in der Kneipe kann ich auf Pump leben.»

«Was machen wir mit dem Auto?» fragte Bill. «Willst du es behalten?»

«Es ist ganz egal. Es scheint mir alles ein bißchen idiotisch.»

«Kommt, trinken wir noch einen», sagte Mike.

«Glänzend. Diesen bezahle ich», sagte Bill. «Hat Brett eigentlich Geld?» wandte er sich an Mike.

«Kann ich mir kaum vorstellen. Das meiste, was Montoya von mir gesehen hat, hat sie aufgebracht.»

«Hat sie denn kein Geld bei sich?» fragte ich.

«Ich glaube nicht. Sie hat nie Geld. Sie kriegt jährlich fünfhundert Pfund und zahlt dreihundertfünfzig davon Zinsen an die Juden.»

«Ich nehme an, sie kriegen es an der Quelle», sagte Bill.

«Ja, es sind in Wirklichkeit keine Juden. Wir nennen sie nur so. Ich glaube, es sind Schotten.»

«Hat sie denn überhaupt nichts bei sich?» fragte ich.

«Ich glaube kaum. Sie gab mir alles, als sie wegfuhr.»

«Na», sagte Bill, «wir könnten genausogut noch einen trinken.»

«Glänzende Idee», sagte Mike. «Hat gar keinen Sinn, über Gelddinge zu sprechen.»

«Nein», sagte Bill. Bill und ich würfelten für die nächsten zwei Runden. Bill verlor und bezahlte. Wir gingen zum Auto.

«Willst du irgendwohin fahren, Mike?» fragte Bill.

«Wollen wir eine kleine Tour machen? Es könnte meinen Kredit heben. Wir wollen ein bißchen rumfahren.»

«Fein. Ich möchte gern die Küste sehen. Wir wollen in der Richtung nach Hendaye fahren.»

«An der Küste habe ich keinen Kredit.»

«Das kann man nie vorher wissen», sagte Bill.

Wir fuhren die Küstenchaussee entlang. Man sah das Grün der bergigen Landzunge, die weißen, rotgedeckten Villen, Waldflecken, den sehr blauen Ozean bei Flut und das sich weit den Strand entlangkräuselnde Wasser. Wir fuhren durch Saint-Jean de Luz und durch Dörfer weiter strandabwärts. Hinter dem vorbeirollenden Land, durch das wir kamen, lagen die Berge, die wir, von Pamplona kommend, überquert hatten. Die Chaussee dehnte sich vor uns. Bill sah nach der Uhr. Es war Zeit für uns, umzukehren. Er klopfte an die Scheibe und sagte dem Chauffeur, er solle wenden. Der Chauffeur fuhr rückwärts ins Gras, um zu drehen. Hinter uns lagen die Wälder, darunter ein Stück Wiese und dann das Meer.

Vor dem Hotel in Saint-Jean, in dem Mike bleiben wollte, ließen wir anhalten, und er stieg aus. Der Chauffeur trug ihm sein Gepäck hinein. Mike stand neben dem Auto.

«Auf Wiedersehen, Jungens», sagte Mike. «Es war eine herrliche Fiesta.»

«Auf bald, Mike», sagte Bill.

«Ich seh dich bald.»

«Mach dir keine Sorgen um das Geld», sagte Mike. «Nicht wahr, Jake, du bezahlst das Auto? Ich schick dir dann meinen Teil.»

«Auf bald, Mike.»

«Auf bald, Jungens. Ihr wart verdammt nett.»

Wir schüttelten einander die Hände. Wir winkten Mike aus dem Auto zu. Er stand an der Straße und sah uns nach. Wir kamen gerade vor Abgang des Zuges nach Bayonne. Ein Träger holte Bills Koffer aus der Gepäckaufbewahrung. Ich ging bis zur Sperre mit ihm.

«Auf Wiedersehen, alter Kerl», sagte Bill.

«Auf Wiedersehen, mein Junge.»

«Es war großartig. Ich hab mich wunderbar amüsiert.»

«Sieht man dich in Paris?»

«Nein. Mein Schiff geht am siebzehnten. Auf Wiedersehen, alter Kerl.»

«Auf Wiedersehen, mein Junge.»

Er ging durch die Sperre an den Zug. Der Träger ging mit dem Gepäck voraus. Ich sah noch, wie der Zug sich in Bewegung setzte. Bill stand an einem der Fenster. Das Fenster verschwand, der Rest des Zuges verschwand – das Gleis war leer.

Ich ging zum Auto zurück. «Wieviel bekommen Sie?» fragte ich den Chauffeur.

Die Fahrt nach Bayonne sollte 150 Peseten kosten.

«200 Peseten.»

«Wieviel mehr macht es, wenn Sie mich auf dem Rückweg nach San Sebastián mitnehmen?»

«50 Peseten.»

«Das ist lächerlich.»

«Fünfunddreißig also.»

«Das lohnt sich nicht», sagte ich. «Fahren Sie mich nach dem Hotel *Panier Fleuri.*»

Im Hotel bezahlte ich den Chauffeur und gab ihm ein Trinkgeld. Der Wagen war mit Staub gepudert. Ich betastete den Angelkasten durch den Staub hindurch. Es schien, als ob dies das letzte sei, was mich mit Spanien und der Fiesta verband. Der Chauffeur setzte den Wagen in Gang und fuhr die Straße hinunter. Ich beobachtete ihn, wie er auf die Chaussee nach Spanien einbog. Ich ging ins Hotel, und man gab mir ein Zimmer. Es war dasselbe Zimmer, in dem ich damals geschlafen hatte, als ich mit Cohn und Bill hier in Bayonne gewesen war. Es schien eine Ewigkeit her zu sein. Ich wusch mich, zog ein frisches Hemd an und ging in die Stadt.

An einem Zeitungskiosk kaufte ich mir den *New York Herald* und setzte mich in ein Café, um ihn zu lesen. Es war seltsam, wieder in Frankreich zu sein. Man hatte so ein geruhsames Vorortsgefühl. Ich wünschte, ich wäre mit Bill nach Paris gefahren, nur daß Paris noch weiteres Fiesta feiern bedeutet hätte. Ich hatte eine Weile genug von Fiestas. In San Sebastián würde ich Ruhe haben. Die Saison beginnt ja dort erst im August. Ich konnte ein gutes Hotelzimmer bekommen und lesen und schwimmen. Es hatte einen herrlichen Strand. Auf der Strandpromenade standen wunderbare Bäume, und viele Kinder kamen mit ihren Kinderfrauen hin, bevor die Saison anfing. Am Abend, unter den Bäumen, hörte man die Militärmusik vom *Café Marinas*. Ich konnte im *Marinas* sitzen und zuhören.

«Wie ißt man drinnen?» fragte ich den Kellner. In dem Café war ein Restaurant.

«Gut, sehr gut. Das Essen ist ausgezeichnet.»

«Schön.»

Ich ging hinein und aß zu Abend. Für Frankreich war es eine große Mahlzeit, aber nach Spanien schien es ziemlich karg bemessen. Zur Gesellschaft trank ich eine Flasche Wein. Ein Château Margaux. Es war erfreulich, den Wein langsam zu trinken und ihn zu schmecken und allein zu trinken. Eine Flasche Wein war eine gute Gesellschaft. Danach trank ich Kaffee. Der Kellner empfahl mir einen baskischen Schnaps, der Izzarra hieß. Er brachte die Flasche und schenkte mir ein Likörglas voll ein. Er sagte, Izzarra sei aus Pyrenäenblumen gemacht. Den echten Pyrenäenblumen. Er sah wie Haaröl aus und roch wie italienischer Strega. Ich hieß ihn die Blumen der Pyrenäen entfernen und mir einen Vieux Marc bringen. Der Marc war gut. Ich trank nach dem Kaffee noch einen zweiten.

Der Kellner schien wegen der Blumen aus den Pyrenäen etwas eingeschnappt zu sein, darum gab ich ihm ein fürstliches Trinkgeld. Das machte ihn glücklich. Ich war froh, wieder in einem Land zu sein, wo es so leicht ist, Leute glücklich zu machen. Man weiß nie, ob ein spanischer Kellner «Danke!» sagen wird. Aber in Frankreich steht alles auf einer klaren finanziellen Grundlage. Es ist das Land, in dem sich am bequemsten leben läßt. Niemand kompliziert die Dinge dadurch, daß er aus irgendeinem dunklen Grund dein Freund war. Wenn man will, daß die Leute einen gern haben, muß man nur ein bißchen Geld ausgeben. Ich gab ein bißchen Geld aus, und der Kellner mochte mich gern. Er würdigte meine wertvollen Eigenschaften. Er würde mich gern wiedersehen. Ich würde bald mal wieder dort essen, und er würde sich freuen, mich wieder an einem seiner Tische zu haben. Es war ein aufrichtiges Gernhaben, denn es stand auf einer gesunden Basis. Ich war wieder zurück in Frankreich.

Am nächsten Morgen gab ich allen im Hotel wieder ein bißchen zu große Trinkgelder, um mir noch mehr Freunde zu erwerben, und nahm den Morgenzug nach San Sebastián. Auf der Bahn gab ich dem Träger nur so viel, wie ich für richtig hielt, denn ich glaubte nicht, daß ich ihn je wiedersehen würde. Ich wollte nur ein paar gute französische Freunde in Bayonne zurücklassen, die mich willkommen heißen würden, falls ich wieder zurückkommen sollte. Ich wußte: wenn sie sich meiner erinnerten, würden sie aufrichtige Freundschaft für mich empfinden.

In Irún mußte man umsteigen und die Pässe zeigen. Ich verließ Frankreich furchtbar ungern. Das Leben war so einfach in Frankreich. Ich fühlte, es war idiotisch von mir, wieder nach Spanien zu gehen. In Spanien war alles so unbestimmt. Ich fühlte mich wie ein Idiot, daß ich wieder einreiste, aber ich stand mit meinem Paß geduldig an, öffnete am Zoll mein Gepäck, kaufte ein Billett, ging durch die Sperre, kletterte in einen Zug und war nach vierzig Minuten und acht Tunnels in San Sebastián.

Selbst an einem heißen Tag bewahrt San Sebastián immer etwas Taufrisches. Die Bäume machen den Eindruck, als ob ihre Blätter nie ganz trocken seien, und die Straßen, als ob sie gerade besprengt worden wären. Selbst an den heißesten Tagen ist es auf manchen Straßen kühl und schattig. Ich ging in ein Hotel in der Stadt, in dem ich schon mal gewohnt hatte. Man gab mir ein Zimmer mit einem Balkon, von dem man über die Dächer der Stadt hinwegsah. Jenseits der Dächer lag ein grüner Berghang.

Ich packte mein Gepäck aus, stapelte meine Bücher auf dem Tisch neben meinem Bett auf, nahm mein Rasierzeug heraus, hängte ein paar Anzüge in den großen Schrank und machte ein Bündel für die Waschanstalt zurecht. Dann nahm ich eine Dusche im Badezimmer und ging hinunter zum Lunch. Spanien hatte keine Sommerzeit, darum war ich zu früh. Ich stellte meine Uhr zurück. Dadurch, daß ich nach San Sebastián gekommen war, hatte ich eine Stunde gewonnen.

Als ich in den Eßsaal ging, brachte mir der Portier einen polizeilichen Anmeldeschein. Ich füllte ihn aus und bat ihn um zwei Telegrammformulare, schrieb eines ans Hotel *Montoya* mit der Bitte, alle Post und Telegramme an meine hiesige Adresse nachzuschikken. Dann überschlug ich, wieviel Tage ich in San Sebastián sein würde, und schrieb eine Depesche ans Büro, in der ich bat, alle Post für mich aufzuheben und nur die Telegramme in den kommenden sechs Tagen mir nach San Sebastián nachzuschicken. Dann ging ich hinein und aß mein Lunch.

Nach dem Lunch ging ich in mein Zimmer, las noch ein bißchen und schlief ein. Als ich aufwachte war es halb fünf. Ich fand meinen Badeanzug, wickelte ihn mit einem Kamm zusammen in ein Handtuch, ging hinunter und die Straße hinauf, die zur Concha führt. Die Flut war im Abnehmen. Der Strand war fest und glatt und der Sand gelb. Ich ging in eine Badekabine, zog mich aus, zog meinen Badeanzug an und ging über den glatten Sand zum Meer. Der Sand war warm unter meinen nackten Füßen. Es waren eine ganze Menge Leute am Strand und im Wasser. Weit weg, jenseits, wo die bergigen Landzungen der Concha sich beinahe trafen, um den Hafen zu bilden, war eine weiße Linie von Wellenbrechern und das offene Meer. Obgleich die Flut abnahm, gab es ein paar langsam heranrollende Wellen. Sie sahen wie eine Ondulation im Wasser aus, sammelten Gewicht und brachen sich dann sanft auf dem warmen Sand. Ich watete hinaus. Das Wasser war kalt. Als eine Welle kam, tauchte ich, schwamm unter dem Wasser, kam wieder an die Oberfläche, und alles Frösteln war vorbei. Ich schwamm hinaus, zum Floß, zog mich hinauf und lag auf den heißen Planken. Ein Mädchen und ein Junge lagen am anderen Ende. Das Mädchen hatte die Schulterbänder ihres Badeanzugs geöffnet und ließ ihren Rücken bräunen. Der Junge lag mit dem Gesicht nach unten und unterhielt sich mit ihr. Sie lachte über die Dinge, die er sagte, und drehte ihren braunen Rücken in der Sonne. Ich lag in der Sonne auf dem Floß, bis ich trocken war. Dann probierte ich verschiedene Taucharten. Ich tauchte einmal tief und schwamm gegen den Grund. Ich schwamm mit offenen Augen, und es war grün und dunkel. Das Floß sah wie ein dunkler Schatten aus. Ich kam neben dem Floß an die Oberfläche, zog mich hinauf, tauchte noch einmal, so lange ich konnte, und schwamm dann an den Strand. Bis ich trocken war lag ich am Strand, dann ging ich in die Badekabine, zog meinen Anzug aus, goß mich mit frischem Wasser ab und rieb mich trocken.

Ich ging unter den Bäumen entlang um den Hafen herum zum Casino und dann eine der kühlen Straßen hinauf, zum *Café Marinas*. Im Café spielte ein Orchester, und ich setzte mich draußen auf die Terrasse und genoß die frische Kühle an dem heißen Tag und trank ein Glas Zitronensaft mit Eis und dann einen großen Whiskey-Soda. Ich saß lange Zeit vor dem *Marinas* und las und beobachtete die Leute und hörte der Musik zu.

Später, als es dunkel zu werden begann, ging ich um den Hafen herum und die Promenade entlang und schließlich zum Hotel zurück zum Essen. Ein Radrennen fand gerade statt, die Tour du Pays Basque, und die Fahrer übernachteten in San Sebastián. Im Eßsaal war an der einen Seite ein langer Tisch mit Radrennfahrern, die mit ihren Trainern und Managern zusammen aßen. Es waren lauter Franzosen und Belgier, die völlig mit ihrem Essen beschäftigt waren; sie amüsierten sich. Am oberen Teil des Tischs saßen zwei gutaussehende französische Mädchen, mit viel Rue-du-Faubourg-Montmartre-Schick. Ich konnte nicht herausfinden, zu wem sie gehörten. An dem langen Tisch sprach man nur Slang, und es gab viele Privatscherze und manche Witze, die nicht wiederholt wurden, wenn die Mädchen sie zu hören verlangten. Am nächsten Morgen um fünf Uhr schloß das Rennen mit der letzten Strecke, San Sebastián–Bilbao. Die Rennfahrer tranken viel Wein und waren von der Sonne braungebrannt. Sie nahmen die Rennen nicht ernst, außer die, die sie untereinander ausfuhren. Sie waren so oft untereinander um die Wette gefahren, daß es ziemlich gleichgültig war, wer siegte. Noch dazu in einem fremden Land. Die Geldfrage ließ sich arrangieren.

Der Mann, der mit zwei Minuten das Rennen führte, hatte Furunkel, die sehr schmerzhaft waren. Sein Nacken war sehr rot, und die blonden Haare waren von der Sonne gebleicht. Die anderen Radler verulkten ihn wegen seiner Furunkel. Er klopfte mit der Gabel auf den Tisch.

«Eines sage ich euch», sagte er, «meine Nase wird morgen so tief auf der Lenkstange liegen, daß nichts außer einem wunderbaren Lüftchen meine Furunkel berühren wird.»

Eines der Mädchen sah ihn über den Tisch an; er grinste und wurde rot. Von den Spaniern sagten sie, daß sie keine Ahnung vom Treten hätten.

Ich trank mit dem Teammanager einer großen Radfabrik auf der Terrasse meinen Kaffee. Er sagte, es sei ein sehr erfreuliches Rennen gewesen und des Zusehens wert, wenn Bottechia nicht in Pamplona aufgegeben hätte. Der Staub war schlimm gewesen, aber in Spanien waren die Chausseen besser als in Frankreich. Er sagte, Straßenrennen sei der einzig wahre Sport in der Welt. Ob ich je die Tour de France mitgemacht hätte? Nur in den Zeitungen. Die Tour de France war das größte Sportereignis der Welt. Er organisierte und folgte den Straßenrennen und hatte dadurch ganz Frankreich kennengelernt. Die wenigsten Leute kennen Frankreich. Das ganze Frühjahr, jeden Sommer, jeden Herbst verbrachte er auf der Landstraße mit den Straßenrennfahrern. Denken Sie nur an die Anzahl von Autos, die jetzt den Radfahrern von einer Stadt in die andere folgt. Es sei ein reiches Land und würde jedes Jahr sportlicher. Es würde das sportlichste Land der Welt werden. Dank der Straßenrennen und des Fußballs. Er kannte Frankreich: *La France sportive.* Er wußte was von Straßenrennen. Wir tranken einen Cognac. Schließlich war es gar nicht so schlecht, wieder nach Paris zurückzugehen. Es gibt nur ein «Paname». In der ganzen weiten Welt. Paris ist die sportlichste Stadt der Welt. Ob ich die «Chope de Nègre» kannte? Nein? Da konnte ich ihn hin und wieder treffen. Aber sicher würde ich das. Wir würden wieder einen *fine* zusammen trinken. Aber gewiß doch. Am nächsten Morgen würde man um Viertel vor sechs aufbrechen. Ob ich beim Aufbruch dabei sein würde? Gewiß, ich würde es versuchen. Sollte er mich wecken? Es sei sehr interessant. Ich würde es beim Portier ansagen. Er würde mich sehr gern wecken. Ich wollte ihm nicht so viel Mühe machen. Ich würde es beim Portier ansagen. Wir verabschiedeten uns bis zum nächsten Morgen.

Als ich am nächsten Morgen aufwachte, waren die Radfahrer und die ihnen folgenden Autos bereits drei Stunden unterwegs. Ich trank meinen Kaffee und las meine Zeitungen im Bett, zog mich dann an und nahm meinen Badeanzug mit an den Strand. Alles war frisch, kühl und feucht so früh am Morgen. Kinderfrauen in Uniform gingen mit ihren Schutzbefohlenen unter den Bäumen spazieren. Die spanischen Kinder waren sehr schön. Ein paar Stiefelputzer saßen zusammen unter einem Baum und unterhielten sich mit einem Soldaten. Der Soldat hatte nur einen Arm. Es war Flut, es wehte eine Brise, und der Strand war mit Schaum bedeckt.

Ich zog mich in einer der Badekabinen um, überquerte das schmale Stück Strand und ging ins Wasser. Ich schwamm hinaus und versuchte durch die Wellen hindurchzuschwimmen, mußte aber manchmal tauchen. Dann im ruhigen Wasser drehte ich mich um und trieb. Als ich so auf dem Rücken trieb, sah ich nur den Himmel und fühlte das Auf und Ab der Wellen. Ich schwamm an den Strand zurück und ließ mich von einer großen Welle mit nach unten gekehrtem Gesicht an Land tragen, dann drehte ich mich um und versuchte in der Brandung zu bleiben, ohne daß die Wellen sich über mir brachen. Es war ermüdend, in der Brandung zu schwimmen, und ich drehte wieder und schwamm hinaus zum Floß. Das Wasser war bewegt und kalt. Man hatte das Gefühl, daß man nicht untergehen konnte. Ich schwamm langsam, es kam mir durch die hohe Flut sehr lange vor, dann zog ich mich auf das Floß hinauf und saß tropfend auf den Brettern, die bereits anfingen in der Sonne zu glühen. Ich sah mich nach der Bucht, der alten Stadt, dem Casino, den Bäumen auf der Promenade und den großen Hotels mit ihren weißen Toren und ihren mit goldenen Lettern geschriebenen Namen um. Ganz rechts, beinah am Abschluß des Hafens, lag ein grüner Berg mit einem Schloß. Das Floß schaukelte mit der Bewegung des Wassers auf und ab. Auf der anderen Seite der Landenge, die bis ans offene Meer führte, lag eine zweite bergige Landzunge. Ich dachte, es müsse schön sein, über die Bucht zu schwimmen, aber ich hatte Angst, einen Krampf zu bekommen.

Ich saß in der Sonne und beobachtete die Badenden am Strand. Sie sahen winzig aus. Nach einer Weile stand ich auf, umklammerte mit meinen Zehen den Rand des Floßes, daß es durch mein Gewicht vornüberkippte, und tauchte gerade und tief, um durch das heller werdende Wasser wieder emporzutauchen, blies das Salzwasser aus und schwamm langsam und in gleichmäßigen Stößen zum Strand.

Nachdem ich mich angezogen und meine Badekabine bezahlt hatte, ging ich ins Hotel zurück. Die Radfahrer hatten mehrere Nummern von *L'Auto* dagelassen; ich sammelte sie im Lesezimmer auf, nahm sie mit und setzte mich in einen Liegestuhl in der Sonne, um über das französische Sportleben nachzulesen und auf dem laufenden zu bleiben. Als ich so dasaß, kam der Portier mit einem blauen Umschlag in der Hand heraus.

«Ein Telegramm für Sie, mein Herr.»

Ich stocherte mit meinem Finger unter den Kniff, um es zu öffnen, strich es glatt und las. Man hatte es mir von Paris nachgeschickt:

KANNST DU HOTEL MONTANA MADRID KOMMEN
BIN IN SCHWIERIGKEITEN BRETT

Ich gab dem Portier ein Trinkgeld und las es noch mal. Ein Postbote kam auf dem Fußgängersteg entlang. Er ging ins Hotel. Er hatte einen großen Schnurrbart und sah sehr militärisch aus. Er kam wieder aus dem Hotel heraus. Der Portier direkt hinter ihm.

«Hier ist noch ein Telegramm für Sie, mein Herr.»

«Danke», sagte ich.

Ich öffnete es, man hatte es von Pamplona nachgeschickt.

KANNST DU HOTEL MONTANA MADRID KOMMEN
BIN IN SCHWIERIGKEITEN BRETT

Der Portier stand da und wartete wahrscheinlich auf ein zweites Trinkgeld.

«Um wieviel Uhr geht ein Zug nach Madrid?»

«Um neun Uhr frühmorgens. Um elf geht ein langsamer Zug und der Südexpreß heute abend um zehn.»

«Besorgen Sie mir einen Schlafwagen im Südexpreß. Soll ich Ihnen gleich das Geld geben?»

«Ganz wie Sie wünschen», sagte er. «Ich lasse es auf die Rechnung setzen.»

«Sehr schön.»

Nun, das hieß, daß mir San Sebastián durch die Lappen ging. Ich nehme an, daß ich eigentlich so etwas erwartet hatte. Ich sah den Portier in der Tür stehen.

«Bitte bringen Sie mir ein Telegrammformular.»

Er brachte es. Ich nahm meine Füllfeder und druckte:

LADY ASHLEY HOTEL MONTANA MADRID
ANKOMME SÜDEXPRESS MORGEN LIEBEVOLLST JAKE

Das schien die passende Antwort. So machte man's also. Erst ein Mädchen mit einem Mann auf die Reise schicken. Ihr dann einen zweiten vorstellen, damit sie dann mit dem wegfährt. Jetzt hinfahren und sie zurückholen. Und das Telegramm mit liebevollst unterzeichnen. Stimmt alles. Ich ging zum Lunch.

In der Nacht im Südexpreß schlief ich nicht viel. Am Morgen aß ich im Speisewagen mein Frühstück und sah das felsige Fichtenland zwischen Ávila und dem Escorial. Durchs Fenster sah ich den Escorial grau, kalt und lang in der Sonne liegen; und es war mir verdammt einerlei. Ich sah Madrid über der Ebene heraufkommen, eine kompakte weiße Silhouette auf einer kleinen Felsenklippe, weit weg jenseits des von der Sonne ausgedörrten Landes abgesondert.

Der Nordbahnhof ist das Ende der Strecke. Alle Züge haben dort Endstation. Sie fahren nirgends weiter hin. Draußen standen in einer langen Reihe Wagen und Taxis und Hotelportiers. Das Ganze machte den Eindruck einer Landstadt. Ich nahm ein Taxi, und wir kletterten durch die Gärten an dem leeren Palast und der unfertigen Kirche am Rand der Klippe hinauf, bis wir oben in der heißen, modernen Stadt anlangten. Das Taxi fuhr eine glatte Straße zu der Puerta del Sol hinunter, dann durch den Verkehr und hinaus auf die Carrera San Jeronimo. Alle Geschäfte hatten die Markisen gegen die Hitze heruntergelassen. Vor den Fenstern auf der Sonnenseite der Straße waren Läden angebracht. Das Taxi hielt an der Bordschwelle. Ich sah das Schild HOTEL MONTANA in der zweiten Etage. Der Chauffeur trug meine Taschen hinein und stellte sie neben den Lift. Ich konnte den Fahrstuhl nicht in Gang bringen und ging zu Fuß. In der zweiten Etage war auf einer Kupferplatte HOTEL MONTANA eingraviert. Ich klingelte, und niemand erschien. Ich klingelte noch einmal, und ein Mädchen mit unfreundlichem Gesicht öffnete mir die Tür.

«Ist Lady Ashley hier?» fragte ich.

Sie sah mich dumm an.

«Wohnt hier eine Engländerin?»

Sie drehte sich um und rief jemand. Eine sehr dicke Frau erschien an der Tür. Sie hatte graue Haare, die, steif geölt, in Zacken um ihr Gesicht herumstanden. Sie war kurz angebunden und befehlshaberisch.

«Muy buenos», sagte ich. «Wohnt hier eine Engländerin? Ich möchte gern diese englische Dame sprechen.»

«*Muy buenos.* Ja, hier wohnt eine englische Frau. Natürlich können Sie sie sprechen, wenn sie Sie zu sprechen wünscht.»

«Sie will mich sprechen.»

«Die *chica* wird sie fragen.»

«Es ist sehr heiß.»

«Es ist im Sommer immer sehr heiß in Madrid.»

«Und wie kalt es im Winter ist.»

Ob ich persönlich auch im Hotel bleiben wollte?

Das könnte ich noch nicht sagen, aber ich würde hocherfreut sein, wenn man mein Gepäck von unten heraufbrächte, damit es nicht gestohlen würde. Nichts würde je im Hotel *Montana* gestohlen. In anderen *fondas* ja. Hier nicht. Nein! Das Personal dieses Etablissements sei sorgfältig ausgewählt! Ich freute mich, dies zu hören. Nichtsdestotrotz würde ich das Heraufbringen meiner Sachen begrüßen.

Das Mädchen kam und sagte, daß die englische Frau den englischen Mann sofort zu sprechen wünsche.

«Schön», sagte ich. «Sie sehen, es ist, wie ich sagte.»

«Anscheinend.»

Ich folgte dem Rücken des Mädchens einen langen dunklen Korridor entlang. Am Ende klopfte sie an eine Tür.

«Hallo», sagte Brett. «Jake, bist du es?»

«Ich bin's.»

«Herein, herein.»

Ich öffnete die Tür. Das Mädchen schloß sie hinter mir. Brett lag zu Bett. Sie war gerade beim Haarebürsten und hielt die Bürste in der Hand. Das Zimmer war in einer Unordnung, wie sie nur Menschen hervorbringen, die ihr Leben lang immer Dienstboten gehabt haben.

«Lieber», sagte Brett.

Ich ging auf ihr Bett zu und nahm sie in die Arme. Sie küßte mich, und während sie mich küßte, fühlte ich, wie sie an etwas ganz anderes dachte. Sie zitterte in meinen Armen. Sie fühlte sich sehr klein.

«Lieber, es war so schrecklich.»
«Was war denn?»
«Eigentlich gar nichts. Er ist seit gestern fort. Ich hab ihn weggeschickt.»
«Warum hast du ihn nicht dabehalten?»
«Ich weiß nicht. Aber das tut man einfach nicht. Ich glaub aber, ich habe ihm nicht weh getan.»
«Vielleicht warst du ihm verdammt heilsam.»
«Er darf mit niemandem zusammen leben. Das wußte ich gleich.»
«Nein?»
«Zum Teufel noch mal», sagte sie. «Wir wollen nicht mehr darüber reden. Niemals mehr darüber reden.»
«Schön.»
«Weißt du, es war ein Schlag für mich, daß er sich meinetwegen genierte. Weißt du, er hat sich eine ganze Weile meinetwegen geniert.»
«Nein.»
«O doch. Wahrscheinlich haben sie ihn mit mir im Café aufgezogen. Er wollte, daß ich meine Haare wieder wachsen ließe. Ich mit langen Haaren! Ich würde ja entsetzlich aussehen.»
«Komisch.»
«Er sagte, es würde mich weiblicher machen. Aber ich würde wie eine Vogelscheuche aussehen.»
«Und was ist passiert?»
«Ach, darüber hat er sich hinweggesetzt. Er hat sich nicht lange meinetwegen geniert.»
«Und was gab es für Schwierigkeiten?»
«Ich wußte nicht, ob ich ihn zum Gehen überreden konnte, und ich hatte keinen Sou, um fortzureisen und ihn zu verlassen. Weißt du, er wollte mir eine Menge Geld geben. Ich habe ihm aber gesagt, ich hätte es selbst haufenweise. Er wußte, daß es nicht wahr war, weißt du, aber ich konnte doch nicht Geld von ihm annehmen.»
«Nein.»
«Ach, wir wollen nicht mehr darüber reden. Manches war auch komisch, weißt du. Gib mir doch, bitte, eine Zigarette.»
Ich zündete eine Zigarette an.
«Sein Englisch hat er als Kellner in Gibraltar gelernt.»
«Ja.»
«Schließlich wollte er mich heiraten.»
«Wirklich?»
«Gewiß, und wo ich nicht mal Mike heiraten kann.»
«Vielleicht dachte er, er würde dadurch Lord Ashley.»
«Nein, so war er nicht. Er wollte mich wirklich heiraten. Dann

könnte ich ihn nicht verlassen, meinte er. Er wollte sich vergewissern, daß ich ihn nie verlassen würde. Natürlich, nachdem ich weiblicher geworden war.»

«Na, und hat dich denn das Ganze nicht erfrischt?»

«Doch. Es geht mir wieder gut, und weißt du, ich brauch nicht mehr an den verdammten Cohn zu denken.»

«Gut.»

«Weißt du, ich wäre bei ihm geblieben, aber ich sah ein, daß es schlecht für ihn war. Wir haben uns verdammt gut vertragen.»

«Bis auf dein Äußeres.»

«Ach, daran hatte er sich gewöhnt.»

Sie löschte die Zigarette aus.

«Weißt du, ich bin vierunddreißig. Ich will nicht so ein Miststück sein, das Kinder zugrunde richtet.»

«Nein.»

«Weißt du, so eine will ich nicht sein. Weißt du, ich fühl mich eigentlich sehr gut. Ganz wiederhergestellt.»

«Schön.»

Sie sah zur Seite. Ich dachte, sie suche eine frische Zigarette. Dann sah ich, daß sie weinte. Ich fühlte, wie sie weinte. Sie bebte und schluchzte. Sie wollte nicht aufblicken. Ich nahm sie in die Arme.

«Wir wollen nie mehr darüber sprechen. Bitte, laß uns nie mehr darüber sprechen.»

«Liebe Brett.»

«Ich werd zu Mike zurückgehen.» Ich fühlte, als ich sie in den Armen hielt, wie sie weinte. «Er ist so verflucht nett und schrecklich, beides. Er ist ganz genauso wie ich.»

Sie sah nicht auf. Ich streichelte ihr Haar. Ich fühlte, wie sie bebte.

«Ich will nicht so ein Miststück sein», sagte sie. «Aber bitte, Jake, wir wollen doch nie darüber reden!»

Wir verließen das Hotele *Montana*. Die Frau, der das Hotel gehörte, ließ mich die Rechnung nicht bezahlen. Die Rechnung sei bezahlt.

«Na, dann laß es», sagte Brett. «Jetzt ist es ja egal.»

Wir fuhren in einem Taxi zum *Palace Hotel*, ließen unser Gepäck dort, bestellten Schlafwagen für den Südexpreß und gingen in die Hotelbar, um einen Cocktail zu trinken. Wir saßen auf hohen Schemeln an der Bar, während der Mixer in einem großen Nickelshaker die Martinis bereitete.

«Merkwürdig, was für ein wunderbares Gleichgewicht die Bar eines großen Hotels in einem erzeugt», sagte ich.

«Mixer und Jockeys sind doch überhaupt die einzigen Leute heutzutage, die Manieren haben.»

«Ganz gleich, wie ordinär ein Hotel ist, die Bar ist immer nett.»
«Es ist komisch.»
«Barmixer sind immer nette Leute.»
«Weißt du», sagte Brett, «es ist die reine Wahrheit. Er ist erst neunzehn. Ist es nicht erstaunlich?»
Wir stießen mit unseren Gläsern an, als sie nebeneinander auf der Theke standen. Eiskalt beschlagen. Draußen hinter den zugezogenen Gardinen war die Sommerhitze von Madrid.
«Ich habe gern eine Olive in meinem Martini», sagte ich zu dem Mixer.
«Gewiß, Sir. Hier, bitte.»
«Danke.»
«Ich hätte Sie fragen müssen.»
Der Mixer ging weit genug weg, um unsere Unterhaltung nicht mit anzuhören. Brett hatte von dem Martini genippt, als er vor ihr auf dem Holz stand. Dann nahm sie das Glas in die Höhe. Ihre Hand war nach dem ersten Schluck ruhig genug, um es zu halten.
«Er ist gut. Eine hübsche Bar, nicht wahr?»
«Bars sind überall nett.»
«Weißt du, ich hab's zuerst nicht geglaubt. Er ist 1905 geboren. Da war ich in Paris auf der Schule. Denk mal.»
«Was soll ich dabei denken.»
«Sei nicht so dumm. Würdest du diese Dame vielleicht zu einem zweiten Cocktail einladen?»
«Noch zwei Martinis.»
«So wie vorhin, Sir?»
«Sie waren ausgezeichnet», lächelte ihm Brett zu.
«Danke, Ma'am.»
«Also prost», sagte Brett.
«Prost.»
«Weißt du», sagte Brett. «Er kannte vor mir nur zwei Frauen. Sein einziges Interesse war Stierkampf.»
«Na, er hat ja noch Zeit.»
«Ich weiß nicht. Er glaubt, es sei meine Schuld gewesen. Nicht die Sache selbst.»
«Nun, das war es ja auch.»
«Ja, stimmt.»
«Ich denke, du wolltest nie mehr davon reden.»
«Ich kann doch nicht anders.»
«Es verblaßt, wenn du darüber sprichst.»
«Ich spreche ja auch nur so drum herum. Weißt du, Jake, ich fühl mich verdammt anständig.»
«Sollst du auch.»

«Weißt du, man fühlt sich irgendwie wohl, wenn man beschlossen hat, keine solche Hure zu sein.»

«Ja.»

«Das ist vielleicht das, was wir so an Stelle von Gott haben.»

«Manche Leute haben Gott», sagte ich, «eine ganze Menge.»

«Bei mir hat er nie gut funktioniert.»

«Wollen wir noch einen Martini trinken?»

Der Barmixer mixte noch zwei Martini und schenkte sie in zwei frische Gläser.

«Wo wollen wir lunchen?» fragte ich Brett. In der Bar war es kühl. Man konnte die Hitze durch das geschlossene Fenster spüren.

«Hier?» sagte Brett.

«Hier im Hotel ist es furchtbar schlecht. Kennen Sie ein Lokal, das *Botín* heißt?» fragte ich den Mixer.

«Ja, mein Herr. Soll ich Ihnen die Adresse geben?»

«Danke sehr.»

Wir saßen oben im ersten Stock bei *Botín*. Es ist eines der besten Restaurants der Welt.

Wir aßen junges gebratenes Spanferkel und tranken Rioja Alta. Brett aß nicht viel. Sie aß nie viel. Ich aß eine Riesenmahlzeit und trank drei Flaschen Rioja Alta.

«Wie geht's dir, Jake?» fragte Brett. «Mein Gott, hast du gegessen!»

«Mir geht's glänzend. Willst du was Süßes?»

«Himmel, nein.»

Brett rauchte.

«Du ißt gern, nicht wahr?» sagte sie.

«Ja», sagte ich. «Es gibt eine Menge Sachen, die ich gern tue.»

«Was tust du gern?»

«Ach», sagte ich, «eine Menge Sachen. Willst du nichts Süßes?»

«Hast du mich schon mal gefragt», sagte Brett.

«Ja, das stimmt. Komm, wir trinken noch eine Flasche Rioja Alta.»

«Er ist ausgezeichnet.»

«Du hast nicht viel davon getrunken», sagte ich.

«Doch. Du hast nur nicht aufgepaßt.»

«Wir wollen zwei Flaschen bestellen», sagte ich. Die Flaschen kamen. Ich goß mir ein bißchen ein, dann ein Glas voll für Brett und füllte dann mein Glas. Wir stießen an.

«Prost», sagte Brett. Ich trank mein Glas aus und schenkte wieder voll. Brett legte ihre Hand auf meinen Arm.

«Betrink dich nicht, Jake», sagte sie. «Es ist doch nicht nötig.»

«Woher weißt du?»

«Nicht», sagte sie. «Du wirst dich schon wieder okay fühlen.»

«Ich betrinke mich ja gar nicht», sagte ich. «Ich trinke nur ein bißchen Wein. Ich trinke gern Wein.»

«Betrink dich nicht», sagte sie. «Jake, bitte, betrink dich nicht.»

«Willst du spazierenfahren?» fragte ich. «Willst du eine kleine Spazierfahrt durch die Stadt machen?»

«Gut», sagte Brett. «Ich kenne Madrid noch gar nicht. Ich sollte mir Madrid ansehen.»

«Ich will dies nur austrinken», sagte ich.

Unten kam man durch den Eßsaal des Erdgeschosses direkt auf die Straße. Ein Kellner holte ein Auto. Es war heiß und hell. Die Straße hinauf lag ein kleiner Platz mit Rasen und Bäumen und einem Taxistand. Ein Taxi kam die Straße herunter, der Kellner hing draußen an einer Seite. Ich gab ihm ein Trinkgeld, sagte dem Chauffeur, wohin er fahren sollte, und setzte mich neben Brett. Der Chauffeur fuhr an, ich lehnte mich zurück. Brett rückte dicht an mich heran. Wir saßen eng aneinander. Ich legte meinen Arm um sie, und sie lehnte bequem und zufrieden gegen mich. Es war sehr heiß und hell, und die Häuser sahen stechend weiß aus. Wir kamen auf die Gran Vía.

«Ach, Jake», sagte Brett. «Wir hätten so glücklich zusammen sein können.»

Vor uns hielt ein berittener Schutzmann in Khaki, der den Verkehr regelte. Er hob seinen Stab. Das Auto stoppte plötzlich und warf Brett eng an mich.

«Ja», sagte ich. «Ganz schön, sich das auszumalen, nicht wahr.»

Ernest Hemingway

Die Stories. Gesammelte Erzählungen
Deutsch von Annemarie Horschitz-Horst
500 Seiten. Gebunden
(Erzählerbibliothek)

Der Garten Eden
Roman
Deutsch von Werner Schmitz
320 Seiten. In Leinen gebunden

Fiesta
Roman
Deutsch von Annemarie Horschitz-Horst
128 Seiten. Gebunden (Sonderausgabe)
und als rororo 5

Die Sturmfluten des Frühlings
Ein romantischer Roman zu Ehren des
Verschwindens einer großen Rasse.
Deutsch von Annemarie Horschitz-Horst
136 Seiten. Gebunden und als
rororo 1716

Ernest Hemingway
dargestellt von Georges-Albert Astre
rm 73

rororo

C 1085/5 b

Ernest Hemingway

In einem anderen Land
rororo 216

Haben und Nichthaben
rororo 605

Die grünen Hügel Afrikas
rororo 647

Tod am Nachmittag
rororo 920

Insel im Strom
rororo 4080

Die Nick Adams Stories
rororo 5091

Der Abend vor der Schlacht
Stories aus dem spanischen Bürgerkrieg
rororo 5173

Fiesta
Roman
rororo 5

49 Depeschen
Ausgewählte Zeitungsberichte und
Reportagen aus den Jahren
1920 – 1956
rororo 1533

ro
ro
ro

C 1085/5 c

Literatur für Kopf Hörer

Produziert von Bernd Liebner

Otto Sanders liest Robert Musil
Drei Frauen
Grigia, Tonka
2 Tonbandcassetten im Schuber mit
je 90 Minuten Spieldauer
(66005)

Armin Müller-Stahl liest
Vladimir Nabokov
Der Zauberer
Deutsch von Dieter E. Zimmer
2 Tonbandcassetten im Schuber mit
je 90 Minuten Spieldauer
(66005)

Uwe Friedrichsen liest
Kurt Tucholsky
Schloß Gripsholm
3 Tonbandcassetten im Schuber mit
je 90 Minuten Spieldauer
(66006)

Christian Brückner liest John Updike
Der verwaiste Swimmingpool
Der verwaiste Swimmingpool,
Wie man Amerika gleichzeitig liebt und verläßt
Deutsch von Uwe Friesel und Monika Michieli.
1 Tonbandcassette im Schuber mit
90 Minuten Spieldauer
(66004)

Rowohlt
Cassetten
C 2321/2 a